U0092053

迎妻納福

1

月舞 著

風文創 942

風 文創 942

目錄

序文

月舞

撒嬌會讓人變得軟弱嗎？

年輕時的我，認為是。

所以，從小到大，無論對誰，我都是一副強硬的姿態，從沒有軟化過半分。哪怕只是想像自己和別人撒嬌的情景，都能起一身雞皮疙瘩。

然而，隨著年紀漸長，我終於開始意識到，撒嬌與堅強並非是不可相容的。

誰說女孩子撒嬌就是不堅強，又是誰說堅強的女孩子不能撒嬌呢？

這就是寫這本書最初的動力，我想寫一個撒得了嬌、報得了仇，又立得住身的女孩子。這樣的女孩子在家與親友長輩相處時，會撒嬌、會賣萌，嘴巴甜得像抹了蜜。在外面，遇上真正的刀光劍影時，又有自己的勇氣與擔當，連面對戰場上所向披靡的大將軍，也絲毫不懼，光想就很有感覺。

另一個創作動力，是我想為自己描繪一個夢。

在這個夢裡，哪怕女主角在開場時一無所有，仍然能經由自己的努力，得到完全不一樣的人生。

重生一世，女主角除了滿心傷痛外，什麼也沒帶來。該不會的，還是不會；該沒有的，也還是沒有。

唯一有的，就是這一世要珍惜家人、做好自己的決心。即便命運的齒輪再次按上一世的方式轉動，她也要不留遺憾。

這就是女主角最初的想法。

但女主角嶄露自己的風采後，眼界開闊帶來新的機遇與變化，甚至遇見可以真正拯救她於水火的人。

更重要的是，她已經讓自己變成一個值得被拯救，或者說，值得更好生活的人。

自此，她的人生，有了全新的開展。

其實，這就是我們常說的，越努力，越幸運。既是我想為女主角安排的，也是我想為自己爭取的生活。

這個故事亦是我對未來生活的嚮往和期待，如果它能為閱讀本書的你帶來同樣的感受，那真是太讓人開心了。

最後，祝每個人都能越努力，越幸運。

第一章 重生

穆婉寧萬萬沒想到，她竟然重生了。

上一幕，她還在方家後院裡，看著屋梁含恨而亡。

下一幕，她竟然又瞧見自己未出閣時的床帳。那床帳是長兄穆鴻嶺在她生辰時送給她的，上面繡了她最愛的蘭草。

再扭頭看向床外，一切都如她記憶中的閨閣模樣。

房中間是圓桌，上面放著茶壺、茶碗；窗邊有張不大的書桌，桌上擺著她常看的幾本書。

穆婉寧起身，走到書桌邊，目光掃過曾經臨過的字帖、用禿了仍捨不得換的毛筆、被檀香撞壞一小角的硯臺、邊角有些破損的遊記……

穆婉寧忽然覺得想哭，她真的回來了。

現在，她不是在那個處處挑剔她的方家，而是在自己的閨閣之中。雖然在宰相府裡，身為庶女的她並不受寵，卻也比在那個如虎狼窩般的方家好太多。

「姑娘，您怎麼這麼早就起身了？快回去躺著，不要再受了風寒。」

這聲音含著發自內心的焦急，有個人快步走來，正是她的貼身婢女檀香。

此時的檀香，臉上還有稚氣，雖滿是擔憂神色，仍能看出一派天真。

檀香八歲就跟著她了，比她小一歲，卻對她處處照顧。嫁進方家之後，檀香更是替她吃了許多苦、挨了許多打。

結果，一場風寒之後，檀香再也沒能起來。

那時的檀香只有十五歲，一朵嬌花還沒開放，便枯萎了。

想到這裡，穆婉寧心裡有說不出的難過，她明明過得不好，為什麼非要裝堅強呢？自己受苦就算了，還連累身邊的人早亡，這樣的她真是腦子進水。

不，不是腦子進水，是可恨。

穆婉寧忽然一把抱住檀香，緊緊地抱著，把前一世的愧疚之情，都融入這個擁抱當中。

「姑娘，您這是怎麼了？」檀香嚇了一跳，在她的印象中，穆婉寧一直很堅強，從未有這樣失態的時候。

「嗯，是不是想到姨娘了？別想了，姨娘過好日子去了，她在天上，也一定希望姑娘開開心心的。」

檀香小大人似的拍拍穆婉寧的後背，把她送回床上，又走到外間，端水進來，絞了帕子給穆婉寧擦臉。

「姑娘，您病了快一個月，今兒總算能起來，千萬不能太傷心，不然剛有點起色，又要躺下了。」

穆婉寧看著檀香滿心關懷的神情，心中暖暖的。經歷了前一世的苦，現在的她，更加明白身邊人對她的好，有多麼可貴。

這一世，她再也不要讓檀香跟著她吃苦。以前那種貌似堅強、實則軟弱的性子，再也要不得了。

這一世，她要外圓內方，撒得了嬌，報得了仇，立得住身。

「檀香，再過幾個月，就是妳的生辰了吧？」

「還早呢，現在才三月。奴婢的生日是六月，到時就滿十二歲啦。」

檀香十二歲，她是十三歲，還有兩年才及笄，三年後才會嫁人。

無論是想辦法不再嫁進方家，還是跟家人交好，讓他們替她在方家撐腰，都夠了。

有了對未來的期望，穆婉寧提起精神，連大病初癒後的身子，也覺得鬆快許多。

「這會兒是什麼時候了？」

「剛過辰正。」

「那妳趕緊幫我換衣服，我要去給請祖母請安。」

檀香連忙按住要起身的穆婉寧。「您的病剛好，今兒還是不要去了，何況老夫人早已免了您的請安。」

穆婉寧搖搖頭。「無妨。我許久沒過去，現在既然好了，便該去見見祖母。」

大戶人家須晨昏定省，穆鼎身為宰相，治家很嚴，對這個一向看重。

「要是父親知道我病好了，卻不去請安，會不高興的。」

提到穆鼎，檀香沒了脾氣，縮縮頭，幫穆婉寧拿了件厚實的披風。「那披著這個去，早上還是很冷的。」

穆婉寧點點頭，接過來披在身上。

前世，穆婉寧是不喜歡去向祖母周氏請安的。

周氏太過威嚴，素來不喜歡她這個庶女，每次只說幾句話，甚至不說話便打發了她。

但有了前一世的經歷後，穆婉寧看事情的眼光變化了許多。

以周氏看，穆婉寧總是站在角落裡一言不發，無論問什麼，都是「很好」，連被姊妹欺負了，也還是很好。

雖然姊妹之間，要和睦、要忍讓，但都被人當軟柿子捏了，卻還是很好。這就不是忍讓，而是懦弱，替她出頭也沒意思。

這樣一個任人揉搓的泥丸，又有什麼值得關心、在意的？

宰相府很大，周氏喜靜，住得比較偏僻，從穆婉寧的清兮院到她的靜安堂，要走上一炷香工夫左右。

這一路，穆婉寧走得很辛苦，好在有檀香準備的披風，並未凍到。

盛京城的三月，早晚還是很冷，吹過來的風寒中帶濕，甚至比冬天還要難熬些。

不過，即使是這樣，穆婉寧心中也是高興的。

宰相府裡的日子再苦，也比她嫁到方家之後過的日子甜上百倍。

一路走到靜安堂，穆婉寧已經盤算好了，與家人修補關係的第一步，就是討好自己的祖母周氏。

如果她的記憶沒錯，這時的周氏剛病過一場，總是哀嘆自己命不久矣。若她能化解這個心結，第一步就算走通了。

穆婉寧走進靜安堂時，屋裡還沒有其他人。

周氏正在榻上歇著，聽到動靜，睜開眼打量穆婉寧一下，又閉上眼。

「不是免了妳的請安嗎，怎麼還過來？」語氣有些淡淡嫌棄，但到底還是關心的話語。

「祖母早安。」穆婉寧走上前，福身行禮。「昨天夜裡作了個喜氣的夢，醒了之後，孫女越想越開心，連帶身子也輕鬆不少。數日未見祖母，孫女就想著來請安，順便向祖母說說那個夢。」

周氏見穆婉寧笑盈盈站著，雖然還算端莊，但眉眼間卻有止不住的雀躍。平時木訥無言的四丫頭，今天怎麼轉了性子？

「那妳說說吧，究竟是什麼喜氣的夢？」周氏眼皮未抬，半倚在榻上，似睡非睡。

「祖母是不是腿又疼了？孫女幫您按按好不好？邊按邊說。」

穆婉寧說完，不等周氏回答，脫了鞋子，小心翼翼地跪坐在榻邊，隔著毯子，替周氏按起來。

這也是穆婉寧想好的。現在她才十三歲，還未及笄，雖然周氏平時威嚴，但沒有苛待過她，想來不至於因為這個生氣。

前世，穆婉寧嫁到方家後，經常幫方母捏腿，捏不好便連打帶罵，因此逼得她練出一手不錯的按摩功夫。

果然，她剛上手，周氏輕輕「嗯」了一聲，穆婉寧知道這是表示捏得舒服的聲音，更加賣力認真。

周氏覺得舒服不少，閉起眼睛享受著。「妳不是有夢要告訴我嗎？」

穆婉寧手上不停。「是。昨晚孫女夢到祖母過六十大壽啦，您就坐在這榻上，身邊有群奶娃娃，個個都伸著手要祖母抱，祖母抱了這個又抱那個，哪個都捨不得放手。」

周氏心裡搖頭，四丫頭倒是轉了性子，可這明顯就是哄人的話，編也不編得像一點。她怕是連這個春天都熬不過去，哪裡還能過得上六十大壽。

穆婉寧見周氏仍舊面無表情，接著說道：「祖母，您是不是覺得我在編謊話騙您？」

周氏不答。

「孫女真的沒有騙祖母，夢裡祖母穿了件大紅色的衣服，上面有團團的壽字，頭上戴抹額，抹額上有一顆大大的祖母綠寶石。」穆婉寧伸手比劃一下。「大概這麼大顆吧。」

這話倒是把周氏說得一愣，睜開眼看低頭按摩的穆婉寧，又回頭去看站在身邊的老僕張姑姑。

前兩天，穆鼎的確送了一顆差不多大小的祖母綠寶石給她，說是要縫在抹額上，等著過六十大壽時用。

見周氏似有意動，張姑姑連忙道：「就說老夫人長壽著呢，您還不信。現在四姑娘都夢到了，您可信了吧？」

周氏還真信了幾分。民間有夢是相反的傳說，但也有人說夢是預示未來，加上人老了，本就相信些神神鬼鬼的事情。

穆婉寧說到了那顆寶石，說不定這夢真是預示未來也說不定。能看到曾孫子，還一群，可見她還有得活？

周氏終於熱切起來。「那妳跟祖母說說，一共有幾個娃娃？都是哪家的？」

「我想想啊，是三個奶娃娃，兩個是大哥的，一個是二哥的。」

張姑姑一聽就樂了。「老夫人，四姑娘說得是啊。離您六十大壽還有四年，大公子今年秋闈，明年春闈，一旦高中，不，是肯定能高中，到時成家立業，三年抱兩也不是不可能。至於二公子，他比大公子小兩歲，先生一個也正常。」

「嗯嗯，妳說得有道理。」周氏想到自己還能有看到曾孫子的一天，心裡像是透進了光，數月來的陰霾一掃而盡。再加上穆婉寧按得舒服，一時間滿臉喜意。

周氏過六十大壽的情景，其實還真不是穆婉寧亂說的。

前一世，周氏的確過了六十大壽，三個奶娃娃圍著一個老壽星的畫面，正是她站在房門口親眼看到的。

祖孫倆說著話時，穆鼎走了進來，看到周氏身前只有穆婉寧一個，其他人還沒來，心裡有些不悅。

不過，看到穆婉寧與周氏相談甚歡，他倒是有點意外，尤其周氏的臉上不像昨天見到時那般愁雲慘澹，反而是一片喜意。

「母親早安。」穆鼎先向母親行禮，才開口問道：「母親今天氣色不錯。您與婉兒說什麼呢？這麼高興。」

「婉兒說，她夢到我過六十大壽了，還夢到鴻嶺和鴻漸的孩子。」

穆鼎挑眉，看了跪坐在榻邊的穆婉寧一眼。

前幾天他送寶石時，說破了嘴皮子，也沒能讓周氏多幾分笑容。結果周氏今天竟然這麼開心地說起這件事，看來開導老人，還真得由隔一輩的人來做。

「婉寧夢得好啊。母親且放寬心，您不只要過六十大壽，還有七十大壽、八十大壽呢。到時不僅鴻嶺、鴻漸有孩子，還有若寧等著您送嫁。」穆若寧是最小的嫡女，今年才八歲。

「嗯嗯，父親說得對。」穆婉寧不失時機地插了一句，還衝著穆鼎露出乖巧的笑臉。

穆鼎對女兒的轉變也有些意外，但到底是高興的，總比之前畏縮、木訥的樣子要好。

片刻後，穆鼎的正妻王氏帶著長子穆鴻嶺、次子穆鴻漸，以及小女兒穆若寧到了，一一見禮。穆鼎的小妾鄭氏也帶著三女穆安寧、五子穆鴻林過來。

穆婉寧是另一個妾所出，排行第四。姨娘生她時落下病根，沒幾年就去世了。

眾人見到穆婉寧和周氏親密的樣子，一時間都有點驚訝。

「好了，婉兒歇著吧。妳也按了好一會兒，還挺舒服的。」

「祖母要是覺得好，我天天來幫祖母按。」穆婉寧趕緊表忠心。

長孫穆鴻嶺今年十七歲，長相頗為老成，待人嚴肅，但對幾個弟弟、妹妹倒是一派和氣。

「四妹妹還有這樣的手藝？」

穆婉寧聽了，對穆鴻嶺露齒一笑。前世嫁到方家後，只有穆鴻嶺關心過她幾回，還要丈夫方堯對她好些。此時看到穆鴻嶺，覺得特別開心。

「我也是聽檀香提起的，說按摩能讓身子鬆快，這兩天用檀香練練手，就來祖母面前獻寶了。若大哥看書看累了，我也幫大哥按，能解乏的。」

「還真是說妳胖妳就喘，懂不懂男女大防？真是不知羞恥。」

一個充滿譏諷的聲音響起，穆婉寧不用扭頭就知道，是她的三姊穆安寧。

每次看到穆安寧時，穆婉寧都覺得父親真是起錯了名字，這人從來都不安寧的。

不過，穆安寧的不安寧一直都是向外，從來沒當面刺過她，這會兒怎麼轉了性子？

穆婉寧愣了一下，隨即明白過來。上一世的她是個軟柿子，總縮在後面，為難她，也顯不出什麼能耐啊。

果然不遭人嫉是庸才，老祖宗誠不欺我。

「男女大防是要守的，但也分場合。婉寧是我妹妹，而且她才十三歲出頭，還是半個孩子呢。她知我讀書辛苦，不過想多關心而已，哪裡談得上不知羞恥。倒是妳，身為姊姊這般說自己的妹妹，是不是太過了？」

穆安寧被穆鴻嶺這麼嚴肅的一教訓，立時紅了眼眶，委屈得不得了，轉向鄭氏。

「娘……」

看到穆安寧的樣子，穆婉寧在心裡翻了個大大的白眼，前一世竟然沒發現穆安寧這麼做作，看來她過得還真不是一般糊塗。

鄭氏剛要開口，就被周氏打斷。「行了，人都見到了，你們該幹什麼就幹什麼去吧。婉兒留下陪我吃早飯。」

「是，祖母。」

一群人站起來，臨走時，穆安寧給了穆婉寧一個惡狠狠的眼神。

穆婉寧瞧見了，但心裡根本不在乎。

穆安寧再狠、再惡，還能有方家人厲害？受了好幾年的苦，又死過一次，她早已把一切都看開。

很快地，清粥小菜擺上來，穆婉寧乖巧地站在周氏身後，準備伺候她用膳。

此舉惹得周氏笑罵。「我留妳下來，是讓妳陪我吃飯，不是立規矩，站在我身後幹什麼？過來坐。」

穆婉寧失笑，上輩子伺候方家那個惡婆子好幾年，一時間改不過來。

「那孫女就不客氣了，說起來，我還沒在祖母這兒吃過飯呢。今天嚐嚐，沾沾祖母的福氣，以後也像祖母一樣長命百歲。」

「妳這小嘴巴今天是抹了蜜還是怎麼著，這麼會說話。」

「是祖母心裡甜，所以看我才覺得甜啊。佛祖不是說了，心裡有佛，看誰都是佛。祖母心裡慈愛，所以我說什麼，您都覺得是好聽的。」

周氏和張姑姑同時笑出了聲。「好個小丫頭，連佛祖都敢拉來扯大旗。」

「沒事，佛祖大人有大量，不會跟我計較的。」

周氏聽了，又是一陣哈哈大笑，心情愉悅之下，比平時多喝了一碗粥。

穆婉寧在周氏這裡，吃得開心，笑得也開心。

這樣的日子真是太好了，雖然嫁進方家後，好日子就會到頭，但能多過一天就是一天。

如果可以，她希望成親前的每一天，自己都要開開心心的，也要讓身邊人開開心心。

如果可以不嫁進方家就好了。

可惜，方家與穆家有婚約，當年方堯的父親與穆鼎是同窗好友，兩家約定，以後結兒女親家。

後來，方大人外放為官時染上時疫，沒幾年便去世了，而穆鼎一路做到宰相。

再過兩年，方家就會持著信物上門，到時穆安寧已有婚約，穆若寧又太小，合適的人選只有她。

要想不嫁入方家，要麼穆安寧不出嫁，要麼方家趕在穆安寧嫁出去之前來提親。

但她不過是個閨閣女子，穆安寧出不出嫁，輪不到她插嘴。

至於方家人嘛，現在還杳無音信，連她也不知道在哪裡呢。

第二章 穆鼎

「婉兒在想什麼呢？」

周氏一出聲，穆婉寧這才發現自己走神兒了，趕緊收斂心思。

「婉兒想著，天氣轉暖了，但早晚還是有點冷。三月後大殿上就會撤掉炭火，不知父親上朝時會不會受凍。」

周氏訝異地打量穆婉寧一眼，這丫頭不是素來冷漠，怎麼生了一場病後，反而知道關心人了？

「祖母，若我給父親做對護膝，他會不會收，會不會覺得我多事？」穆婉寧抬頭望向周氏，眼神裡不覺帶了一絲擔憂。

前世她與穆鼎實在太少相處，雖然他沒打罵過她，但一朝宰相的氣勢，只要掃她一眼，就夠她哆嗦半天了。

周氏讀懂了這絲擔憂，笑道：「妳是他女兒，女兒給父親做東西，哪裡有嫌多事的道理？妳儘管做就是。他要是敢不收，還生氣，祖母替妳說他。」

「那孫女先謝過祖母了。」

周氏頷首，扭過頭吩咐張姑姑。「妳去庫房裡找找，我記得好像有不少兔皮。那東西不大，用來做護膝剛好。」

「是。」

穆婉寧正發愁沒有合適的材料可以做呢，立刻高興地衝周氏笑。「祖母真好。」

周氏看著穆婉寧這明晃晃拍馬屁的樣子，心裡覺得好笑，用手指點了下穆婉寧的額頭。

「快吃，吃完了妳就在這裡做活，讓祖母看看妳的針線功夫如何。」

「絕對不會讓祖母失望的。」

前世她嫁進方家後，可是沒少做繡活。她的針線本就不差，加上婚後幾年的磨鍊，對自己的手藝絕對有信心。

一會兒後，早飯撤下去，張姑姑拿了兩張大小一樣的兔皮回來。

「四姑娘，這兔皮柔軟，大小又合適，最適合做護膝了。」

「麻煩張姑姑了。」

張姑姑又拿了些布料來，穆婉寧選深色又柔軟的，開始縫護膝。

護膝做起來並不難，前面用兔皮擋風，後面用棉布做套子，不能太厚，不然行跪禮時不舒服；也不能太薄，不然前重後輕，很容易就掉下來。

周氏走到穆婉寧身邊，看到她認真的樣子，心裡滿意，再看看針腳，細密勻稱，果然是認真練過的。

穆婉寧花了一上午的工夫做好護膝，呈給周氏瞧。

周氏拿在手裡看。「不錯，這護膝做得有模有樣的。」

穆婉寧轉頭問張姑姑。「張姑姑，庫房裡可還有兔皮？我也想給祖母做件東西。」

周氏搖頭。「我不常出門，用不上護膝，妳做了也是白做。」

「不是做護膝，是別的，包管祖母用得上，還會喜歡。」

「哦，是什麼？說來聽聽。」

穆婉寧露出調皮的笑容。「現在不能說，等我做完，您就知道了。」

周氏心情大好，對張姑姑道：「司棋，妳再去找兩塊毛料來，我看看這小猢猻到底要做什麼。」又叮囑穆婉寧。「不過，今天不能再做了，做久了傷眼睛。」

「嗯，都聽祖母的。」

於是，周氏留穆婉寧吃午飯，又讓她歇了午覺，才放她回自己的清兮院。

一回到清兮院，檀香便開始吱吱喳喳地說起來。

「姑娘，今天您表現得太好了，老夫人特別喜歡您呢，連相爺也對您和顏悅色，以後可要繼續這樣才好。

「我看，吃完晚飯，您就把護膝送給相爺吧，不要送晚了，打鐵趁熱。只要能哄相爺高興，往後三姑娘便不敢那麼囂張地欺負您了。」

穆婉寧一陣感慨，這話聽起來功利，卻是後宅女子的生存方式，沒什麼丟人的。

前世，檀香沒少這樣勸她，只是她總覺得多一事不如少一事，任憑檀香費了許多口舌，依然什麼都沒做。

「嗯，就聽妳的。」

「下午姑娘想做什麼？我陪您去花園裡轉轉如何？」

穆婉寧搖搖頭。「不了，妳收拾書桌，我想看書。」

「好！」

檀香興高采烈地去收拾，自家姑娘終於開竅，以後的日子就有盼頭了。

晚飯後，穆婉寧進廚房，親手做了蓮子羹，估算時辰差不多，便帶著檀香，去了穆鼎的小書房。

穆鼎不喜歡用婢女，守在門口的是小廝。受他影響，穆鴻嶺和穆鴻漸也是如此行事。

「四姑娘好，您怎麼來了？」

「父親在書房裡嗎？」

「是，可需要我去通報？」

「去吧，就說我做了東西送給父親。」

穆鼎聽了小廝回報，有些意外。女兒們一向與他不親近，穆若寧和穆安寧還好些，穆婉寧可是從來沒來過小書房。

「叫她進來。」

小廝應是，出去請穆婉寧。

穆婉寧深吸一口氣，定了定神，從檀香手中接過食盒，邁步走進了小書房。

穆婉寧還是第一次來小書房，進門後是一扇很大的屏風，轉過去就看到當朝宰相，也就是她的父親穆鼎，威嚴地坐在書桌後面。

饒是穆婉寧抱著撒嬌心情來的，看到這樣威嚴的眼神和坐姿，也不由一頓。

面對後宅女子的豪氣，與面對一人之下、萬人之上的宰相的豪氣，根本不能相提並論。

這可是一朝的宰相，跺一跺腳，整個朝廷都能顫一顫的人物，現在就端坐在她面前。

她是宰相的女兒，前世卻只想著庶女的身分，忘了宰相之女的意義，任方家人欺負，真是夠笨的。

「婉寧見過父親。」穆婉寧規規矩矩地上前行禮，把食盒輕輕放到書桌一角，抬頭看向穆鼎。

穆鼎被穆婉寧這充滿崇拜的眼神嚇了一跳，這樣看他的目光，只有長子穆鴻嶺有過，幾個女兒中倒沒見過。

「妳來有事嗎？」

「煮了碗蓮子羹給父親，清熱去火，又不會積食。」蓮子羹是剛出鍋的，走了一路，不那麼燙了，正適合入口。

穆鼎接過，吃了一口，軟糯香甜，還不膩人。「嗯，手藝不錯。」

見女兒還是有點緊張，穆鼎有意與她開開玩笑。「妳這胸前鼓鼓囊囊，揣的是什麼？」

穆婉寧從懷裡掏出護膝，她本就嬌小，身量還沒長開，這對護膝又做得大，塞在懷裡，整個人顯得臃腫不堪，一拿出來，身形立刻變得細緻不少。

穆鼎被穆婉寧的動作逗笑，雖然一眼就看出是護膝，還是明知故問。「這是何物？」

「是護膝，婉寧找祖母要兔皮做的，柔軟又輕便。現在是三月，白天暖和，但早晚還是挺涼。尤其父親上朝時，天還是濛濛亮，最冷不過，萬一要跪在地上，更是難熬。女兒就想著，做對護膝給父親，省得上早朝時受凍。」

看到穆鼎沒什麼表情，穆婉寧忐忑了一下。「其實早該做給父親的，只是一直斷斷續續生病，直到最近才好，是不是……有點晚了？」

冬天不做，開春才做，可不就晚了？不過穆鼎不好直說，伸手接過護膝，打量了下。

「嗯，不錯，針線做得很好。也還好，不算晚。」盛京城不比南方，即使是三月，仍是很冷，用得上。

穆婉寧受了誇獎，心裡的緊張去了不少，嘻嘻一笑。「祖母說我針線不錯呢。我替父親戴上好不好？要是有不合適的地方，我立刻回去改，保證您明天就能用上。」

穆鼎心裡受用，雖然他平時與女兒不親近，但是誰不喜歡子女孝敬自己？

「好啊，讓我看看妳做的大小如何。」

穆婉寧走上前，蹲下身子，幫穆鼎脫了鞋子，套上護膝，一邊戴、一邊說：「膝蓋這位置有加厚，萬一要行跪禮，也不會不舒服；下面也加長了，能蓋住小腿，不過長度比朝服短，不會露出來的。」

「嗯，想得挺周到。」就是套上護膝之後臃腫不少，有點影響他玉樹臨風的形象。不過，難得女兒一片心意，這話還是不說的好。

獻上護膝後，穆婉寧瞅著穆鼎的臉色不錯，大起膽子提了幾個學問上的問題，都是下午看書時想到的。

穆鼎能做到一朝宰相，學問自然不差，對子女的要求也很高，所以穆婉寧向他求教，並不算突兀。

前世穆婉寧並不喜歡看那些四書五經，但礙於穆鼎的威嚴，不得不背。

這一世重活，她覺得出閣前的日子，樣樣都比在方家的強，就算是背那些之乎者也，也很好。

因此，下午看書時，她格外用心，自能發現不懂之處，剛好用在這裡。

穆鼎隨口答了，又反問幾句，心裡覺得滿意。雖然穆婉寧問的問題淺，但也看得出是用心了的，而且女孩子又不用真的去做學問，能讀書知禮就好。

「這些問題，去問妳大哥也是一樣，何必來問我？」

「大哥在備考，婉兒不好打擾。而且，有些道理，說的人不同，解釋起來也就不同。」

「哦？那妳說說，哪裡不同？」

「比如聖人言修身齊家治國平天下，小女子來談，便有誇誇其談之嫌，若是一國宰相來論，就是言之有物、樁樁件件都有實例了。」

穆鼎一愣，伸出手指點了下穆婉寧的腦門。「沒看出來啊，妳這丫頭膽子不小，來這兒拍起為父的馬屁了。」

「婉寧說的可是實話，難道父親想聽假話不成？」穆婉寧揉揉有些發疼的腦門，假意嗔怪穆鼎。

穆鼎還是第一次看到四女兒這副調皮可愛的模樣，心裡有些意外，不禁想起，以前是不是太忽略她，目光裡不禁帶上了幾分慈愛。

「爹。」穆婉寧甜甜地叫了一聲，之前都是稱父親的。「我能不能向您借幾本書看？」

「借書？妳要看什麼書？」

「遊記、雜記、志怪、傳說、野史，統統都行。」

穆鼎沈下臉色。「這些都是旁門左道，有空不如多讀讀聖賢書。」

穆婉寧知道這個要求對正統儒家出身的穆鼎來說，有點離經叛道，不過她自有主張。

「爹。」穆婉寧走到穆鼎身後，抬起兩隻手，替他按摩肩膀。「依女兒淺見，這聖賢書要讀，那些雜記、野史也要讀。前者讀的是經世治國的大道理，後者讀的是世間百態、人情冷暖。

「人活在世上，要做事，也要做人，更要與人打交道。只懂大道理，過不好日子的。」

穆婉寧這話說得極有感觸，前一世只要她稍有反抗，方家人就搬出孝道、婦道這些大道理，把她壓得死死的。

穆鼎意動，但未鬆口。「前朝有位宰相，道是半部論語治天下，大道理怎麼沒用？」

「女兒說點自己的理解，要是說錯了，父親別生氣。我覺得這半部論語治天下，說的既是大道理有用，也是說大道理無用。

「有用在於，只要半部，其中的道理便足以治理天下；沒用之處也在於，大道理只要半部就夠了，其他的要靠生活中的智慧來補充。所謂功夫在詩外，正是這個道理。
「古人云：讀萬卷書，行萬里路，說的正是不能只讀大道理，也要了解大道理之外的事。婉寧不是男兒，走不出這高牆大院，只好多讀些遊記、雜學，來開闊眼界了。」
一番話說下來，穆鼎心裡暗暗點頭。他是一國宰相，這道理，當然理解得再透澈不過。原以為穆婉寧想看這些，不過圖個樂子，沒想到還真有些自己的見解。
但穆鼎並沒有點頭，想看看穆婉寧還能說出什麼來。
穆婉寧看穆鼎還是不同意，只能繼續講。
「比如餓殍遍地、易子而食，紙上看來不過八個字，並未真的見過，終究沒什麼感觸。但雜記中卻有記載，說餓得狠時，人是被稱作兩腳羊的。尤其是那些死了父母的孩子，更是別人眼中的獵物。
「孩子能活下來，本是父母寧願自己餓死，也要省下口糧讓孩子活著的苦心。結果父母一死，孩子就成了別人口中的兩腳羊，要是父母知道了，不知道有多心痛。
「看了這些，再吃飯時，才曉得自己的日子有多好、有多幸福，連吃飯時的滋味都好了三分呢。」
這下徹底打動了穆鼎，讓他開始正視穆婉寧，覺得之前對她的關注真的是太少了。
「好，說得好。為父雖然希望你們能錦衣玉食，但也不希望養出何不食肉糜的紈袴。」
穆鼎站起身，走到書房一角，認真挑了幾本書，遞給穆婉寧。

「這幾本都是為父很喜歡看的，妳拿去看，如果有不懂之處，可以來問我。」

穆婉寧高興得瞇起眼。「爹爹真好，不打擾您啦，我去看書了。」

前一世她不懂人情世故，吃了大虧；這一世不見得有人會教她，只好靠著書本自學了。

第三章　安寧

第二天一早，穆婉寧仍是早早起來去向周氏請安，一邊幫她捏腿、一邊講了昨晚送護膝給穆鼎的事情。

穆鼎上朝去了。早朝很早，他來不及給周氏請安，昨天會在，是因為休沐。

早上出發時，穆鼎本不想戴護膝，但想想女兒一片心意，而且確實很冷，便戴上了。多少戴一天，也不枉她做一回。

孰料，今天皇帝大發雷霆，把一眾朝臣罵得抬不起頭來，滿朝文武全跪下請罪，這一跪就是大半個時辰。

哪怕是盛夏，朝堂的地磚都帶著絲絲涼意，更不用說本就冷的三月，跪久了，那寒意能順著骨頭縫往裡鑽。

眼看著，幾位老大人的臉色都不好了，顯然不只是因為挨罵。

穆鼎戴了護膝，雖然也涼，但到底隔了兩層毛皮，果然像穆婉寧說的，又軟又舒服。是以皇帝宣布退朝時，他只稍微活動兩下，便站起來。

見幾位老臣行動有點困難，穆鼎趕緊過去攙扶。

有位鐘大人是兩朝元老，年前剛過完六十大壽，雖然身子硬朗，但到底不比年輕人。看到穆鼎來扶他，不由出口道：「還是年輕好啊。」

穆鼎的年紀小鐘大人甚多，但頗談得來，似忘年交一般，因此說話也隨意得多。

「我可不是年輕，是命好。」

鐘大人不明白，望向穆鼎。「命好？」

穆鼎看看周圍並沒有人注意他，微微撩起朝服，炫耀自己的護膝。「都說女兒是貼心小棉襖，昨晚剛送來的，今兒不就用上了？」

鐘大人的女兒們都已出閣，孫女不善針黹，自然沒人做護膝給他，不由得笑罵。「得了便宜還賣乖。」

兩人剛剛走出殿門，皇帝身邊的太監便來傳話。「陛下請兩位大人去御書房。」

穆鼎和鐘大人對視一眼，點點頭，隨他過去了。

進了御書房，皇帝給兩人看座，便不像在大殿上跪得那麼痛苦。

議完事，皇帝才緩緩開口。「剛剛朕是氣急了，跪了那麼久，兩位大人可還受得住？」

鐘大人看得出皇帝有意緩和氣氛，開口道：「若陛下要體恤，體恤老臣一個就行了，穆大人命好，再多跪一會兒也無妨。」

皇帝聽出鐘大人的玩笑之意，轉頭看向穆鼎。「穆愛卿今天怎麼得罪鐘大人了？」

穆鼎再次撩起朝服。「回陛下，昨日臣的四丫頭擔憂臣早朝受凍，特意做了一副護膝，是以今天並不覺得多難熬。剛剛退朝時，臣一時沒忍住，向鐘大人炫耀了一下。」

皇帝大樂。「想不到堂堂宰相大人也有如此童心的一面。」

等穆鼎和鐘大人離開御書房後，皇帝沈思半晌，扭頭吩咐身邊的心腹太監德勝。

「德勝啊，你去跟六公主說一聲，最近天涼，朕的膝蓋不舒服。」

德勝強忍著笑意，應道：「是，奴才一定替陛下把話帶到。」

穆鼎回家後，先是去靜安堂請安，還沒走進屋，便聽到裡面的歡聲笑語。

「祖母，這個叫拖鞋，是孫女從書裡看來的。這鞋子沒有後跟，穿脫方便，適合在屋裡走動，晚上起夜的話，也不耽誤。」

穆鼎走進屋裡，就瞧見穆婉寧拿了一雙有面無跟的鞋子，正向周氏炫耀。

「母親安好，兒子回來了。」

「你來得正好，來看看婉兒做的拖鞋，在屋裡穿還真是挺方便的。」

穆鼎接過，看了看。「確實有意思。母親覺得舒服就好。」

「對了，婉兒給你的護膝，可派上了用場？」

穆鼎臉上露出笑意。「還真用上了。今兒陛下發脾氣，大家跪了大半個時辰，鐘大人都起不來了。我套上護膝，倒是沒受凍。」

穆婉寧揚起大大的笑臉。「那以後每年冬天，我都幫父親做一副。」

周氏聽了，又吩咐道：「婉兒，我看這拖鞋不錯，妳多做兩雙給妳父親跟母親。」

「嗯，要是邊角毛料多的話，我想給哥哥們和妹妹也各做一雙。」

「行，讓司棋去找。」周氏頓了一下，吩咐張姑姑。「妳再找兩疋料子出來，我看四丫頭身上的衣服也舊了，給她做幾身衣服穿。」

「祖母，不必了，公中很快就要做新衣，婉兒有得穿。」

「公中是公中，祖母的是祖母的，妳拿著就是。」

「是，多謝祖母。」

穆鼎聽周氏這麼一說，這才注意到穆婉寧身上的衣服，是有些舊了。

他定的例，每年換季時訂做新衣。他還記得去年秋天時得了一批好料子，當時便發話，讓王氏給幾個孩子各做一身衣裳，回想起來，好像沒見穆婉寧穿過。

穆鼎聞弦音而知雅意，知道母親喜歡上穆婉寧了，有意替她撐腰；再看穆婉寧頭上戴的釵子，也確實素淨、單調了些。

「我曾給妳母親一副紅寶石的頭面，怎麼不見妳戴？」

穆鼎不提還好，這一提，穆婉寧立即紅了眼眶。「去年三姊姊及笄時，說少一副合適的頭面，被借去了。」只是借了就沒還。

穆鼎自然明白這些話後面的涵義，臉色沈下來。「安寧的及笄禮過去大半年了，既然是借，她不還，妳就不敢去要？」

穆鼎向來不在意兒女之間的競爭，在他看來，競爭是好事，如果連自己的東西都保不住，也不值得他去撐腰。

立不起來，就不要怪別人。

不過，保住自己的東西是一回事，對兄弟姊妹巧取豪奪，又是另外一回事。

穆婉寧對穆鼎行了一禮。「婉兒明白了。去年冬天斷斷續續病著，現在時日久了，再要便有翻舊帳的嫌疑，婉寧不希望姊妹失和。」

穆鼎見女兒明白自己的意思，心裡的不悅少了些。「罷了，回頭父親補給妳一套更好的。要是再看不住，就沒有下次了。」

穆婉寧面上一喜，明白自己入了穆鼎的眼。「多謝爹爹。」

周氏笑道：「瞧瞧，有了好東西，便不叫父親，改叫爹爹了。」

穆鼎也笑，與周氏又聊了一會兒，才告辭回自己院裡。

飯後，穆鼎沒有去書房，而是歇在正房。

「今日母親說，要給婉寧多做兩身衣服，我看她的衣服確實舊了，不像是去年新做的。之前我不管，但下次做春裝時，可不要再偏心。」

王氏點頭稱是，偏心這種事情哪家都有，再者庶女與嫡女本來就有差別，有些偏心也是尋常。不過夫君既然開口，以後便多注意些，至少明面上要維持公平。

其實，王氏還真是冤枉，雖然庶女的用度比不了嫡女，但她也沒苛待到完全不給。當時的確分了料子給穆婉寧，不過被穆安寧搶了，她也懶得管。

但這件事不妨礙她說鄭氏的閒話。

「去年秋天那批料子，也分給了婉寧，想來是安寧及笄，想多做兩身衣服，便要去了。」

穆鼎聽著，心裡不悅，這已經是他第二次聽到穆安寧搶東西，想起前一天請安時穆安寧那刻薄的話語，更是不喜。

王氏很懂得見好就收。「夫君是不是累了？我熬了參茶，等會兒喝點，早些休息吧。」

穆鼎點點頭。「對了，明兒妳抽空挑副頭面，再找些適合婉寧戴的首飾送過去，她的頭上實在太素淨了些。」

王氏不是個有見識的人，聽了這話，有些不高興。

穆鼎掃她一眼。「婉寧早晚要嫁出去，她親娘去得早，妳對她好點，她日後感恩，自然報答妳，回頭幫襯的不還是妳的兩個兒子。」

王氏覺得有道理，穆婉寧與穆安寧不同，穆安寧有親娘，也有同胞兄弟，日後回報，肯定是先幫襯他。而穆婉寧只有自己一個人，倒是可以拉攏的對象。

這麼一想，王氏心裡舒服多了。只要能對她的兩個兒子好，捨點首飾又算什麼。

第二天，王氏開了內庫，找出一副南珠頭面，又拿出幾樣年輕時戴過的首飾，命人一起送到清兮院。

檀香看著盒子裡的東西，眼睛直發光。「姑娘，這下您可是時來運轉了！奴婢幫您戴上，咱們去府裡逛一圈，非得讓三姑娘瞧瞧不可。」

穆婉寧彈了下檀香的腦門。「妳還真是看熱鬧不嫌事大。這件事還沒完呢，東西賞下來了，能不能保得住還是難說。」

檀香虛摟了下盒子。「我就不信三姑娘敢硬搶。」

「肯定不能來硬的，但可以來軟的，妳先收起來，趕緊幫我多納兩雙鞋底是正事。」

果不其然，歇過午覺後，穆安寧就打著探望的旗號上門了。

「聽說妹妹得了母親的賞賜，不知道是什麼好東西，能不能讓姊姊開開眼？」

檀香一臉氣憤，穆安寧真是有夠不要臉，明明說是探望，一句病情也不問，就這麼直白地要看東西。

這樣的事，以前沒少發生，只要有她看上的東西，便說要試戴，然後再也不還了。

穆安寧總是搶東西，穆婉寧不是沒有去告過狀。

可是鄭氏仗著受寵，硬說這是姑娘之間互相換著首飾戴戴，戴過就還；要不說穆安寧到了相看的年紀，出門不能太寒酸，免得被人看了笑話，反正總是有理由。

穆婉寧不動聲色，讓檀香把那副南珠頭面拿出來。「母親說是特意挑選的，適合我這個年紀戴。」言外之意就是穆安寧已經及笄，不要跟她搶。

只是，如果穆安寧能因為這句話便知難而退，也不會說出那樣的話了。

「這南珠果然很漂亮呢，與金工搭配得也極好。過兩日，承平長公主要開桃花宴，正巧我沒有合適的頭面，借姊姊戴幾天可好？」她說著，伸手欲拿起一支釵子。

這次王氏給的頭面確實不錯，宰相府不是一般人家，東西不可能差；再加上王氏經過穆鼎開導，已經把穆婉寧看成兒子未來的助力，出手更是大方。

所以，穆安寧一見到這副頭面，就起了相奪之心。

穆婉寧不著痕跡地把首飾盒子往後收，合上蓋子交給檀香。「都說好借好還，再借不難，三姊姊上次借的紅寶石頭面是不是先還給我，再談相借之事？」

穆安寧抓了個空，不由沈了臉色。「婉寧，妳的意思就是不借嘍？」

「三姊姊，我的姨娘已經仙去，那副紅寶石頭面也算是她的遺物，妳借了半年之久，總該物歸原主，讓我睹物思人；再者，東西歸還後，也好再談相借之事不是？」

「哼，妳當我願意要那死人東西？」穆安寧氣得轉頭喊婢女。「翠鳴，妳把東西找出來還給她。」

翠鳴可不像穆安寧那麼傻，覺得穆婉寧這話是有套的，遲疑一下。「姑娘……」

穆安寧眼睛一瞪，覺得被打了臉，抬手甩翠鳴一巴掌。「叫妳去就去。妳這樣，還以為我稀罕她的東西呢。」

翠鳴不敢言語，轉身跑回去取東西。

檀香看得偷偷咋舌，穆安寧也太霸道了，再看看自家姑娘，雖然以前軟弱，但對她向來極好，別說動手，重話都沒說過幾句，不由有些同情剛剛跑出去的翠鳴，跟錯了主子，真是要平白無故受許多的苦。

穆婉寧也不言語，隨手拿起昨天從穆鼎書房裡借來的遊記，慢慢翻看。

檀香站在穆婉寧身邊，既然沒吩咐她上茶，她便假裝沒看見穆安寧了。

等了一會兒，還不見翠鳴回來，穆安寧一臉不耐，出了聲。

「四妹妹真是懂禮數，客人來了這麼久，也不知道上茶。」

穆婉寧裝出恍然大悟的樣子。「是妹妹光顧著看書，疏忽了。」對檀香使眼色。「給三姊姊上茶。」

檀香會意。「三姑娘請稍等。」

不一會兒，檀香端茶上來，穆安寧喝一口就吐了，連茶盞都摔在地上。

「這是什麼爛茶？一股子霉味！」

穆婉寧沈下臉。「若姊姊嫌茶葉不好，可以明講，直接摔了茶盞，可不是做客之道。」

穆安寧正要發作，見翠鳴回來了，便搶過她手中的盒子，看也沒看，扔到穆婉寧面前。

「我不和妳廢話。紅寶石頭面還妳，剛剛的南珠頭面拿來。」

穆婉寧慢條斯理地打開盒子，不過半年而已，釵子明顯舊了不少，還缺了幾處的寶石。親娘去世時，穆婉寧還很小，記不得太多事，但這副紅寶石頭面到底是親娘的遺物，被糟蹋成這個樣子，實在讓人難受。

看到穆婉寧一直把玩舊物，遲遲沒有讓檀香拿出頭面的意思，穆安寧有些沈不住氣了。

「妳要想看，以後有的是工夫看，趕緊把東西給我，我沒空陪妳在這裡耗。」

「姊姊說笑了，我有什麼東西要給妳？」

「妳敢耍我？剛剛說好，用紅寶石頭面換南珠頭面的。」

「我只是說，妳先把東西還回來，我們再談相借之事。這紅寶石頭面借出去時，還是新的，回來後不但變舊了，還缺了寶石，顯然姊姊一點都不經心。那南珠頭面若是到了姊姊手裡，想必也是一樣。妹妹心疼東西，不想借了。」

噗哧！檀香沒忍住，笑了出來，被穆婉寧掃了一眼，趕緊低頭。

「妳……穆婉寧，妳仗著這幾天祖母對妳和顏悅色，又做了對護膝拍父親的馬屁，就以為可以越過我了是不是？我告訴妳，今天這東西我不想還了，那副新的也得給我！」

穆安寧說著，上來搶紅寶石頭面的盒子。

穆婉寧哪裡會給她機會，合起盒蓋抱在手裡。「三姊姊，妳這是做什麼，明搶嗎？」

「明搶又如何，妳這賤蹄子生的東西，也敢和我搶東西，我今天就教訓教訓妳！」

檀香看穆安寧想動手，立刻擋在穆婉寧身前，雖然不敢還手，但總不能看穆婉寧挨打。

穆婉寧心裡一顫，上一世檀香就是這麼護著她，白挨了許多打。

這一世，她絕不會再讓這樣的事發生了。

穆婉寧一把將檀香拉至身後，看到穆安寧揚起巴掌，直接用手裡的盒子迎上去。

砰！穆安寧一巴掌打在木盒上，指甲裂開，疼得尖叫一聲，顧不得搶東西了，直衝穆婉寧的臉抓去。

「住手！」一個威嚴的聲音響起，張姑姑帶著一個婦人站在門口喝止穆安寧。

穆婉寧鬆了口氣，要是任由穆安寧胡作非為，她未必打得過，畢竟穆安寧比她大兩歲，個子也比她高。

「張姑姑好，您怎麼來了，是祖母有什麼吩咐嗎？」

穆婉寧不著痕跡地拉著檀香從穆安寧身邊繞開，走上前和張姑姑說話。

「老夫人命我帶人來幫姑娘量尺寸。」

「有勞姑姑了。」穆婉寧吩咐檀香。「快去沏茶。」

「是。」

張姑姑瞥瞥地上碎掉的茶盞，把屋裡的穆安寧當成空氣。

「老夫人說了，四姑娘年紀小，穿得明豔些無妨，所以拿來的都是亮色料子，姑娘可看得入眼？」

穆婉寧打量婦人手裡的料子，是上好的江州緞，一疋嫩芽綠、一疋淺妃色。

「祖母的東西當然是好的，婉寧都喜歡。」

旁邊的穆安寧看著，眼饞得緊，心裡的嫉妒毫不掩飾地擺在臉上。

「張姑姑，府裡做衣服向來是雨露均沾，怎麼只有婉寧的，祖母也太偏心了。還有，她屋裡的茶可不能喝，一股子霉味。」

張姑姑瞟穆安寧一眼，並不答話，接過檀香遞上的茶盞，抿了一口，起了惻隱之心。

她知道檀香不敢拿次等茶糊弄她，但也沒想到清兮院裡的茶，比她這個下人平時喝的還要差些。

「如果三姑娘覺得老夫人偏心，大可當面去說。這茶嘛，心裡發霉的人，喝起來自然有霉味。」

穆安寧氣壞了。「哼，我這就去找祖母！」帶著翠鳴走了。

穆安寧一走，穆婉寧便站起來，向張姑姑行了個半禮。

「剛剛多虧張姑姑了，不然婉寧肯定要吃虧。」

「當不得四姑娘的禮。恭喜四姑娘，把頭面拿回來了。」

穆婉寧露出靦覥的笑容。「這等小計策，自然瞞不過張姑姑的眼。只是沒想到，三姊姊竟然真的上當。」

「她不過是欺負妳欺負得習慣了，一時不注意而已。吃了一回虧，下次不會再這麼輕易上當，以後妳要更加小心才是。」

「多謝姑姑提點。」

張姑姑喝完茶，看著裁縫量了尺寸，再打發裁縫回去，才回靜安堂。

張姑姑向周氏稟報在清兮院的所見所聞，周氏聽了，倒不意外。

「小丫頭真亮了爪子，不錯，不枉我給她做兩身衣服。回頭妳再挑個鐲子送去。」

「是。」

周氏與穆鼎的想法相同，兄弟姊妹間當然要和氣，但也得有保護自己不被欺負的本事。不然寵得越多，就是害得越多。

穆婉寧得了周氏的鐲子，知道是對她的獎勵，心裡更加有底氣。

離她出閣還有兩年，一定要多學、多歷練，這樣在方家才能站得住腳，不被欺負。

到時，她要讓婆婆怕她，夫君敬她。至於方堯的外室，若敢進門，就等著過苦日子吧！

第四章　囂張

穆婉寧和檀香連趕了數日的工，做出幾雙拖鞋，除了穆安寧和鄭氏，其他人都有份，連和穆安寧一母同胞的穆鴻林也有一雙。

拖鞋送去，自是贏得一片讚譽，王氏也覺得穆婉寧貼心，覺得那副南珠頭面送得值。穆安寧看其他人都有，自然以為自己也有，準備等著穆婉寧送來時好好羞辱一番，結果沒想到兄弟姊妹都有，就少她一個。

對此，穆婉寧也有自己的解釋，王氏是嫡母，要操持中饋，忙的事情多，沒有工夫做；穆若寧雖是女孩子，但年紀還小，做不來這些。

因此，父親、母親、兩位哥哥和么妹的鞋子，由她來做，也是應當。至於穆安寧和鄭姨娘，她倆的針線手藝都不錯，肯定用不上。幫穆鴻林做，只是出於姊姊的愛護之意，妹妹都有，不能落下弟弟。

這番話又把穆安寧氣壞了，但穆鴻林卻帶了一盒點心過來，說是替穆安寧賠罪。

穆婉寧看著這個只有十一歲的弟弟，心裡嘆息一聲。穆鴻林是個不錯的孩子，可惜遇到的是那樣的母親和姊姊。

「你不用替她賠罪，我也不會因為三姊姊就遷怒於你。她是她，你是你，我吃這點心，是因為它是鞋子的謝禮，明白嗎？」

穆鴻林聽了，雖然覺得有些遺憾，但不知道怎麼反駁穆婉寧，只好點點頭。

穆鼎回家後，從王氏那裡聽到穆婉寧和穆安寧之間的事，心裡滿意，並沒有說什麼。

日子一天天過去，轉眼間到了四月。

這一個月中，發生了好幾件大事。

先是穆鼎藉考校學問的事情，狠狠訓了穆安寧一頓；又誇獎穆婉寧知書達禮，知道孝敬父母。

兩相對比之下，就知道穆婉寧得寵了，清兮院的吃穿用度立時好了許多。

這個月，周氏因為穆婉寧的陪伴，心情不錯，身子爽利不少。穆鼎更是囑咐穆婉寧要多到周氏這裡來，讓周氏開心。

隨後，邊關大捷，西北大營的軍隊打得北狄不得不後退百里，上書求和，聲稱十年不再犯邊。

率領西北大營的前撫遠將軍之子蕭長恭，在此次戰役中獲得頭功，被封為鎮西侯，回京受封。

一時間，盛京城的貴女圈聞風而動，各種宴會層出不窮，因為新任鎮西侯蕭長恭才二十二歲，尚未婚配。

接著，三皇子趙晉桓迎來十七歲的生辰，也要相看三皇子妃了。

穆安寧覺得這是自己難得的好機會。穆家嫡女與庶女的年紀相差很大，穆若寧只有八歲，穆婉寧才十三歲，真正適合的人選只有她而已。

這種時候，若有高門大戶想與宰相府結親，庶女也得當嫡女來用。嫁入皇家，未必沒有機會。

於是，穆安寧與高采烈地打扮起來，但挑選首飾時，總會想到穆婉寧的南珠頭面，氣得牙根癢癢。

「娘，我嚥不下這口氣。穆婉寧不過是個有爹生、沒娘養的玩意兒，她戴的首飾憑什麼比我好?!」

鄭氏看著與自己面容相似，也有一對勾人丹鳳眼的女兒，安慰道：「不過就是一副南珠頭面罷了，只要妳能抓住機會，成為侯府夫人，還不是要什麼有什麼。到時，別說婉寧任妳搓圓捏扁，連若寧見到妳，也得恭恭敬敬的。」

穆安寧聽了，高興不少，扯著鄭氏的袖子撒嬌。「那娘得幫我好好打扮。雖說這次承平長公主辦桃花宴，肯定是為了她的女兒和靜縣主，但三皇子的母妃不能出宮，聽說她與長公主交好，未必沒有代為相看的意思呢。」

鄭氏沈下臉色。「跟妳說過多少遍，不要提三皇子，也不要想著成為三皇子妃。妳爹是宰相，現在已有儲君，他不可能讓妳成為三皇子妃的。」

穆安寧有些不高興。「不試試怎麼知道？我知道您看上了鎮西侯，可是鎮西侯臉上戴著嚇人的面具，誰知道面具底下是什麼樣子啊？」

見鄭氏的臉色更沈了，穆安寧放軟語氣。「就算我想在鎮西侯面前表現，但鎮西侯的父母都死了，又沒聽說他與哪家長輩交好，我想在人家面前露臉，也沒門路。三皇子畢竟是天家，一樣能爭帝位……」

「閉嘴！小小年紀胡說八道什麼，往後這話不要說了，聽明白沒有？」

穆安寧見鄭氏難得嚴肅，也知道自己說錯話了。

「娘，您就讓女兒爭一下嘛，我嫁得好，您以後的日子才有保障。那套血玉的頭面給我戴戴好不好？這可是我及笄後參加的第一個盛大宴會，定要一鳴驚人才行。」

「那頭面豈是妳能戴得的，連娘都不敢戴。」

穆安寧不滿，她是要去爭未來的三皇子妃之位，有什麼戴不得的，又不像鄭氏是個妾。不過，這話她可不敢說，也就想想罷了。

最終，鄭氏禁不住穆安寧軟磨硬泡，還是拿出了那套血玉的頭面。

桃花宴當天，穆安寧一亮相，的確吸引了一大批目光。

只是，她的首飾太過貴重，不僅壓過一眾嫡女的風頭，還壓過了正主和靜縣主，唯有承平長公主的頭飾可與之媲美。

許多人心裡隱隱不舒服了，不過是個庶女，憑什麼這麼招搖？

結果，雖然穆安寧在宴會上左右逢源、談笑風生，但說的全是場面話，那些私下的小聚會或打馬球的邀請，她一個都沒接到。

穆安寧很快便察覺出不對，摘下不少首飾，又曲意奉承和靜縣主，終於讓和靜縣主的臉色稍微好看了些。

回家後，穆安寧心裡後怕，赴其他宴會時，不敢再戴那套頭面，換回了平常的裝扮。這樣一來，她又忍不住想起穆婉寧的南珠頭面，嫉妒之下，開始四處說穆婉寧的壞話。一時間，穆府四姑娘囂張跋扈、不尊長姊的傳言，便流傳開來。

穆婉寧並未放在心上，雖然十三歲已經是可以參加宴會的年紀，但穆安寧肯定不會帶她出去，嫡母王氏因為穆若寧還小，對這些也不感興趣。

穆婉寧沒想過成為侯府夫人或三皇子妃，滿心想的是怎麼在出閣前多與親人相聚，多學點本事，讓自己變強，在方家直得起腰而已。

不過，四月間的確是踏青出遊的好日子，穆婉寧想著，自重生以來還沒出過府，檀香也是眼巴巴盼著，這天請完安後，就說要出去逛逛。

周氏點點頭，算了下日子，道：「是悶了挺久，三丫頭都出去好多回了。有人給妳下帖子嗎？」

穆婉寧搖搖頭。「姊姊的朋友們，我一個都不認識，只是想上街走走。過兩天，婉兒再去護國寺幫祖母求個康壽符回來。」

「馬屁精。」周氏笑罵一聲，隨後稍稍沈下臉色。「朋友都是一回生、二回熟的，有時下帖子不只是因為認識，而是因為身分。妳明白嗎？」

穆婉寧立時懂了，只要到了年紀，身分地位不差，各家開宴會時都會受邀，更不要說宰相府，就算是庶女，也不會被忽略。

穆婉寧點點頭。「婉兒明白，往後還請祖母多教教我。」

周氏滿意了。「好了，想逛街就去，帖子以後有的是。記得多帶幾個人，注意安全。」

「嗯，多謝祖母。」

清兮院裡，一聽說要出去逛街，檀香的眼睛就亮了，再聽穆婉寧說要去吉祥街吃炸臭豆腐，立時嚥了下口水。

主僕倆收拾一番，理了理手裡的銀錢，穆婉寧又讓檀香準備一塊粗布，才走出院門。

一出院子，穆婉寧就瞧見穆安寧和她的婢女翠鳴，正面色不善地看著她。

穆婉寧知道穆安寧最近忙著赴宴，已經許久沒見到她，不知道這會兒等著她要幹什麼。雖然她不想與穆安寧有什麼交集，但穆安寧就站在出府的必經之路上，擺明了要等她走過去。

「三姊姊這是要出門嗎？」

「看不出來，妳倒是挺會討巧賣乖，平時真是小瞧妳了。」

穆安寧打量穆婉寧的髮髻，戴的果然是那副南珠頭面，不過不是一整套，只有其中幾樣而已。

「三姊姊此話何意，我聽不懂。」

「哼，別在這裡裝傻充愣，先是討好祖母，然後又討好父親，不就是想及笄時能說個好人家？可惜，沒用！穆家的女兒定是我嫁得最好，妳給我老實點！」

穆安寧說完，得意洋洋地走了。

「姑娘，您別在意。」檀香上前輕聲安慰。

穆婉寧擺擺手。她哪裡是在意，分明是驚訝。之前張姑姑還要她小心，說穆安寧吃了一次虧，不再容易上當，可這哪裡是吃一塹、長一智的樣子，倒是有點腦子進水的嫌疑。

那番話說完，不但沒有任何意義，反而容易讓人記恨。這種光說狠話、沒有手段的行為，就連方堯的外室都不屑做。

「走吧，去吃好吃的才是正事。」

「嗯嗯。」檀香的眼睛又發光了。

主僕兩人往府門走去，隱身在花叢後的張姑姑沈了沈眼色，沒有任何表情。

宰相府的門房有家丁、車伕值守，方便府裡的主子出行。

看見穆婉寧和檀香走近，一個叫大壯的家丁飛快走上前。「四姑娘可是要出去？」雖然問的是穆婉寧，但眼睛看的是檀香，臉上還掛著憨憨的笑容。

穆婉寧忍住笑。「是。你趕輛馬車來，我們去吉祥街轉轉。」

「好。」大壯行了一禮，雀躍地走了，走之前還偷瞄檀香一眼。

「我怎麼覺得，這大壯對妳有意思呢？」

檀香的臉立時紅了。「姑娘就會拿我尋開心。」

穆婉寧又問門房。「最近可有送給我的帖子？」

門房恭敬地點頭。「回四姑娘的話，是有幾封。三姑娘說您病著，叫我不要去打擾，她會帶給您。」

穆婉寧心想，果然如此。下了帖子，人不到，也沒有回帖，別人不知怎麼看她呢，穆安寧還真是她的好姊姊。

「我的病已經大好了，以後有帖子，直接送到清兮院就是。」

「小的明白。」

穆婉寧讓檀香給了打賞，這才走到府門口，等著大壯把馬車趕過來。

這時，張姑姑過來了，穆婉寧一見，便上前打招呼。「張姑姑怎麼來了，是祖母有什麼吩咐嗎？」

張姑姑看到穆婉寧知禮的模樣，很是喜歡，且最近因為穆婉寧的緣故，周氏開心多了。

「老夫人擔心四姑娘的錢不夠，特意叫我送些來，好讓四姑娘玩得盡興。」

穆婉寧立時覺得心裡暖暖的，有人關心的感覺就是好，剛剛還擔心錢太少，不能讓檀香吃個痛快呢。上一世，檀香替她受了那麼多委屈，這一世說什麼也要好好補償她。

「謝謝祖母，也煩勞張姑姑了，我給祖母和張姑姑帶好吃的回來。」

「四姑娘玩得盡興就好。」

說話間，帶著傻笑的大壯，把車趕來了。

於是，張姑姑又叮囑幾句，送穆婉寧主僕出去。

馬車一路行到吉祥街，穆婉寧和檀香準備下車步行。

「四姑娘，前面不讓馬車進去了，我就在這兒等您和……檀香。」

檀香兩個字剛說出口，大壯便飛快低下頭，臉上黑紅黑紅的，看著特別可愛。

穆婉寧看看他，又看看故意望向另一邊的檀香，轉過頭對大壯說道：「你把馬車拴在這裡，跟我們一起去逛吧。」

檀香一聽，立時急了，拉住穆婉寧的胳膊。「姑娘，怎麼叫他跟著？有他在不方便。」

穆婉寧拍拍檀香的手。「他可以幫我們拎東西嘛。難得出來逛街，剛剛祖母又塞了錢，我們給父親、哥哥們帶些禮物回去，光是我們兩個，怎麼拿得了？」

大壯一聽能跟檀香逛街，樂得跟什麼似的，挺起胸脯，砰砰拍了兩下。「四姑娘隨便買，買多少東西，我都能幫您拿回去。」

「行，走吧。」

主僕三人就這樣走進熙熙攘攘的人流裡，檀香緊跟著穆婉寧，大壯落後兩步，傻笑看著嘰嘰喳喳說話的檀香的後腦勺。

「姑娘，咱們去吃臭豆腐吧，然後再吃別的，這樣嘴裡就不會有味道了。」

檀香剛走到炸臭豆腐的攤位前，就走不動了。她今年只有十二歲，正是跳脫的時候，雖然謹守下人的本分，但穆婉寧待她極好，因此說起話來也隨意得多。

檀香最愛的，正是吉祥街的這家臭豆腐。

「店家，先來十串。」穆婉寧點完，扭過頭對檀香說：「不夠再點。不過也別吃太多，還有其他的呢。」

「哇，姑娘真是太好了！」

三人逛得開心，卻沒注意到，他們已經被人盯上了。

「模樣看起來挺標致，而且只帶兩個僕人，應該不是出自高門大戶。就她了怎麼樣？」

「行，跟著的小丫頭，容貌雖然差點，也能賣不少錢。」

兩個人說完，隱進人群中，分頭準備去了。

第五章　救美

吉祥街是盛京城最繁華的街，與秦陽河交叉而過。交界處最熱鬧，風景也最好。

穆婉寧又打發大壯去買了幾份小吃，然後拉著檀香走到河邊空地，讓檀香把帶來的粗布鋪在地上，舒舒服服地坐下來，邊吃邊聊。

「對了，姑娘，您聽說過鎮西侯沒有？」

「大破北狄的英雄，怎麼可能沒聽說。聽聞他十二歲從軍，一守就是十年，現在回京封侯，許多高門都設了宴，想邀請他。」

「姑娘，您的消息太慢了。」檀香一臉得意，兩隻眼睛裡燃燒著熊熊的八卦之火。

「那些宴會的確是因為他才辦的，可大家一見到他本人，就有點害怕了。而且最近還有傳言，說鎮西侯有點邪門……」

檀香壓低聲音，看看左右沒人，才大著膽子道：「聽說他臉上戴了張青面獠牙的面具，一到夜裡，眼睛就變紅，每天都要殺一個人才行。」

雖然檀香說得信誓旦旦，像是真的一樣，但穆婉寧聽完，還是笑了。「這種鬼話妳也信？是不是還說他要喝人血、吃人肉啊？」

檀香睜大眼睛。「姑娘，您都知道？」

穆婉寧扶額。「不過是些人云亦云，再加上以訛傳訛罷了。蕭將軍是守衛邊關的大英雄，戴面具可能是受傷，不欲讓人知曉。不要再說這些不著邊際的話，萬一傳到他的耳朵裡，是會讓人寒心的。」

前一世，穆婉寧雖是畏縮懦弱的後宅婦人，但每每聽到蕭長恭的事蹟，也會讓她心潮澎湃。光聽著他連戰告捷，把北狄人打得聞風喪膽，就夠解氣的了。

午夜夢回，她也曾經想過，如果她有蕭長恭萬分之一的勇氣，是不是就不會在方家受窩囊氣了。

不過檀香還是不信。「姑娘不知道，廚房裡的大娘說得可認真了，還說鎮西侯每天不喝人血，就會發瘋呢。」

穆婉寧被檀香說得笑出聲。「真是越說越離譜了。前朝的將軍還說過『壯志飢餐胡虜肉，笑談渴飲匈奴血』，難道將軍真去吃人肉、喝人血不成？要是這樣，妳當京兆府是吃乾飯的？不過，他們也的確是，謠言都傳成這樣，也不管管……」

離穆婉寧不遠的酒樓上，二樓的臨窗雅座裡，京兆府的少府尹蔣幕白一口茶水噴了出來，看看坐在他對面、戴著半張面具的鎮西侯蕭長恭，滿臉尷尬。

今天他約蕭長恭出來，就是要問流言的。

他根本不信這種話，但是架不住鎮西侯府一連三天送了屍體過來，而且血肉模糊，哪怕那些屍體是北狄的細作，也實在讓他心驚。

蔣幕白不好上侯府查問，只好遞帖子約蕭長恭出來，沒想到蕭長恭倒是很給面子，欣然赴約。

樓上的兩人沒有說話，蕭長恭則一臉玩味地看著河邊的少女。

那樣信誓旦旦的話，他聽得多了，邊關百姓無一不這麼說，甚至有大膽的姑娘揚言，自己非他不嫁。

可是結果呢？

姑娘們每每見到他的面，不還是會躲，再大膽的姑娘也不過是背後說說。

邊關的百姓暗地裡稱呼他為殺神，他們需要他，卻也怕他。

與此同時，檀香還是不信，繼續說著聽來的傳言。

「姑娘，您不也沒看到嗎，怎麼知道是假的？而且我還聽說，前幾年鎮西侯當街殺了二十三個人，血染紅衣裳，在地上流成小河，附近的人還有嚇出病來的，好多人都瞧見了。」

這件事，穆婉寧也知道，三年前北狄派大批細作當街刺殺回京述職的蕭長恭，差一點就得手了。

「那是因為有人行刺，不殺人，難道站在那裡被人殺？蕭將軍是守家衛國的好男兒，我相信他是清白的，不應該受這種詆毀。不准妳再講這些了，回去看到廚房的大娘，也告訴她，不許胡說。」

穆婉寧的語氣很嚴肅，檀香只好低頭認錯。「知道了，以後我不亂說了。」

接著，主僕兩人又湊在一塊兒，聊了起來。

酒樓上的兩人收回目光，蔣幕白不由感慨。「沒想到，偌大的盛京城裡，一群百姓竟然看得不如一個小姑娘透徹。」

蔣幕白說完，重新倒了杯茶，端到唇邊，舉手投足之間，仍有當年翩翩貴公子的影子。十年前，他和蕭長恭曾經是書院的同窗，相約一起考秀才、中舉人。

只是，時也命也，蕭長恭父母守城被破，一戰皆亡，為了家族名聲與未曾謀面、失散於戰亂的幼弟，不得不棄筆從戎，入了軍伍。

而蔣幕白這個不安分的，居然也沒走文官的路子，學問做到一半，改學了武，十年打拚下來，做了京兆府的少府尹。

「都沒看透倒也不至於，不過是有人看我不順眼，其他人默不作聲罷了。」

蔣幕白放下茶杯。「背後的人，你可查出來了？」

「無非就是那麼幾個人，查不查，又有何妨。」蕭長恭完全不在意，目光仍時不時瞟向外面的穆婉寧和檀香。兩個小姑娘吃得倒是開心，也不知道是什麼街邊美味。

「也好，名頭太盛不是好事。不過你府裡的屍體怎麼回事？每次送來都血肉模糊的。」

「激怒北狄人。他們跟老鼠似的，隔三差五往我這裡鑽，不給點顏色，真當我是回來養傷的。」

蔣幕白看看半張面具下面的臉，心想：就這臉色，說不是養傷誰信啊？

穆婉寧絲毫不知她口裡的大英雄、大將軍正在看著她，此時正心滿意足地欣賞風景，覺得老天爺真的是太眷顧她了，受盡苦難後，還能重活一回。

忽然，不遠的橋邊傳來撲通一聲，緊接著有人喊：「落水了！」

穆婉寧和檀香立刻站起來，走向河邊，看見有個人在那裡浮浮沈沈，心裡也跟著著急。

檀香扭頭看大壯。「大壯哥哥，你是不是會泅水？」

大壯點點頭，穆婉寧急道：「要是會泅水，就趕緊去救人。」

「好。」大壯三下五除二脫了上身的褂子，緊跑幾步，一躍跳進河裡。

穆婉寧看大壯幾下便游得甚遠，安心幾分。她可不想救人不成，還把自己人搭進去。

酒樓上，蔣幕白也坐不住了，他是京兆府的少府尹，有責任保護百姓安危，好端端地忽然有人落水，說不定有什麼貓膩。

蔣幕白對蕭長恭點點頭，一個翻身從窗戶跳出去，跑向河邊。

蕭長恭本想坐著繼續喝茶，突然臉色一變，一撐扶手，也翻了出去。

另一邊，穆婉寧看著大壯遊到落水的人身邊，從背後拖住人往回游，鬆了口氣。

就在這時，穆婉寧覺得脖子一痛，眼前一黑，倒下前想去抓檀香的手，卻什麼也沒抓住。

「姑娘，大壯哥哥救到人，太好了。」

檀香一扭頭，發現穆婉寧不見了，左右找找也不見蹤影，驚出一聲冷汗，大聲呼救。

「姑娘？快來人啊，我家姑娘不見了。」

蔣幕白覺得落水的事有蹊蹺，雖然人在岸邊，目光卻不是盯著落水的人，而是注意岸上的動靜。

他正觀望時，聽到檀香呼喊，心裡一個激靈，快步衝上前。「妳們是哪家的，有沒有看見人往哪裡去？」

「我家姑娘是宰相府的四姑娘，我一扭頭就不見人影了。」

蔣幕白腦子裡響起嗡的一聲，知道出大事了，立即下令。「傳我的命令，馬上封城！」

片刻後，穆婉寧迷迷糊糊醒來，感覺像是被人扛在肩膀上，頭朝下讓她很不舒服，尤其那人的肩膀還頂著她的肚子，每跑一步都撞一下，難受得很。

但也是這份難受，才讓她很快清醒。

穆婉寧扭了扭頭，想看看左右，卻只能看到一塊黑色的布，以及一雙奔跑著的腿和飛快移動的地面。

這下穆婉寧明白了，她被人劫持，還用黑布蓋住。剛要張口呼救，又想到，萬一綁走她的人知道她醒了，很可能再次打暈她。

要是再昏過去一次，可沒有這麼好的運氣醒來，真正成了任人宰割。

忽然間，扛著她的人不再往前跑，而是猛地停住，讓穆婉寧差點從他的肩上飛出去。

緊接著，一個充滿寒意的聲音響起。「人放下，你可以走。」

在穆婉寧聽來，這聲音就像是天籟一樣。

這人倒乾脆，立刻放下穆婉寧，但一隻手勒住她的脖子、一隻手掏出匕首抵在她頸間。

「別過來，不然我殺了她。」

「對，不要過來，後退。」另一個人也幫腔。

穆婉寧正想努力抬頭，看看說話的人是誰，卻被摔到地上，緊接著勒住脖子。晃動中，第一眼看到的，是個站在巷口的高大男子，臉上是半邊面具。

面具上有數不清的獠牙，看上去猙獰恐怖。

整個盛京城裡，只有一個人戴這樣的面具——鎮西侯蕭長恭。

穆婉寧像是看到救命稻草一樣，拚命掙扎，只要能跑到他身邊，她就安全了。

「老實點。」

「別動。」

兩個聲音同時響起，一個是挾持她的人，另一個聲音則出自蕭長恭。

蕭長恭的聲音有種奇異的、讓人安定的力量，穆婉寧立刻不再掙扎，卻一直看著他，目光裡滿含懇求。

緊接著，一道白光射來，貼著穆婉寧的頭頂飛過去，發出噗的一聲。

匪徒驚恐的聲音戛然而止，穆婉寧轉頭一看，只見一柄匕首直直地插在他的腦門上。

用匕首抵住穆婉寧脖子的人，什麼也沒來得及做，便向後倒去。

穆婉寧站在原地，全身僵硬。雖然她重生一次，上輩子也受了不少苦難，但這種人死在眼前的事還是少見，更別說每個人腦門上都插了一把匕首。

這樣的場景，嚇得她血液都不會流了。

蕭長恭大步走來。「妳沒事吧？」

穆婉寧艱難地抬起頭，看向蕭長恭。他臉上的面具的確駭人，但面具後的那雙眼睛，卻很溫柔，令人安心。

對上蕭長恭的眼神，穆婉寧忽然間覺得不怕了，哪怕是受挾持時，刀尖已經扎進脖子的皮膚裡，她也能聽他的話，站住不動。

只是不怕歸不怕，牙齒卻不聽使喚，一個勁兒上牙磕下牙，發出咯咯的聲音。

「我沒……沒事，多謝大將軍，婉寧感激不盡。」穆婉寧說完，便想行禮，可是剛做了個樣子，人便往地上坐去。

蕭長恭長手一伸，扶住她。「受傷了？」

「沒……沒有，就是嚇得……腿軟。」穆婉寧說完，覺得這樣很丟人，趕緊低頭。

穆婉寧的臉色的確很蒼白，可見是真的受到驚嚇，但蕭長恭還是忍不住扯了扯嘴角。

他還是頭一次看到有人這麼直白地說自己嚇得腿軟，尤其說完後的那一抹害羞，更是有點可愛。

「抬頭，妳的脖子流血了。」

「啊？好。」穆婉寧這才想起，剛剛匕首扎進皮膚時，她又驚又怕，居然沒覺得疼。現在被蕭長恭一說，立時感覺到疼痛。

蕭長恭用手指微微抬起穆婉寧的下巴，露出脖子的傷口。少女纖細的頸項上，有一處小小的紅點，正在流血。

他不覺用手指抿去滲出的血跡。嗯，皮膚又細又滑，還很白皙，隱隱可見下面的青筋。

嗯，他關心的地方好像有點不對？

穆婉寧一直以為，男人的手都應該硬得像石頭一樣才對，但蕭長恭的指腹很軟，指尖的皮膚卻又有些粗糙，摩挲過她的脖子時，一種奇異的酥麻感瞬間從脖子蔓延到全身。

她渾身一震，蒼白的臉色上瞬間泛起紅暈。

蕭長恭也反應過來了，趕緊鬆手，咳了一聲。「還好。傷口不是很深，只破了皮，沒有傷到經脈。」

穆婉寧剛想道謝，忽然想起什麼，雙手捂住自己的嘴，人也後退一步，滿臉驚恐地看著蕭長恭，緊接著因為失去支撐，一屁股坐在地上。

蕭長恭的臉色瞬間沉下來，這表情像極了那些邊關女子看到他的表情，哪怕他救了她們，她們還是一臉驚恐地看著他。

哼，前面說得那麼信誓旦旦，這會兒終於反應過來了嗎？

算了，反正人已經救下，他也該功成身退了。

「大將軍，對不起，我……我剛剛吃了臭豆腐，還沒來得及漱口。」

蕭長恭差點一頭栽在地上，很想大笑，他擔心了半天的事情，在她眼裡，竟然還不如吃了臭豆腐沒漱口重要。

難道，她真的一點都不怕他？

對於氣味，蕭長恭向來不在意。戰場上從沒有好氣味，永遠都有擺不脫的血腥味與腐肉味。就算不打仗，軍營裡也是臭氣熏天，成千上萬個糙漢子住在一起，能有好味道才怪。

可是，這麼嬌俏可人的小姑娘說自己吃了臭豆腐，蕭長恭忽然動了心思，想去聞一聞。

但他剛一探頭，便反應過來，哪有陌生男子去聞人家女子嘴裡味道的？又不是自己的媳婦。

蕭長恭有點尷尬，正想說點什麼，忽然間臉色一變，把穆婉寧摟進懷裡，雙腳一蹬，幾個閃躲，避到了屋簷下。

方才兩人待過的地方，插了三枝弩箭。箭頭全沒進地裡，可見力道之強。

穆婉寧突然被蕭長恭抱住，剛要驚叫，便感覺一隻大手捂住她的口鼻，耳邊響起蕭長恭低沈的聲音，以及溫熱的氣息。

「別出聲。」

穆婉寧點點頭，用手輕輕去扳蕭長恭的拇指和食指，示意她快沒辦法呼吸了。

兩道黑影從對面的屋簷上探出頭，蕭長恭立即甩出兩把飛刀。這次扎中的是脖頸，兩個人摔下來，發出撲通一聲。

穆婉寧偏頭去看，這次掉下來的人全身青衣，與之前的匪徒打扮完全不同。

蕭長恭鬆開手，穆婉寧用極輕的聲音問道：「刺客？」

蕭長恭詫異地打量懷裡的人，驚恐的臉色的確是真的，但眼神很清明，並未露出慌亂。

這丫頭居然沒被嚇傻？他一直以為盛京城裡的女子，都是一嚇就暈的呢。

穆婉寧張嘴，還想說話，蕭長恭伸出一根手指按住她的嘴巴。

穆婉寧馬上住嘴，只用眼睛看著蕭長恭。她與他離得極近，近到她能聞到他身上的氣息，凜冽，又帶有一絲鐵鏽味，讓人想起書中寫的萬里風沙，似乎能感受到西北的朔風獵獵。

蕭長恭側過頭，仔細聽著動靜。以他的直覺判斷，屋頂上一定還有人，而且弩劍肯定已在弦上，要是他敢動，便立時齊發。

弩箭力道很強，若只有他，興許能全身而退，但帶著一個人，絕對不行。

頭頂上傳來很輕但很快的腳步聲，顯然刺客已經放棄等待，正在飛快移動位置。

穆婉寧也聽出來了，用目光詢問蕭長恭要怎麼辦。

「是衝著我來的。妳別怕，趴在我背上，我帶妳衝出去。」

穆婉寧點點頭，雖然手軟腳軟，但還是強迫自己提起力氣，爬上蕭長恭的背。

為讓蕭長恭更省力，她乾脆提起裙子，用腿盤住他的腰，然後雙手分別抓緊他肩膀兩側的衣服，以免卡住他的脖子。

「很好，把眼睛閉上，抓牢了。」蕭長恭讚了一聲，隨即跑起來。

幾乎是剛跑出去，就傳來嗖嗖嗖的破空聲，穆婉寧趕緊閉上眼睛，不敢再看。

破空聲消失，耳邊傳來金屬相撞的聲音，一股溫熱水液直接濺在臉上，穆婉寧嚇得一激靈，睜開眼，看到一個人被蕭長恭一劍劈開，死在面前。

她的尖叫還沒出口，又有人從背後襲來。

蕭長恭轉身不及，胳膊被劃了一刀，深可見骨。但那人被他一劍捅進咽喉，當場斃命。

穆婉寧嚇得聲音凍結在喉嚨裡，對她來說，「刺殺」這兩個字，終於成了真實的事。

第六章 刺殺

來刺殺蕭長恭的，都是北狄的死士。只要行動，就沒有中斷的可能。

攻擊一波接一波地來，穆婉寧漸漸感受到，蕭長恭為了保護她，躲閃得很是吃力。

前一世，穆婉寧雖困於後宅，卻也知道蕭長恭是誰。他的一場大勝打得北狄直到她死也沒敢進犯，連那個覺得自己懷才不遇、看誰都是草包笨蛋的方堯，也對蕭長恭讚不絕口。

蕭長恭是英雄，是邊關的守護神。

她不過是個後宅女子，哪怕重生一次，心裡想的也不過是怎麼出口惡氣。

那樣的英雄，如果因為她這種沒用的女子丟了性命，太可惜了。

「蕭將軍，您……放下我吧，邊關需要您來守護，不值得為我丟了性命。能被您揹這一路，婉寧已經心滿意足了。」

穆婉寧說完這話，咬咬牙，放鬆了自己的手腳。

她已經死過一次，重生的時日雖然短暫，但每一刻都是幸福的、都是多得的，不虧了。

蕭長恭一個俯身，躲過橫劈過來的一刀。穆婉寧也因為這個動作，還伏在他背上，沒有向下滑去。

「閉嘴，抓緊了。再多說一個字，我就把妳扔下去。」

明明是一句喝罵，可是穆婉寧聽來，卻有著說不出的溫暖。兩世為人，這樣霸道又溫柔的話，她還是第一次聽見。

「嗯。」穆婉寧回答著，隱隱帶了一絲哽咽，手腳再次用力，緊緊貼在蕭長恭的身上。

「我肉厚，實在躲不開，就不要躲了，我可以幫你擋刀。」穆婉寧說完，把頭埋在蕭長恭的脖頸間，身體繃緊，做好隨時挨刀的準備。

蕭長恭差點被氣笑了。肉厚？就那小身板，一刀都能砍成兩截，揹塊豆腐都比她結實。

還有，他好歹是堂堂鎮西侯，前任撫遠將軍之子，戰場上屍山血海裡爬出來的人物，要她擋刀？

他蕭長恭不要面子的嗎？

思緒間，又是一通拚殺，蕭長恭再斬兩人，然後躲在一處角落裡喘著粗氣。

該死，如果不是舊傷復發，他不會這麼狼狽，更不會到現在還沒能把小丫頭帶出去。

柔柔的肌膚貼著脖頸，溫熱氣息隔著衣服吹進來，即使在這麼凶險的環境，蕭長恭也感到一陣奇異的酥麻感。很快，這酥麻感就傳遍全身。

這樣的感覺從未有過，以至蕭長恭有瞬間的失神。

因此，蕭長恭差點沒躲過迎面劈來的單刀，好在多年戰場搏殺已是本能，腦子雖然沒反應過來，身子卻自動避開了。

刀鋒貼著蕭長恭的鼻尖劃過。

好險！連見慣生死的蕭長恭也驚出一身的冷汗來。

怪不得說溫柔鄉，英雄塚，果然最溫柔的就是最危險的。

之前他不是沒揹過人逃命，可那是糙漢子，鬍子拉碴，脖子上感覺又硬又刺，哪裡揹過這樣溫柔嬌小的人兒，身子軟軟的，連呼出的氣息都是暖的。

莫名地，蕭長恭又想起穆婉寧捂著嘴、說她剛剛吃了臭豆腐的樣子，隨後手心開始發熱，那裡曾經緊緊貼著背上人溫柔的嘴唇。

不行，不能再想了，再想就真得栽在這裡了。

這時，蕭長恭的護衛終於趕來，不用他拚命了。他們人多，幾個呼吸之間，僻巷裡多了幾具屍體，以及幾個劍尖還在滴血的人。

「屬下來遲，望將軍恕罪。」領頭的人抱拳低頭，身上滴著的，有敵人的血，也有自己的血。雖然蕭長恭封了鎮西侯，但跟著蕭長恭的人還是習慣喊他將軍。

「沒傷的收拾這裡，有傷的包紮傷口。另外找個人，去酒樓把我坐的馬車趕過來。」

「是。」

聽到這樣的話，穆婉寧終於明白，來的人是蕭長恭的屬下，刺殺已經結束，她和他都不用死了。

心裡一鬆，她再也堅持不住，眼前一黑，人往下滑去。

蕭長恭察覺背後有異，立刻反手接住穆婉寧，把她抱在懷裡，仔細看看，並未受傷，是驚嚇過度，昏過去了。

哼，明明怕得要死，還非得裝硬氣，玩什麼鬆手的把戲。

一會兒後，蔣幕白帶著京兆府的衙役們趕來。

蔣幕白看到滿地的屍體，眉心一跳，再看蕭長恭抱著一個面色慘白、半邊臉都是鮮血的少女，心涼了半截。

「這……是相府的四姑娘？」蔣幕白聲音有些顫抖，要是穆鼎的女兒在他眼皮子底下丟了性命，他絕對吃不了兜著走。

蕭長恭抬頭瞥向有點哆嗦的蔣幕白。「別緊張，只是昏過去了，沒死。」

呼……蔣幕白長出一口氣，媽呀這也太嚇人了。

不過，這只是不幸中的萬幸，畢竟穆婉寧還是在他面前被擄走了。

剛才那落水的與擄人的根本是一夥，先是落水吸引大家的注意，然後趁亂綁人。

至於他們的去處，南邊的娼館裡有不少這樣的姑娘，一旦被綁去，這輩子就毀了。哪怕能救回來，名聲也完了，沒人敢娶。有的世家狠下心，直接說人死在外面，然後送到廟裡，青燈古佛一輩子。

好在穆婉寧被救回來，沒出大事。

不過，蔣幕白打量地上的屍體，以及幾個帶傷的護衛，連蕭長恭都見了紅，不由納悶。

「這是怎麼回事？擄一個小姑娘，不用這麼大的陣仗吧？」

蕭長恭給了蔣幕白一個他不和白癡說話的眼神，看到護衛已經把馬車趕來，抱著穆婉寧上了車。

「這都看不出來，我看你辭官回家抱孩子吧。只有最初死的那兩個人才是擄人的，後面的死士是衝著我來的。行了，我把人送回去，你善後。」

蔣幕白看著揚長而去的馬車，心想就算要送，也不用一直抱著人家吧。

那可是未出閣的姑娘，這樣送回去，願意娶她還好，不願意的話，可是要毀人家一生，還會與宰相府結仇。

其實蕭長恭何嘗不明白，十二歲之前，他也是盛京裡的貴公子，知曉姑娘家的名聲有多要緊。

可是眼前的小姑娘，即使在昏迷中也緊緊抓著他的衣服，無視他臉上駭人的面具，全心全意地相信他，還願意犧牲自己，只求保他的命。

好聽的話可以隨意說，但那一剎那的鬆手，卻不是假的。

蕭長恭掂掂懷裡的人，嘴角又不自然地扯了扯。

肉厚？虧她說得出來。

看到穆婉寧半邊臉都染上鮮血，蕭長恭從她的袖口裡抽出帕子，倒出水囊裡的水打濕，輕輕幫她擦掉臉上的血污。

少女的肌膚吹彈可破，擦起來手感很好，不像替軍中的兄弟擦血時，滿滿的粗糙。

擦到嘴巴時，蕭長恭不禁想起她捂著嘴，說自己剛吃了臭豆腐的樣子。

當時他根本沒注意，這會兒不由有點好奇，吃了臭豆腐，會有什麼味道呢？

反正馬車裡沒有別人，蕭長恭糾結一會兒，還是低下頭聞了聞，只覺吐氣如蘭，帶上一點女兒家的馨香。

蕭長恭再次感到一種奇異的酥麻感，很快蔓延至全身。

這時，馬車外面忽然傳來馬蹄聲，由遠及近。「將軍，陛下傳話，要您即刻進宮。」

「知道了。」

蕭長恭看看昏迷中的穆婉寧，把自己的衣服從她手中抽開，然後拿了一件披風，把她裹得嚴嚴實實，才跳下馬車。

「小七，人交給你了，務必要平安送到相府。」

「放心吧，將軍。」小七應聲去了。

宰相府裡已經得到穆婉寧被擄走的消息，亂了起來。

檀香本是不想回府，可蔣幕白嫌她哭哭啼啼的礙事，派人送她回去。

但檀香不肯進門，想著出來時是兩個人，回去時也得是兩個人。如果不是兩個人，她也沒臉回去了。

一會兒後，一輛黑色馬車緩緩駛來，檀香一個激靈站起身，跑上前。「是我家姑娘回來了嗎？」

小七停好車，警惕地打量檀香。「我要找宰相府的人。」

「我是姑娘身邊的婢女，叫檀香。」

「等著。」

小七轉身進了馬車，把車裡的人抱下來，直接放在府門口的空地上，見檀香跑上前，便覺得人已經送到，趕著馬車走了。

「姑娘，您沒事吧？」

檀香見穆婉寧被一件玄色披風裹得嚴嚴實實，臉上還有沒擦乾淨的血跡，而且雙目緊閉、臉色慘白，嚇得手腳冰涼，六神無主，顫抖著伸手去探她鼻息，好在還是溫熱的。

「來人，快來人啊！」知道姑娘沒死，檀香這才覺得自己回魂了，高聲叫嚷起來。

大壯先出來，上前抱起穆婉寧往府裡走，接著來了一堆婢女跟婆子，七手八腳把穆婉寧送回清兮院。

只是，下人們看著穆婉寧，眼神不免有些怪異。好好的姑娘以這種方式回來，還不知道是被誰送回來，一旦傳揚開，後半輩子算是毀了。

等到大家散去後，檀香掀開披風，看到穆婉寧的衣服上也滿是鮮血時，更是嚇得一屁股坐在地上。

另一邊，蕭長恭進殿時，皇帝正與穆鼎說話。

兩人一見蕭長恭的樣子，都嚇了一跳。

方才搏殺激烈得連穆婉寧身上都是血，更別說蕭長恭了。加上他左臂受傷，這會兒只是隨便包紮一下，傷口還在滲血。

蕭長恭摘下面具，恭恭敬敬地向皇帝行禮，慘白臉色顯示他剛剛經歷的凶險。

「長恭，這是出了什麼事？」

「臣遇到北狄細作行刺，聽聞陛下見召，未及修飾形容便趕來，望陛下恕罪。」

皇帝一聽，立刻吩咐看座，又命召太醫，帶最好的傷藥來。

「不知陛下召臣何事？趁著臣還清醒，且先回答，等會兒上了藥，恐怕無法回話了。」

「無妨，朕本是想問戰事的細節，沒想到你遇上刺殺。先讓太醫幫你治傷，等你休養好了再來回話，也是一樣的。」

穆鼎在一旁看著，亦心驚肉跳。雖然他見過退下戰場的傷兵，但這樣半身鮮血的模樣，實在駭人。

「鎮西侯的臉色可不太好。」

蕭長恭望向穆鼎，大齊的宰相，也是說自己肉厚的小人兒的父親。

「不要緊。之前受了傷，一直沒好全，今天便被北狄人鑽了空子。」

此時，傳話的太監來報。「京兆府正、少府尹求見。」

皇帝看看蕭長恭，後者點點頭，便明白他們這是來稟報事情始末的。

「宣。」

兩人進殿，蔣幕白說了刺殺經過，看到穆鼎在，想著事關女兒家名聲，並沒有提及穆婉寧之事，只講了細作出手如何凶猛，蕭長恭如何禦敵。

最後，蔣幕白才向穆鼎抱拳。「宰相大人，府上四姑娘遭歹人擄走，幸未受傷，已經送回相府。」

穆鼎一聽，大驚失色，立刻向皇帝告退。

「可是那個做護膝的四姑娘？」

「正是。」

「去吧，好好安慰小姑娘。其他的事，回頭咱們君臣再議。」

「謝陛下。」

穆鼎退出去後，蔣幕白又跪下了。「剛剛有些隱情尚未講明，請陛下恕罪。」

皇帝挑眉。「說。」

蔣幕白這才把事情原原本本講出來，從蕭長恭救人，到因此避入僻巷，而後遭遇伏擊。

「剛剛未言明是鎮西侯救了穆四姑娘，一是事關女兒家名聲，二則鎮西侯與宰相大人同為朝廷棟梁，臣不希望兩位大人生了嫌隙故而有意略過，請陛下見諒。」

「嗯，做得好。身為京兆府尹，做事的確要周到些。擄人的和刺客都抓到了沒有？」

「兩個擄人的當場斃命，假裝落水的已經讓人捉拿歸案。刺客全是死士，沒有活口，但北狄人在盛京城中的藏匿之處已有線索。」

「哼，是北狄人已經囂張到如此程度，還是京兆府已經廢物到如此程度？三年前便有一樁刺殺，今天又來，當盛京城是篩子不成？」

兩名府尹一起下跪請罪。「請陛下息怒，這些死士是在十年前潛伏進來的，年深日久，之前一直安分守己，沒有任何動作。」

蕭長恭開口道：「這樣的細作，平時不動就是廢子，一動也是廢子，京兆府查不出來，也是正常。」

這時，太醫到了，幫蕭長恭上完藥，又細細診治一番，開了藥方。

皇帝命蔣幕白務必仔細清查盛京城的人口，不能再有刺殺之事，才讓眾人退下。

穆鼎回到府裡，立刻有人向他稟報穆婉寧的事情。

他進清兮院時，穆婉寧剛服了安神藥睡下，屋裡還有沒來得及收拾的血衣。

穆鼎哪裡還想不到這事與蕭長恭有關係，隨即明白蔣幕白沒有當面點明的原因，無非是給雙方一個餘地，以免他得知女兒被人抱了一路，為了顧全名聲，當場要嫁女兒。

好在送人回府的護衛無人認識，馬車也沒什麼標記。下人們只知道四姑娘外出遇險，被人救下送回來，至於是誰，甚至是哪府的人都不清楚。

周氏也在穆婉寧房裡，本有意重重責罰檀香，但看到穆婉寧身上的血跡便明白，這樣的事，別說檀香一個十二歲的孩子，就算是府裡的家丁，亦未必攔得住。

但有錯還是得罰，周氏讓張姑姑從新調教的婢女裡挑個好的送到穆婉寧身邊，然後命人把檀香拉下去，打了十個板子。趕車的大壯也沒逃過，挨了二十大板。

是以，夜裡穆婉寧醒來時，看到的並不是檀香，而是另外一張陌生的面孔。

「妳是誰？檀香呢？檀香……」

「回四姑娘的話，老夫人讓我來服侍您。檀香被打了板子，暫時還起不來。」

穆婉寧一愣。「好好的為什麼要打板子？這事不怪她。她在哪裡？我要去看她。」說著就要下床。

想到檀香那麼小，卻挨了打，穆婉寧的心揪起來，明明下定決心不要再讓檀香替她受苦，還是讓她被打了。

「姑娘，現在已經過了三更，您正虛弱著，還是別去了。奴婢熬了參粥，您喝完接著睡，養好精神，明天再去看檀香也不遲。」

穆婉寧看看窗外，夜色已深，檀香可能也睡了，貿然過去，反而會吵到她。

可是，她驚懼過度，這會兒雖然回到自己的閨房，白日裡的凶險還是歷歷在目。

當時，她趴在那個溫暖、寬厚又穩當的後背上，覺得有說不出的安全，哪怕看到人死在面前，還能勉強保持冷靜。

但這會兒不同，身邊沒了熟悉的檀香，哪怕是在自己的閨房裡，一想到白天發生的事，她又怕得厲害，手也發抖了。

新來的婢女看到穆婉寧的臉色又變白，趕緊把她扶到床上，端來參粥，一口一口餵她。

熱粥下肚，穆婉寧心裡踏實了些，抬頭打量餵她喝粥的婢女。

「妳叫什麼名字？」

「老夫人說了，跟了四姑娘，原來的名字就不作數了，讓您賜名。」

「那……叫墨香吧。」

墨香放下碗，福身行禮。「多謝姑娘賜名。」

穆婉寧喝過熱粥，又躺下休息。

墨香不敢去外屋，而是搬了張凳子坐在床邊，守著穆婉寧。

看樣子，墨香比檀香要大上好幾歲，雖然不熟悉，但性格穩重。有墨香守著，穆婉寧感覺安心許多，又迷迷糊糊地睡去。

第七章 動怒

穆婉寧一覺睡下去，卻發起高燒，府裡只好又請了郎中。

穆鼎下朝時，正好遇上郎中出府，出於對女兒的關心，他拉住郎中仔細詢問一番，得知穆婉寧只是驚懼過度加上身子虛弱，心裡安定不少。

他進屋時，穆婉寧正在喝藥，才一天不見，原來有些圓潤的小臉便尖了下去，看得他大為心疼。但想到他要問的問題，還是狠狠心，揮退了下人。

「婉兒，為父有話要問妳。」

穆婉寧點點頭。「父親不來找我，我也要找父親的。」隨後把記得的情況細說了一遍，卻沒說出救她的人是誰。

「父親，我知道您想問是誰救我，婉寧心裡清楚，但不能說，也不能當面道謝，只能默默祈福感謝。那人是為了救我，才碰到我的身子，實是萬不得已。父親身分貴重，如果您為全女兒的名聲，前去議親，他若是願意還好；若是不願意，咱們豈不是恩將仇報？

「再者，父親乃當朝宰相，與誰結親是需要考量的。女兒不說，是不希望父親為難。既然送我回來時，那人也未曾表明身分，想必亦是有此顧慮。」

穆鼎猜了個八九不離十，但聽到穆婉寧這麼說，心裡還是感動。這裡裡外外的，穆婉寧想的都是他的處境，沒多想她可能面臨的非議。

那天在府門口，不少人看到穆婉寧被一件玄色披風裹著送回來，難免會引起閒言閒語。

「話雖如此，妳還是要明確告知為父，這樣日後相見，也好表達感謝。」

穆婉寧咬了咬嘴唇。「是蕭將軍。」

果然如此。

「婉兒放心，等妳及笄後，爹定給妳找一門好親事，絕對不會委屈我的女兒。不過如妳所說，這件事還需要保密，妳祖母那裡，我會去說。」

穆婉寧露出疲憊的笑容。「女兒先謝過爹爹了。」

待穆鼎走後，穆婉寧吩咐墨香用她的月錢買些補品送給檀香和大壯，說她先不過去看他們，以免過了病氣；又讓墨香把那件裹著她的玄色披風清洗乾淨，勿要假手於人。

墨香一一聽著，心裡感慨，府裡能像穆婉寧這樣真心對下人好的主子，並不多。

起初，她並不情願來服侍穆婉寧，但現在看來，這或許是她最好的出路。而且看今天穆鼎的樣子，誰能說穆婉寧以後不受寵呢。

穆婉寧一覺睡到晚上，發了一身的汗，終於能坐起來。雖然還是身虛體弱，但好歹不再昏昏沈沈了。

一個下午，穆鼎送來不少藥材和補品，穆鴻嶺與穆鴻漸也來探望。至於更小的弟妹以及更老的周氏則是被隔在外面，以免過了病氣。

周氏得知穆婉寧對穆鼎那番說詞之後，心裡更加憐愛她，也送了好些東西。

第二天，穆婉寧讓人把檀香從下人房裡移回自己的外屋，讓墨香一併照顧著。主僕倆趴在床上，有一搭、沒一搭地說話，墨香忙前忙後，也時不時插句嘴。屋裡雖然病的病、傷的傷，倒不至於沈悶。

直到穆安寧前來，打破了這份愜意。

瞧見穆安寧那張寫滿幸災樂禍的臉，檀香心裡就一陣生氣。

這幾天連周氏都來探望了，但穆安寧硬是沒上門，直到穆婉寧開始喝起補藥，這才施施然過來。

檀香的板子挨得不輕，這會兒還不好下地走動。不過，就算她能走動，也不願意向穆安寧行禮，正好稱病不起。

穆安寧不在意檀香對她的無禮，今天上門，是為了看更大的好戲。

「四妹妹可好些了？妳可能還不知道吧，妳已經出名啦。」

饒是新來的墨香，此時也皺起眉頭，這聲音裡幸災樂禍的意味太明顯了。好歹是同父異母的姊妹，如此說話實在太過了點。

穆婉寧早已見怪不怪，知道穆安寧上門不會有好事。穆安寧要是不這麼陰陽怪氣地說話，她反而會疑惑。

見穆婉寧閉目不語，穆安寧閃過一絲惱怒，但想到接下來要說的話，又壓下了火氣。

「那天妳回來時，可是好多人都瞧見了，一件顯然是男人的玄色披風，實在引人遐想。很多人都說，莫不是相府四姑娘與人有了首尾，失了清白後被送回？」

這話，別說是外屋的檀香，連墨香也聽不下去了。「三姑娘，您怎麼可以這麼說四姑娘？您明知是她是被人擄走，而後平安回來的。」

「主子說話，有妳說話的分嗎？別以為妳是祖母房裡出來的，我就不敢打妳。」

「您……」

「墨香，妳去照顧外屋的檀香。」相府的規矩很嚴，身為下人不能頂撞主子，就算占理也不行。

雖然前世穆婉寧不認識墨香，但這一世，既然墨香跟了她，她就不會眼睜睜看墨香為了她挨打。

墨香擔心躺在床上的穆婉寧，有些遲疑，直到穆婉寧用眼神示意她安心，才走出去。

等墨香走遠後，穆婉寧看著穆安寧得意洋洋的樣子，緩緩開口道：「所謂清者自清，濁者自濁，三姊姊過來，不是只為了跟我說這番話吧。」

「哼，這就是妳的報應。早說過要妳老老實實的，非得四處拍馬屁出風頭，現在妳已經是全盛京的笑柄了。」

「若我成了笑柄，三姊姊能好到哪裡去？就算外人不知道妳今天在我面前說了什麼，身為笑柄的姊姊，或者說，與人有了首尾、失了清白之人的姊姊，又會有什麼好名聲？」

穆婉寧心裡嗤笑，大家族講究一榮俱榮、一損俱損，自己的妹妹被傳成那樣，穆安寧還能笑得出來，不知道是真蠢，還是假蠢。

其實傳言並沒有那麼厲害，畢竟不是什麼人都能沒事在宰相府門前晃悠。就算看到了，也知道什麼該說、什麼不該說，不會亂傳。

但世上沒有不透風的牆，姑娘家被人擄走，又被一件玄色披風裹著送回去，實在是過於香豔的劇碼。

而且，穆安寧為了不被連累，有意無意往穆婉寧身上潑髒水，把穆婉寧出事說成是她自己放蕩不檢點。加上之前她也說過穆婉寧囂張跋扈、目無長姊，因此京城的貴女圈子中，穆婉寧還未出場，名聲已經臭得不能再臭了。

這些穆婉寧都不知道，即便知道也不會在意，最好是方家也聽到了，不願上門提親，那她非樂得笑出聲不可。

穆安寧看到穆婉寧一副不在意的樣子，恨得牙根癢癢，但穆婉寧不接話，她也只能繼續自說自話。

「其實嘛，流言不過是流言，只要有信得過的人出面澄清，很容易不攻自破。」

只要穆婉寧開口求她澄清流言，她就勉為其難答應下來。當然不是白澄清的，得有謝禮，那副南珠頭面就不錯。

至於澄清後有沒有人信，能不能平息下來，便與她無關了。

「可是我沒有什麼信得過的人啊。」穆婉寧佯裝不懂。言下之意，她信不過穆安寧。

外屋的檀香把臉悶在被子裡，強忍著不笑出聲。自家姑娘打從上次病好後，嘴皮子真的是越來越厲害了。

墨香也咬著手帕，默默憋笑。

穆安寧在心裡翻了個白眼，覺得穆婉寧真夠笨的，連這麼明顯的暗示都聽不懂。

「不是妳信得過的，是別人信得過的，這樣澄清起來，才能說服人。」

「既然這樣，改天我請母親出面澄清吧。相府夫人說話，還是很讓人信服的。」

穆安寧半張著嘴愣在原地，不好說自己比嫡母更讓人信得過，但又不知怎樣才能把話圓回自己身上。

穆婉寧在心裡偷笑。「不過母親一向不喜參加這種聚會，我有點猶豫。」

穆安寧立刻接話。「是，母親素來忙碌，再者她和許多人也不熟，倒不如我去替妳澄清，許多人我都認識的。」

穆婉寧假裝遲疑。「可是姊姊與我親近，妳去解釋，別人不會信吧？」

穆安寧愣住，心道她才不與穆婉寧親近呢，但外人看來，她們是姊妹，這麼說似乎也不是沒道理。

穆婉寧一本正經道：「要我說，姊姊別費心了，清者自清。再說，這種關於清白的事，姊姊一個未出閣的姑娘，解釋起來也不方便。」

眼看希望就要落空，穆婉寧又把話轉回來，穆安寧立刻接話。「沒什麼不方便的，只是說句話的事。」

「既如此，有勞姊姊了。」

這時，穆安寧才發現不對，明明她是想「勉為其難」地答應，怎麼就變成「說句話的事」了呢？

「姊姊還有事嗎？」

穆安寧咬咬牙，想到那套南珠頭面，捨不得走。最近幾次宴會，她擁有的幾套首飾都戴過了，再赴宴就得戴舊的。到時說不定又有人笑話她是個庶女，窮酸得很。

「雖說妳我是姊妹，但也得明算帳不是？不如，那副南珠頭面借我戴幾天。」

穆婉寧一聽，終於說到正題了，當下沈了臉色。「姊姊來探了兩次病，都是空著手上門；等到需要妳幫我說句話時，就要一副南珠頭面當酬謝？」

穆安寧道：「我只是借來戴兩天，妹妹不會那麼小氣吧？」

「上次姊姊借紅寶石頭面時，也是這麼說的。結果呢，一借大半年，歸還時還壞了。妹妹的月錢可不多，到現在還沒修好呢。」

「哼，妳自己惹出來的事，連累了我，還要我幫妳澄清，難道不應該嗎？」

「什麼叫我惹出來的事？三姊姊說話可要負責任。」

「當然是妳惹出來的事，如果妳不出門，乖乖待在府裡，怎麼會遭人擄走？」

穆婉寧無語地看著穆安寧，這麼奇葩的理由，她也好意思說出口。

「這麼說的話，三姊姊要是哪天出門沒看黃曆，被登徒子輕薄了，也是妳的錯嘍？畢竟不出門，就不會出事嘛。」

「妳……」穆安寧蹭地站起來。「妳敢咒我？」

「不過說說罷了。妹妹出不起謝禮，若三姊姊覺得說句話太麻煩，就不要說好了。」

說到這裡，穆安寧終於反應過來，穆婉寧根本是在逗她玩，拿她當跳梁小丑。

「好個穆婉寧，妳給我等著！」

穆安寧氣呼呼地站起來，看到桌上的茶盞，一股腦兒掃在地上，才覺得氣順了些，趾高氣揚地走了。

看到穆安寧出去，檀香才由墨香攙扶，強撐著身體走進來，一進屋便氣憤地開了口。

「三姑娘真是太過分了，但四姑娘可是越來越厲害了。」

墨香有些擔心。「只怕三姑娘此去，不會善罷甘休。」

穆婉寧不在意，對檀香道：「趕緊回去躺著，沒好全之前，不要下地。反正三姊姊已經要了兩次沒要成，我也不怕第三次。」

她說完，又吩咐墨香。「等會兒妳找母親要兩套新的茶具，就說能拿出來待客的，都被三姊姊打碎了。另外，明兒一早陪我去向祖母請安。三姊姊連續兩次在我屋裡摔東西，也得跟祖母好好說道說道。」

檀香與墨香對視一眼，看到穆婉寧胸有成竹的樣子，才放下心來。

一連幾天，除了喝了傷藥的晚上，蕭長恭都有點輾轉反側，難以入眠。

他的耳邊，總是會響起那句：我肉厚，可以幫你擋刀。

然後就是各種情景，有河邊的大義凜然，堅定地說她相信他，說他是大英雄，不應該承受這樣的流言。

還有她第一眼看到他時，眼睛裡迸發出的欣喜；她直白地說，自己嚇得腿軟；她露出一臉驚恐表情，卻不是因為他的面具，而是吃了臭豆腐來不及漱口。

再後來，她乖巧地趴在他的背上，哪怕被鮮血噴到，也沒有驚慌失措。發現她氣力不濟時，她願意放棄自己，讓他活著。

明明很怕，她還是鬆手了。

明明很怕，她還是說自己肉厚，願意幫他擋刀。

從來沒有一個女子可以像她一樣，不怕他也不懼他，真的把他看成英雄，全心全意希望他能活著。

他曾以為，這樣的女子，除了他娘之外，不會再有第二個了。

書上說，男人對女人心動時，腦子裡會全是那一個人，想那個人的一舉一動、一顰一笑。就算是別人看起來尋常的動作，也覺得好看。

他現在這樣，算不算心動呢？

蕭長恭看著床頂的帳子，抬起手，輕輕摩挲臉上的傷口。即使不照鏡子，他也知道這處疤痕很大、很嚇人。

他想再次擁她入懷，可是，當她看到真實的他，還會像看到面具一樣無懼嗎？

第二天一早，蕭長恭起床打了趟拳，一扭頭，看見小七滿臉陰沈地走進來，手上空空的，並沒有他要的早飯，後面跟著其貌不揚的風十。

「怎麼回事？」

「這是風十給我的。」小七說完，遞了一張紙條給蕭長恭。

蕭長恭接過，只掃了一眼，氣勢陡然一變，殺氣剎那間傾瀉而出。

院裡的小七和風十，立時噤若寒蟬，不敢妄動。

紙上寫著，京中流言，相府四姑娘外出與人約會，失了清白後被送回，只有一件玄色披風裹身，內裡不著寸縷。

蕭長恭陰沈著臉，看向站在小七身後的風十。「傳令下去，風雲兩處全力調查京中流言，務必把源頭查出來。」

蕭長恭有風雲兩批護衛，都是他在邊關救下來的孤兒，比買來的僕役更讓人放心。

風一和雲一分別是這兩批護衛的首領。風字頭是男子，是蕭長恭的親兵，有一部分的人專門打探消息、分析情報。小七也是風字頭的，只是大家習慣叫他小七。

雲字頭是女子，除了不當親兵，做的事與風字頭的人相同。另外，府裡的吃食、灑掃也是由她們來做。

「是。」

「小七，備馬更衣，我要去京兆府。」

蕭長恭一邊換衣服、一邊恨恨想著那些傳流言的人。

這種流言極其惡毒，萬一沒有止住，傳揚開來，穆婉寧幾乎是沒活路的。

他拚著受傷也要保護的人，轉眼間竟被流言做成的刀子砍中，他恨不得直接砍了第一個說出流言的傢伙。

蕭長恭換好衣服，走到前院，院子裡有值守的親兵。

「列隊，十息之後出發。」蕭長恭喊的是軍令。

呼啦一下，原本還有些懶洋洋的親兵立刻跳起來，拿衣服的、拿兵器的，分工明確。

蕭長恭靜靜看著，數著自己的呼吸，十息之後，院子裡的二十名親衛全部整裝完畢。

「出發。」

蕭長恭當先上馬，小七緊隨其後，其餘二十名是步兵，跟在馬後跑動起來。

這些親兵經過戰場廝殺，平時看人已自帶殺氣，此時有意露出氣勢，更是驚人。行人見到，無不紛紛避開，不敢直視。

京兆府早已接到消息，蔣幕白知道蕭長恭這隊人是衝著他來，在府門口相迎。

「長恭兄，你這是何意？」

「蔣幕白，你就是個吃乾飯的！」蕭長恭飛身下馬，從懷中掏出那張寫有流言的紙條，啪的拍在蔣幕白胸口上。

蔣幕白差點被蕭長恭拍得趔趄，暗自提了一口氣，才穩住身形。

他瞥了紙條一眼，立即變了臉色。這事的前因後果，他可是一清二楚，沒想到轉眼竟被人傳成這個樣子。換作是他，他也得炸。

蕭長恭見蔣幕白神情大變，心裡稍微舒服了些，但語氣依舊強硬。「我不管你動用什麼手段，總之從明天開始，我不想聽到這個流言，聽到一個人說，我就打一個。要是不希望京城大亂，便趕緊平息流言。若不服氣，就去陛下面前參我一本好了。」

蕭長恭說完，不等蔣幕白出聲，轉身出了京兆府。

最近蔣幕白一直在忙北狄細作的事，根本沒注意到京中的流言，結果就被蕭長恭找上門來了。

蕭長恭離開後，蔣幕白運足氣，高喊一聲。「三班衙役，全都過來！」

這陰沈中又帶有一絲氣急敗壞的聲音，如同一顆炸雷炸響在京兆府裡，讓所有人嚇得動了起來。

第八章 懲戒

蕭長恭一路出了京兆府，直奔宰相府而去。

那樣的流言，穆婉寧一個未出閣的女子，怎麼受得了！

蕭長恭心裡難受得很，想去看她、想抱著她，為她擋住那些像是刀子一樣的流言。

可是……萬一她不知道，他這一去，她不就知道了？

不，不能去。

蕭長恭急忙勒住馬頭，看向身後急匆匆跟上的小七，一時間有點躊躇。

從軍十年，他經歷過無數的凶險場面，可是這樣的軟刀子殺人，殺的還是這麼多年來唯一一個不怕他、願為他擋刀的人。

「將軍。」小七打馬上前。「您在這裡著急也無濟於事，還是先回府吧，看看風雲衛查出什麼了。而且穆姑娘是閨閣女子，市井上的流言，未必能這麼快傳進她耳朵裡。」

蕭長恭嘆了口氣，無奈地點點頭，撥轉馬頭回府。

路上，他遇到一個賣炸臭豆腐的小攤子，立時想到穆婉寧捂著嘴的可愛模樣，心裡更加難受。

「小七，去把那個攤子的臭豆腐全買下來，每個人回去都要吃。」

攤主是個五十來歲的小老頭，猛然一見蕭長恭，確實有點害怕，但聽到要包下他的攤子，眼睛亮起來，也不管那些蕭長恭會吃人的流言了，立刻跪下磕頭。

「謝謝大將軍。」

臭豆腐需要現炸，而且剛出鍋的才好吃。小七乾脆把人帶回府裡，在前院裡現炸現吃。

府裡的護衛圍了一圈，把東西吃完後算錢，居然還不到一兩銀子。

蕭長恭付了錢，又額外賞了一兩銀子，看著小販千恩萬謝地走了，心裡想，原來穆婉寧喜歡吃的東西，是這樣的味道。

整個盛京城，因為蕭長恭的一句話，被鬧了個雞飛狗跳。

穆府裡仍舊風平浪靜，不知道這些風波，晚輩們依然按照規矩，去向周氏請安。

不過穆婉寧今天可以不去，生病未癒，請安就免了。

穆安寧找的就是這樣的機會，等人到齊，又一一請過安之後，才委委屈屈地開口。

「祖母，再過幾天便是承平長公主府的宴會，孫女也接到帖子。可是孫女的幾套頭飾都舊了，您能不能跟四妹妹說一聲，讓她把那副南珠頭面借我戴幾天。」

周氏端起張姑姑遞來的茶盞，心裡有些不屑，那南珠頭面也不是什麼稀罕東西，不知怎地入了穆安寧的眼，幾次三番地討。

果然妾室養出來的姑娘，眼皮子就是淺。

穆鼎不悅。「這點小事還用找妳祖母，直接去借不就好了。」

穆安寧立時紅了眼眶。「我去了，可四妹妹就是不借，還說就算我出醜了，也與她沒關係，以後我嫁給誰，也同她無關。」

穆鴻嶺點點頭。「這倒沒錯，個人有個人的緣法。」

周氏和她身後的張姑姑聽了，不自然地扯了扯嘴角，沒想到穆鴻嶺還有這麼一本正經氣人的時候，連穆鼎都差點沒忍住。

鄭氏自然看不得女兒吃虧，但也不敢過分為難穆鴻嶺，畢竟他是家中的嫡長子。

「這話怎麼說的，都是宰相府的姑娘，安寧嫁得好，四姑娘也跟著沾光不是？我看是四姑娘刻薄，不借就算了，居然還要撇清關係。她一個沒娘的孩子，不指望著父兄姊妹抬高身價，難道想靠自己去勾搭外人嗎？」

穆鼎聽了，手裡茶盞往小几上重重一放。「婉寧好歹叫妳一聲姨娘，注意妳說的話。」

看到鄭氏吃癟，王氏心裡就開心。既然穆鼎開了口，她便順勢說幾句，不然總像她這個正妻打壓妾室似的。

「說到這兒，我倒是想起來，昨兒婉寧院裡的墨香來我這裡，說要領待客用的茶具，因為僅有的兩套待客茶具都被安寧打碎了，可有此事？」

「哼，誰叫她故意給我上帶霉味的茶，我喝了一口犯噁心，失手打碎了。」

鄭氏馬上接話。「四姑娘這麼做也太過分，安寧沒喝壞肚子吧？」

不等穆安寧回答，穆鴻嶺又硬邦邦地問了一句。「那第二次呢？」

「第二次是太燙了，我沒拿住。每次去清兮院，茶不是有霉味就是太燙，想借首飾也不肯，四妹妹是存心跟我過不去。」

穆鴻嶺聽了，心裡有數，輕哼一聲，不再言語。

此時，簾子一挑，面色還有些蒼白的穆婉寧由墨香扶著，走了進來。

「給祖母請安。」

「妳怎麼來了，不是免了妳的請安嗎？」

「婉寧想著，最近身子好些，不會過了病氣給祖母，就來了。但仍是體弱，走路不如以往快，所以晚了點，請祖母見諒。」

周氏聽了，似笑非笑地看穆婉寧一眼，心想這孩子也知道給人挖坑了。

「妳三姊姊向妳借南珠頭面，妳不願借給她，可有此事？」

「確有此事。」

「姊妹之間，首飾換著戴也是正常，平時妳不是小氣的人，這回怎麼犯渾了呢？」周氏說得慢條斯理，話聽著像是訓斥，但語氣卻是淡淡的，聽不出惱意。

「祖母教訓得是。只是去年三姊姊及笄時，借了我唯一一副紅寶石頭面，前幾天才還回來，釵子舊了不少不說，有幾處還缺了寶石。」

穆婉寧示意墨香把盒子打開，放在周氏面前。「這副頭面是父親送給我姨娘的，姨娘去世得早，算是唯一的念想。可是三姊姊不但一借就是大半年，還如此不經心，婉寧心裡有氣，也擔心那副南珠頭面亦會如此，就不想借了，還望祖母和父親體諒婉寧。」

穆鼎上前，拿起那副頭面中的一支釵子，不由想起穆婉寧的生母。雖然斯人已逝，但兩人也有過恩愛的時候。這支釵子，他還曾親手插在她的頭上。沒想到，幾年不見這副頭面，再見竟然殘破成這個樣子。

睹物思人，穆鼎心裡很不是滋味。

穆鼎看著已經損壞的釵子，想到逝去的枕邊人，心裡唏噓。再看穆婉寧肖似其母，想起這些年來忽略了她，很是愧疚。

穆安寧看到穆鼎臉有戚色，心裡不滿，不由撇嘴。「這頭面的工藝本就差勁，十多年的舊物，我不過碰了兩下，寶石就掉了，和我有什麼關係？少在這裡訛人。」

「這倒是奇了。」說話的是最小的穆若寧。「既然這頭面差勁，三姊姊為何還要借，而且還借那麼久？我可記得，三姊姊有好幾套不錯的頭面呢。」

穆安寧一時無語。她借這套頭面，根本不是為了戴，純粹是欺負穆婉寧，順手而已。知道穆婉寧有一副生母留下的頭面，就想搶過來。

但這個理由不能說。

穆安寧根本沒想到會這樣，以往只要她一開口，裝出委屈的樣子，父親就會向著她，穆婉寧也會乖乖把東西交出來。

可是，自從穆婉寧生了一次大病，病好之後，以前的軟柿子忽然就不軟了，她捏了幾次，都捏得很不順手。

見穆安寧沒接話，鄭氏連忙說道：「安寧不過是想換換首飾罷了，世家的姑娘們赴宴，都是講究穿戴，不能重複的。安兒已經及笄，正是出門相看、議親的時候，多花些心思，也是正常。」

穆安寧趕緊點頭。「姨娘說得是，所以女兒才想借那副南珠頭面。這次，女兒一定會小心的。」

只要穆鼎順勢點頭，要穆婉寧把頭面借給她，今天的目的就算達成了。

聽到穆安寧又把話題引到那副南珠頭面上，穆鼎非常不悅。那頭面是他吩咐王氏給的，本意是讓穆婉寧打扮得好看些，現在看來，卻像是替穆婉寧招禍。

「夠了，妳是姊姊，不願幫襯妹妹便罷，別總盯著妹妹的首飾，講出來讓人笑話。再者，我宰相府的女兒，戴了重複的首飾，就嫁不出去了？」

鄭氏聽了，趕緊欠身認錯。「是妾身說錯話了。」

穆鼎又看猶自不忿的穆安寧和神情淡然的穆婉寧一眼。兩個女兒長大了，已經有了各自母親的影子。

鄭氏柔弱嬌媚，雖有萬種風情，卻不是當家主母的風範。相反，穆婉寧的娘雖是妾，但端莊知禮，若不是跟了他，可會是別人家的正妻。

都說女兒肖母，穆安寧這個脾氣，以後嫁人，怕也要被說宰相府的家教不好，教不出當家主母的樣子。

想到這裡，穆鼎對周氏說：「安寧已經及笄，婉寧也快了，連若寧都有大姑娘的樣子，不如母親以誥命身分，向宮裡請來一名教養嬤嬤入府，多教她們一些規矩、禮儀才好。」

周氏點頭。「你說得有理。」

穆安寧一聽，心裡涼了半截。她已經及笄，還要請教養嬤嬤入府，傳出去了，不就是說她教養不好？

至於穆婉寧和穆若寧，倒是沒影響，一個十三歲、一個八歲，怎麼教導都是有道理的。

請教養嬤嬤，就是一記響亮的耳光。

見時辰差不多，穆鼎出聲告退，一群人站起身，周氏便發話。「除了安寧，其他小的都留下，陪我吃早飯。」

穆安寧再次覺得，被狠狠抽了一耳光。

有穆鴻嶺在，周氏又一臉威嚴，穆婉寧等人都不太敢出聲。因此早飯吃得很是壓抑，沒人敢說話，倒是好好實踐了一番食不言、寢不語的規矩。

待早飯撤走，下人一一上茶後，周氏才看向穆婉寧。「婉兒，請教養嬤嬤的事，妳可有怨言？」

穆婉寧連忙站起身。「婉兒高興還來不及，怎麼會有怨言。」

「若寧呢？」

穆若寧也起身。「孫女……也沒有。」

周氏瞥她一眼。「真的沒有？」

穆若寧抬頭看穆婉寧，又低頭絞了下手帕。「有。」

周氏忍不住嘴角上揚，想想不妥，趕緊重新板起臉。「把妳心裡想的說出來。」

「明明是三姊姊做錯事，欺負四姊姊，要罰也是罰她，為什麼要我們跟著一起受罰？」

周氏沒回答，而是問穆婉寧。「婉寧，妳說呢？」

「對三姊姊而言，可能是受罰，畢竟她已經及笄，此時請教養嬤嬤，有說她規矩不好之嫌。但對我和若寧來說，玉不琢，不成器，有教養嬤嬤教導禮儀規矩，是大大的好事。

「其實，這對三姊姊也好，不過是顏面有些下不來，學好規矩禮儀，自是受益的。日後三姊姊不出錯，對我們亦有好處。」

周氏點點頭。「就是這個道理。妳們姊妹在我們自家人眼裡，自是分得清楚，妳是妳，她是她。但在外人眼裡，妳們三個是一體，是宰相府的女兒。無論誰出醜，丟的都是妳們的臉，是宰相府的臉。所以，妳們要好好學，聽明白了？」

穆婉寧和穆若寧一起行禮。「孫女明白，等宮裡的教養嬤嬤來了，一定認真學習。」

周氏心情大好，看到兩個孫女能想通，欣慰不少。

事實上，穆婉寧根本不會有任何不快，前一世她就是不懂這些規矩、禮儀，被方家嫌棄得不得了。這一世有了這樣的好機會，怎麼會有氣。

這時，穆鴻嶺站起來，道：「祖母，孫兒有些不同見解，不知道能不能說？」

周氏笑了一下。「不能說，你不也站起來了？說吧，今兒把你們都留下，就是想聽聽你們怎麼想的。」

「謝祖母。孫兒覺得，學習禮儀是對的，但獎是獎，罰是罰，日後教養嬤嬤來了，也應該說清楚，哪個是受罰的，哪個是跟著學的。若是賞罰不分，便起不了訓誡的作用。

「而且，手足之間，也不能一味和稀泥，是非曲直，該論還是要論。」周氏點頭。「鴻嶺的話亦有可取之處。不過，你雖是長兄，但有時也不能過度插手。有些事，要讓妹妹們學著解決才行，你可明白？」

「孫兒明白。」穆鴻嶺拱手，表示受教。

穆鴻漸也站起身。「大哥說話太繞，要我說，就是安寧這個當姊姊的想搶妹妹的東西，該明著教訓一頓才是，哪裡用得著這麼多事。」又對穆婉寧說：「四妹妹放心，以後三妹妹再敢搶妳的東西，便來找我，我幫妳教訓她。但要是妳去搶她的東西，我可是不幫妳的。」

穆若寧也接話。「四姊姊，我也幫妳。上回的拖鞋很舒服，我還沒謝妳呢。」

穆婉寧心裡暖暖的，穆鴻漸雖然說得直白些，但也是打心底為她抱不平。前世她竟然覺得除了穆鴻嶺之外，其他手足都不關心她，真的是白活了。

周氏也笑罵。「你啊，還真是適合習武。」

一屋子的人中，只有與穆安寧同胞的穆鴻林低頭坐著，一聲不吭。

穆婉寧見狀，走到穆鴻林身邊，溫柔地摸摸他的頭。「五弟弟，我說過，我不會因為三姊姊便遷怒於你。她是她，你是你，日後無論我與三姊姊是和好，還是處得更糟，皆與你無關，你都是我的五弟弟。以後要是你受委屈，四姊姊也一樣替你出頭。」

穆鴻林紅了眼眶。「謝謝四姊姊。」

周氏開懷大笑。「好了，看到你們手足和睦，我就放心了。行了，都別杵在這兒，該幹麼就幹麼去吧。」

一眾孫輩紛紛行禮告退。

待人都離去後，張姑姑走上前來。「老夫人，依奴婢看，四姑娘這孩子心性不錯，但她的婚事不像三姑娘那樣有人上心，您不妨提早替她籌謀籌謀。」

周氏瞥瞥跟了她快二十年、終生未嫁的婢女。「那是我孫女，皇帝不急，太監急。」

張姑姑抿嘴一笑，不吱聲了。

穆婉寧走回前院，問了院裡的小廝，知道父親在書房，便帶著墨香過去。

沒想到，不只穆鼎在書房裡，大哥穆鴻嶺也在。

「父親，婉兒有事要和您說。」穆婉寧扭捏一下，有些不好意思地看向穆鴻嶺。

穆鴻嶺立刻站起來。「我出去轉轉。」

穆鼎見狀，有些不喜。剛剛他斥責了穆安寧，但對一個大家長而言，他更希望子女和睦，不要生事。雖然錯不在穆婉寧，也不希望穆婉寧一而再、再而三地找他。

穆婉寧心裡明白，此事卻不得不說。

「父親。」穆婉寧走近，聲音放得很輕。「昨天三姊姊來我院裡時，提到一些關於女兒的流言。」

穆鼎眉毛一挑。關於女兒家的流言，大多沒有好聽的。

「三姊姊說，外面都在傳女兒那天是因為與人有了首尾，失了清白，被人送回。送回的時候……」穆婉寧咬咬牙，這話對自己父親說實在難為情。「身上只有一件披風。」

砰！穆鼎一掌拍在桌子上，桌上的茶碗跳了三跳。
「這話真是安寧對妳說的？」
「女兒不敢欺瞞父親。」
「這個安寧真是太不像話，這種話也敢對自己的妹妹說。」
穆鼎沈吟一下，又問穆婉寧。「流言真的確有其事？」
「父親息怒。流言是不是真的這樣，女兒不得而知，興許只是三姊姊嚇唬我的。她想讓我拜託她澄清流言，然後以那副南珠頭面為謝禮，或許可能因此有所誇大。」
見穆鼎被關於她的流言氣得怒髮衝冠，穆婉寧心裡又是一暖，父親還是心疼她的。
「女兒本不想用這件事讓父親煩心，但既有了風聲，總不好放任不管，以免越演越烈。至少，被那位聽到了，心裡會不舒服。」
想到戴著面具、殺伐果斷的蕭長恭，穆鼎再次感慨女兒的貼心。「這件事，為父知道了，妳先回去好好將養身體，不要多想。書架上有幾本最近得來的話本和遊記，且拿去看。」
穆婉寧微微一笑，甜甜說了一聲。「謝謝爹爹，爹爹真好。」
穆鼎沒忍住笑。「哼，沒好處時就叫父親，有了好處就叫爹爹，馬屁精！」
穆婉寧走到書架前，拿了話本，道：「爹爹您忙，馬屁精告退。」
穆鼎臉上的笑意更加明顯，搖了搖頭，覺得女兒這樣也不錯，雖然事情多一些，總比以前畏畏縮縮地躲在後面好。

但思及穆婉寧剛剛說的話，他的臉色又沈了下來。

這時，管家在門外稟道：「老爺，鎮西侯前來拜訪，人已經到正廳了。」

穆鼎心裡一驚，穆婉寧剛剛提到流言可能讓蕭長恭不高興，他就上門了，說不定正是來興師問罪的。

第九章　流言

穆鼎換了身衣服，趕到正廳，瞧見身形挺拔、氣勢凜然的蕭長恭，臉上戴著半張銀面具，上面刻滿獠牙。

蕭長恭的目光掃過來時，哪怕穆鼎是一國宰相，心裡也有些發毛。

「鎮西侯大駕光臨，有失遠迎。」穆鼎拱手客套。

「見過宰相大人，長恭武人心思，想著有事就來了，沒有提前送拜帖，還望相爺不要見怪。」蕭長恭一邊說、一邊摘下面具。

雖然他已經習慣戴著面具出門，大多數時候也不需要以真面目示人，但面對一些人時，還是要摘下面具，比如皇帝，比如眼前的宰相。

見蕭長恭主動摘了面具，穆鼎有一點小小的驚訝，沒想到氣勢凌厲、威名在外的鎮西侯，本人倒是比看上去的要好說話些。

只是臉上這疤實在太過觸目驚心，就算是穆鼎也不敢直視，確認身分後，便別過眼。

蕭長恭面無表情地戴回面具，他已經習慣了這樣的眼神，無論他戴不戴面具，看到的人反應都差不多。

只有一人例外。

穆鼎平復了心情，朗聲道：「鎮西侯太客氣了，請坐。」吩咐下人上茶。

兩人分賓主落坐，蕭長恭道：「不知相爺最近可聽聞京中的流言，是關於貴府四姑娘的。因四姑娘與長恭也算有一面之緣，便查了下。」說完，從懷裡掏出一張紙放在桌上，推給穆鼎。「相爺請看。」

穆鼎心道，果然是為這件事來的。蕭長恭的反應也夠快，穆府不過才聽說，他已經著手調查了。

紙上寫的正是穆婉寧剛剛說的流言，最初只不過是囂張跋扈、目無長姊，接下來是遭人所擄、清白難保。兩條看上去毫無關聯，但到了第三條，就變成性格放蕩，出門與人私會，有了首尾，失去清白，歸家時披風中未著寸縷，真是編了好一齣大戲！

穆鼎看得氣血上湧，饒是已經有了準備，還是沒想到，盛京城裡竟有人敢這麼不要命地編排他的女兒。

見穆鼎神色難看，蕭長恭緩緩開口。「這流言明顯有人推波助瀾，畢竟事情發生到現在，不過幾日光景。至於是何人，因時日尚短，長恭尚未查出來。

「起初送四姑娘回府時，只是想著女孩子愛美，或許不願被人見到半身鮮血的狼狽樣子，因此拿了披風蓋住，沒想到引來如此多的麻煩。」

穆鼎連忙道：「此事與侯爺無關。說起來，侯爺對小女有救命恩德，卻未當面拜謝。」

蕭長恭擺擺手。「四姑娘是受我牽連，才遇上無妄之災，否則也不會受到如此大的驚嚇。不過，四姑娘雖為閨閣女子，卻膽識過人，不遜於邊關將士，遭遇刺殺臨危不亂，鎮定從容，長恭並未在她身上花太多心思，否則想救她出來，恐怕還要多付出一些代價。」

穆鼎一愣，穆婉寧只說蕭長恭揹著她連斬幾人，支撐到手下的人前來營救。當時他聽了，不覺得有什麼，現在經蕭長恭一說，才明白過來，若非穆婉寧冷靜鎮定，怎能把過程講得如此清楚。

想到這裡，穆鼎隱隱有些得色，畢竟是他的女兒，遇到這麼大的事情，只小小病了一場就過去了，實在不錯。面對壞她名聲的流言時，亦未見慌亂。

「鎮西侯不必內疚，若不是你追蹤歹人進了僻巷，興許也遇不到這場刺殺。」

蕭長恭搖頭。「我早已是北狄的眼中釘、肉中刺，早晚要對我動手，與令千金無關。」

兩人又客套一番後，放下心來。畢竟一方是宰相，一方是新封的鎮西侯，都是舉足輕重的人物，如果話沒說開，有了怨懟，對彼此都不利。

穆鼎說著，瞟了桌上的紙條一眼。「這流言……」

「我已經拜託京兆府的蔣幕白去平息。不過，這只能止住表面的，私下的流言暫時無能為力。」

穆鼎點點頭，平息歸平息，但別人關起門來怎麼想，天王老子也管不了。

蕭長恭頓了下，接著說道：「其實，只要我出面澄清，流言便不攻自破。但這樣一來，又怕對四姑娘不利。」

穆鼎暗暗點頭，他之所以對外不提蕭長恭，也是不想讓女兒陷入死局。

遭人所擄又被人所救，怎麼看都是以身相許的戲碼。一旦傳開，穆婉寧可不好嫁人。因此，穆鼎一直說穆婉寧是被京兆府的衙役所救，自然不用以身相許。

穆鼎點點頭。「鎮西侯說得有理。沒想到，小女倒是與侯爺想到了一處。」

蕭長恭有些意外。「四姑娘怎麼說？」

「小女醒來後問了情況，說送她回府時，侯爺既未表露身分，便是不願聲張，我們穆府自然也不會聲張。小女願為將軍默默祈福，以為感謝。」

以身相許的戲碼，著實是把雙刃劍。若是雙方都願意倒好，如果不願，恐怕要累得兩府失和。

蕭長恭沒想那麼多，但心情不覺好了些。原來回家之後，不只他念著那小姑娘，小姑娘也是念著他的。

默默祈福嗎？有個地方倒好。

「聽說護國寺的香火很是靈驗。」

穆鼎會意。「三日後，我讓小女前去上香，替侯爺祈福。」

蕭長恭點點頭，告辭離開。

穆鼎望著他的背影，若有所思。如果可以的話，與鎮西侯府結親，倒也不錯。

只是那張臉……不知道女兒能不能接受？

蕭長恭走後，穆鼎命人把長子穆鴻嶺叫來。

穆鴻嶺進門，問道：「父親，剛剛那人可是鎮西侯？」

穆鼎點點頭。「坐下吧，看看這個。」說完，把那張寫滿流言的紙遞過去。

穆鴻嶺看完，佛然變色。「是誰這麼惡毒，這不是要把四妹妹往死路上逼嗎？」

「流言紛紛，以訛傳訛，又有幕後之人推動，是以幾天工夫，就變成這樣了。」

「父親，那天四妹妹回來之後，全府上下都被下了封口令，兒子本不該問，可這關係到四妹妹的聲譽，到底是怎麼回事，還請告知兒子。」

穆鼎想了想，道：「也罷，你已經十七歲，今年就要下場考秋闈，有些事該知道了。」將來龍去脈講了一遍。

穆鴻嶺聽完，不由感慨。「沒想到四妹妹竟然經歷了這麼多。」

這樣體貼懂事的妹妹，居然被流言傳成那個樣子。想到這裡，穆鴻嶺有說不出的心疼和氣憤，狠狠拍桌。

「那幕後黑手實在可惡。」穆鴻嶺素來以少年老成的形象示人，少有情緒外露之時，今天卻一巴掌拍在桌子上，聽聲音就知道他用了多大的力，茶碗都跳了三跳。

穆鼎掃他一眼。「光氣憤有什麼用，得想辦法應對。以你之見，此事該如何處置？」

穆鴻嶺思索一會兒，道：「依兒子看，應對時得一明一暗。明著是清者自清，否則越解釋，越有欲蓋彌彰之嫌，只要四妹妹能坦然出現在眾人面前，流言便不攻自破。

「暗裡，就要父親動用些權勢了，敢嚼舌頭的，一律嚴懲不貸。還有那幕後黑手，敢對我們宰相府下手，想必自身也有些地位，只要查實了，終是能讓他們吃上些苦頭。」

穆鴻嶺說完，忽地想到什麼，恨恨捶了下拳頭，語氣一滯。「只是……這個方法對四妹妹傷害太大，流言本就能殺人，她又怎能完全若無其事？我實在不忍心讓她那樣出現在眾人面前。」

「嶺兒說得有理，不過婉寧或許沒你想得脆弱。你可知，她剛剛來找我是為了什麼？」

穆鴻嶺睜大眼睛。「不會是流言的事吧？」

「正是。我看她說的時候，只有扭捏，卻不害怕。」

「她一個深閨女子，是怎麼知道的？」

「自然是有人告訴她。」

穆鴻嶺磨了磨牙。「囂張跋扈、目無長姊是吧？四妹妹很少出門，也鮮少在宴會上露面。一個從未出現過的人，怎麼就得來如此惡評？三妹妹怎麼變成了這樣？」

「安寧那邊，你不要管，我自會處理。最近你忙著備考，但也得注意身子。這樣吧，三天後你陪婉寧去護國寺，權當休息了。」

穆鴻嶺眨眨眼睛。「是鎮西侯要見婉寧？莫不是……」

「婉寧還小，談此為時尚早。不管怎麼樣，蕭長恭對她有救命之恩，當面道謝，也是應該的。」

穆鴻嶺點點頭。「好，我去和四妹妹說一聲，也讓她有所準備。」

穆鼎頷首，讓他出去了。

當晚，穆安寧又被穆鼎訓斥了一頓。

她當然不承認，賭咒發誓沒傳過那樣的流言。鄭氏也大哭不止，說自己的女兒不會做出那種事。

穆鼎也覺得，穆安寧再蠢，在外面說自家妹妹壞話，最多是抱怨幾句，不至於故意把穆婉寧往死路上逼，這樣對她也沒好處。姊妹之間一榮俱榮、一損俱損，穆婉寧的名聲壞了，她的也好不到哪兒去。

這背後推手，還是另有他人。

不過，最初的流言起於穆安寧，穆安寧還是被罰跪祠堂兩個時辰。

這一切，穆婉寧雖然知情，卻不打算求情。重活一世，許多事情看得開了，知道那些名聲也好，他人的看法也罷，都是虛的。唯有自己過得好、過得舒心，才是最重要的。

若是以前的穆婉寧，面對這樣的流言打擊，能不能撐過來，真的不好說。

關於穆安寧，穆婉寧沒想太多，心思很快就被三天後能見到蕭長恭的消息占據，一時間，既激動又欣喜。

但穆婉寧拚命告誡自己，這只是對於見到救命恩人的激動，僅此而已。

那日事後，穆婉寧讓墨香去打聽，原來當日擄走她的那夥人，是為南邊的娼館「採貨」的。盛京的姑娘與南方女子氣質不同，南方有些人就喜歡北地胭脂。

如果她真被擄去，那等著她的，可是比嫁進方家還要悲慘十倍、百倍的日子。

因此，蕭長恭救了她，真的是救命之恩了。

可她是個身無長物的庶女，能拿什麼當謝禮呢？

穆婉寧想來想去，覺得還是做個荷包送給他好了，俗是俗了點，但也是沒辦法的事，只能在針線上多多下工夫了。

一連兩天，穆婉寧除了給周氏請安、吃飯、睡覺，便一直低頭繡荷包。針腳之繁複，花紋之精細，堪稱是穆婉寧兩輩子繡得最好的。

穆婉寧甚至覺得，以後她再也不會這麼用心竭力地繡一個荷包了。

直到見面的前一天晚上，這個荷包才堪堪完成。

繡完最後一針，穆婉寧摩挲著手裡的荷包，有些失神。

依照前世的記憶，再過幾個月，穆安寧便會與南安伯府的次子訂下親事，明年初完婚。

接著，方家人上門，要求穆鼎履行當年結親的承諾。穆鼎雖不願，但也沒怎麼推拒，很快就答應了。

自此，她與方堯訂親，及笄後擇日完婚。之後的日子，便是腥風血雨。

而蕭長恭，就是她在血雨腥風之前，最美好的回憶。

如果……算了，不可能有那樣的如果。

穆婉寧搖搖頭，告訴自己不要有非分之想。蕭長恭是侯爺，不可能娶一個庶女為妻。

未來不是她能控制的，現在她要做的，是過好當下的日子，好好感謝應當感謝的人。

只是，雖然告訴自己不要有非分之想，但穆婉寧的思緒仍是圍著蕭長恭打轉，尤其是那個溫暖又寬厚的後背。

當時，她身邊有無數刀光劍影，卻未覺得那些刀劍會落在她身上。雖然為蕭長恭擋刀的想法是真的，但未曾真正感到害怕，也是真的。

從始至終，她都被那份透過衣服傳遞出來的溫暖保護著、包裹著。

穆婉寧抬起頭，望向窗外的月亮，心中喃喃自語。

那樣的溫暖，如果能再感受一次，就好了。

同樣的月光下，蕭長恭正坐在窗邊，把玩著一方手帕。

帕子的質地很軟，是用過一段時日的舊物，沒什麼花紋，只在一角繡了一株蘭草。

這是遇刺當日，他替穆婉寧擦拭血跡時用的帕子，擦完後，又順手去擦他身上的血，隨後便放進袖口裡。

帕子早已洗過，但蕭長恭仍舊覺得自己能聞到一股若有若無的馨香，就像那天他在馬車裡偷偷靠近她時聞到的味道。

想到明天就能看見那個自稱肉厚的小姑娘了，蕭長恭忽然覺得心情很好。

新賜下的鎮西侯府很大，卻很冷清。

蕭家世代為將，先祖們感念妻子在京城獨自持家不容易，更是隨時可能接到夫君在邊關陣亡的噩耗，因此少有納妾的。

漸漸地，不納妾成了蕭家家風，許多高門府第看中這一點，願意與蕭家結親。

不過，邊關連年征戰，蕭家人大多戰死沙場，到蕭長恭這一代，只剩他與弟弟蕭長敬。

當年蕭長敬還小，未同蕭長恭留在盛京，而是跟在父母身邊。甘州城破後，不知所蹤。

蕭長恭十二歲投筆從戎，長年駐守邊關，一直沒有放棄尋找幼弟的心思，卻杳無音信。哪怕蕭長恭回京受封，名震京城，也沒有人前來認親。

是以，偌大的鎮西侯府裡，除了蕭長恭的親衛和家丁，能稱得上是蕭府舊人的，只有老管家蕭安了。

「少爺在想什麼呢？」蕭安上了一杯茶，笑咪咪地看著蕭長恭。雖然上一輩已經不在，少爺不再是少爺，但蕭安還是習慣叫他少爺。

「安叔，你說，送女孩子什麼東西最好？」

蕭安聽了，立即眉開眼笑，自家少爺總算開竅，他還怕自己這把老骨頭等不到那天呢。

「這女孩子嘛，大多喜歡珠寶、首飾之類的，有些人喜歡琴、笛子等樂器，或者精巧的東西。不過少爺第一次送禮，還是要大氣、穩重一些才好，小玩意兒往後可以慢慢送。」

蕭長恭看蕭安一眼。「看不出安叔還挺懂的？」

「人老成精，多少懂一點。不知道少爺要送的人年紀多大，是哪家的姑娘？」

「好像十三歲出頭吧，是相府的四姑娘。」

蕭安扯了扯嘴角，姑娘十三歲，是有點小。不過自家少爺才二十二歲，沒大過一輪，就不算什麼。

不過，姑娘還有兩年才及笄，蕭長恭豈不是要多等兩年才能完婚？如此起碼要三年後才能生出小小少爺啊。

等等，相府四姑娘？

蕭安變了臉色，想起最近聽到的流言。「少爺，您說的可是穆家的四姑娘？」
蕭長恭看看蕭安，知道他在想什麼。「她身上的披風是我的。」
蕭安恍然大悟。哦，那沒事了，不僅沒事，還很好，非常好，特別好。
嘿嘿，相府的四姑娘啊，自家少爺眼光不錯！

第十章　和靜

終於等到去護國寺的日子，穆婉寧早早起床，去向周氏請過安，又跟管家的王氏稟報了一聲。

得到准許之後，她回了自己的清兮院，連早飯都沒顧得上吃，鑽進廚房裡鼓搗半天，然後才帶著檀香和墨香，走到前院等候。

剛等一會兒，就有下人來稟報。「姑娘，大公子來了。」

穆鴻嶺緩步走來，身上不再是那身半新不舊的文士服，而是藏藍色錦袍。腰間繫著錦白腰帶，上面綴著一塊水潤的文士珮，剛好與頭上的白玉簪相映成趣，手中一把摺扇，端的是俊逸非凡。

穆婉寧看得眼睛都直了，她的大哥什麼時候變得如此儀表堂堂了？要是帶穆鴻嶺出去赴宴，她一定立刻成為貴女圈中的人物，原因正是為了打聽穆鴻嶺。

前一世，穆鴻嶺可是中了狀元的，如此有才又有貌的狀元郎，父親又是宰相，前途不可限量。

這一世，就算她還是得嫁給方堯，跳進那個火坑，也要好好抱緊狀元哥哥的大腿。以後她受欺負時，能不能痛痛快快地反擊，甚至想辦法和離，就全靠穆鴻嶺替她撐腰了。

「哎呀呀，原來大哥這般好看，以前真是妹妹眼拙了。不知道盛京裡的姑娘，誰有這麼好的福氣，能當我大嫂。」

穆鴻嶺本是想著，今天要見鎮西侯，不可太隨便，因此打扮了一下，沒想到先被自己妹妹打趣一番。

不過嘛，能被妹妹用這樣的目光和語氣誇讚，感覺也不錯。

「我看，祖母說的一點都沒錯，妳就是個馬屁精。」穆鴻嶺說著周氏的話，也順便做了周氏愛做的動作，伸出手指點了下穆婉寧的額頭。

看到穆婉寧故作誇張地揉揉自己的額頭，再看她一臉喜氣洋洋的樣子，穆鴻嶺也難得不再板著臉，綻開笑顏。

「本想去後院尋妳的，沒想到妳倒是心急。」

想到蕭長恭，穆婉寧突然心跳加快，眼神飄忽起來。「哪裡是我心急，明明是大哥太慢。走啦，上車了。」說罷，當先鑽進馬車裡。

穆鴻嶺看著穆婉寧嬌羞可愛的模樣，嘴角上掛著笑，跟著上了車。

坐上馬車，穆婉寧怕穆鴻嶺繼續笑她，趕緊打開食盒。「剛剛做了點心，大哥嚐嚐。」

食盒裡的點心並不多，一共四格，不過很精緻，每一格都是不同的口味。

穆鴻嶺拿起一塊送進嘴裡，驚訝地挑眉。「想不到四妹妹手藝如此之好。」

穆婉寧笑得眯起眼。「那大哥多吃點。」

其實她很會做點心，只是極少在人前展露手藝，怕被穆安寧詰難，也擔心要是哪裡做得不對，吃力不討好。因此她從沒主動做給別人吃，唯有在生母忌日時，才會做上幾樣。

這一世既決定好好過日子，她當然不會再藏拙。不僅如此，還要多做些給家人吃，才算不辜負她的手藝，不辜負家人對她的好。

今天，穆婉寧特意做了雙份，有穆鴻嶺的，也有蕭長恭的。

穆鴻嶺看向另一只食盒，知道應該是為蕭長恭準備的。

「只用這個當謝禮，是不是有點單薄了？」

「點心是特地做給大哥的，蕭將軍雖是我的救命恩人，卻是沾了你的光呢。他的禮物，我另外準備了。」

穆婉寧的話，讓穆鴻嶺心情大好，任蕭長恭是大將軍又如何，在自家妹妹心裡，還是哥哥重要。

此時已是四月底，盛京城裡的桃花早已凋謝，但位於半山腰的護國寺，寺裡的桃花依然盛開著，正應了「人間四月芳菲盡，山寺桃花始盛開」那兩句詩。

遠遠望去，護國寺隱藏在一大片粉粉嫩嫩的花色之中，莊嚴肅穆的同時，也帶了一點浪漫氣息。

馬車行到山腳，不能再上去，穆婉寧便領著檀香、墨香，穆鴻嶺帶著小廝，緩步登山。

拜佛講究心誠則靈，通往護國寺的石階很多，但大多數人還是步行上山，只有少數實在體弱的，才會雇窄轎。

當然這是對平民百姓來說，身分貴重之人，還是坐轎的。

不過護國寺的山道建得很是貼心，每隔一段距離，就有一處平地，擺放一些石桌、石椅，供行人休息。

下了馬車，檀香就開始左顧右盼。昨晚她才知道，救了穆婉寧的人，就是被她說了壞話的鎮西侯。

可是張望半天，也沒看到哪個人戴面具。

穆婉寧有些好笑。「就算要見面，也是在護國寺裡。現在才剛上山，妳心急什麼。」

檀香點頭，但還是時不時四處看看，生怕蕭長恭出現了，她卻沒看到。

不過，沒等到蕭長恭，倒是等到一位意料之外的人。

「鴻嶺兄，好久不見。」一名錦衣華服的公子隔著老遠向他們招手，咋咋呼呼走到眼前，打開手裡的摺扇，使勁搧了兩下。

沒等穆鴻嶺回答，這位公子又開口道：「哎呀呀，這位姑娘怎生得如此漂亮，小生這廂有禮了。」說完還誇張地行了個禮。

穆婉寧哭笑不得地看著這位說話像是唱戲的公子。他的動作誇張，但眼神清澈，嘴裡雖是調笑的話，卻不顯輕薄，並不讓人討厭。

穆鴻嶺向她介紹。「四妹妹，這是我在書院的同窗好友，禮部侍郎的公子范軒宇。他一向如此做派，妳不要在意。

「軒宇，這是我家四妹妹，穆婉寧。」

穆婉寧是第一次見范軒宇，沒想到一向穩重的穆鴻嶺，竟然有這樣性情跳脫的朋友。

穆婉寧福身行禮。「范公子一派率真，與我家大哥倒是處得來。」

范軒宇聽到穆鴻嶺介紹時，微微一愣，想起最近聽到的傳言。然而見到穆婉寧一臉坦然，眉宇間並無陰霾，頓覺流言果然不可信。

他立刻笑道：「四姑娘好眼光，我可比某人強得多了。」說完還故意對穆鴻嶺擠眉弄眼，表示說的某人就是他。

穆婉寧不由笑出聲，不知禮部侍郎那樣嚴肅的官，是怎麼養出這麼跳脫的兒子來的。

「哼，四姑娘？哪家的四姑娘，莫不是最近正出名的相府家四姑娘？」

一道尖銳的聲音響起，尾音挑得高高的，聽著就讓人不舒服。

穆婉寧渾身緊繃了一下，雖然她早已預料今日出行，難免會遇到一些人拿流言說事，也做好應對的準備。

但有準備是一回事，真正要面對又是一回事。

穆鴻嶺面露不豫，往穆婉寧身邊站了站。「四妹妹莫怕，有大哥在呢。」

穆婉寧努力對穆鴻嶺擠出笑臉，看向聲音傳來的方向。

說話的是個身著騎裝的女子，手裡握著金絲線纏縛的馬鞭，後面跟著兩個同樣穿騎裝的婢女。女子的眼角有些上挑，既可說是勾人的媚眼，也可以說是天生刻薄相的吊稍眼。

范軒宇見狀，低聲飛快說道：「這是和靜縣主吳采薇。」

穆婉寧對范軒宇感激一笑，和穆鴻嶺、范軒宇一起上前行禮。「見過縣主。」

和靜縣主的母親承平長公主是當今皇帝的親妹妹，因著這一層身分，她不僅得封縣主，在京城裡向來也是橫著走的。

穆婉寧對吳采薇的做派早有耳聞，但她想不通，自己從未見過吳采薇，為什麼吳采薇一來就為難她？一個縣主刁難一個庶女，不嫌低了身分嗎？

「免禮吧。」吳采薇聲音輕慢，直直走到穆婉寧面前，毫不客氣地上下打量她，最後嗤笑一聲。「想不到妳挺會裝的嘛，那樣的醜事都做了，現在居然還能跟沒事人一樣。」

穆鴻嶺握緊了拳頭。這趟出行，本以為就算有人指指點點，也不過是背後議論，他只要多多安慰、小心護著，肯定能讓穆婉寧順利見到救命恩人，孰料現在竟然有人當面嘲諷她。

穆婉寧看出穆鴻嶺身體緊繃，知道他心裡有氣，但吳采薇是皇親國戚，實在不宜翻臉。因此，穆婉寧微微拉了穆鴻嶺的衣袖，開口道：「縣主今日來，也是要為人祈福嗎？」

吳采薇一愣，本以為她這麼說了，穆婉寧要麼羞愧難當，要麼惱羞成怒，孰料對方就像是沒聽到一樣，直接和她話起家常。

「哼，是又如何？」

「既是為人祈福，自當與人為善。大家和和氣氣地上山，想來佛祖也會高興的。」

「看不出來，妳倒是伶牙俐齒。不過，佛門清淨之地，像穆姑娘這樣的人，就不要上去了，以免髒了佛祖的眼。」

這話一出口，別說穆鴻嶺氣得眼睛冒火，連范軒宇也覺得過分了。

流言紛紛，本就是捕風捉影居多，仗著縣主的身分，諷刺一、兩句也罷了，這樣不依不饒，算是撕破臉面。穆婉寧畢竟是宰相家的姑娘，不看僧面，也要看佛面。

穆婉寧微微一笑。「人世間有美醜善惡，但凡心是好的，在佛祖眼裡便是可度之人。佛祖面前，我與縣主，並無分別。」

哼，妳既然看不起我，那就來和我平起平坐吧。

吳采薇沒想到穆婉寧還有這麼一手，眼睛一瞪，那對吊稍眼幾乎成了三角形，氣勢雖然足了，但看上去更加讓人厭惡。

「妳是什麼東西，敢與我相提並論？」

「不敢，婉寧只是談了些對佛法的見解罷了。」

吳采薇氣得表情扭曲，心想穆安寧說的果然沒錯，這穆婉寧就是笑裡藏刀的人，如果不能一腳踩死她，往後不知要使什麼壞呢。

今天穆婉寧該不會就是衝著蕭長恭來的吧？三天前蕭長恭去了宰相府，三天後兩人就雙雙出城來護國寺，難不成是約好的？

如果是這樣，更得讓穆婉寧下山了。

就在吳采薇思忖著如何讓穆婉寧下山時，一道聲音響起——

「公主儀仗，閒人避讓——」

眾人趕緊面向儀仗站好，躬身行禮。

威嚴的儀仗走了大約一炷香工夫，才完全過去。

六公主來上香祈禱，前門大殿必然要關閉的。等六公主走了，其他人才能進去。

穆鴻嶺扭頭看看四周，道：「大殿一時半刻是進不去了，不如我們折往後山吧，先在那邊賞賞風景，等六公主祈福完，再去正殿也不遲。」

「好，聽大哥的。」穆婉寧點頭。

吳采薇微微皺眉，她本想藉著六公主上香的理由把他們騙下山，結果穆鴻嶺直接點破，要去後山。

其實吳采薇對穆婉寧並沒有深仇大恨，也不信那些京中流言。穆婉寧再怎麼樣也是宰相家的女兒，不可能鬧出流言中的事。如果真是這樣，宰相府恐怕早就敲雲板、掛白幡，宣稱她病故，哪裡還會讓長子帶著，出現在世人面前。

只是，之前穆婉寧被擄與蕭長恭遇襲，這兩件事幾乎是同時發生。加上她今天一早就探聽到蕭長恭出城奔護國寺而來，又在這裡瞧見穆婉寧，不怪她不起疑心。

可別是什麼英雄救美、以身相許的戲碼。

哼，就算是，她也要攪黃了。盛京之中，能嫁給蕭長恭，成為侯府夫人的，只能是她吳采薇而已。

哪怕只是懷疑，她也要用言語擠對穆婉寧，最好回去後再也不要出宰相府的門。

可惜，穆婉寧臉皮厚，她的話已經說得難聽得不能再難聽，穆婉寧竟還待得下去。

看著穆婉寧和穆鴻嶺一行人有說有笑地往後山走去，吳采薇眼裡流露出一抹複雜神色。

若她也有兄弟，能入朝做官，能掌權，她何至於要嫁給蕭長恭那個殺人不眨眼的魔王。

承平長公主的駙馬早亡，兩人只有一女，就是吳采薇。

吳采薇曾集萬千寵愛於一身，雖然她是皇帝的外甥女，但宮裡全是皇子，平輩之中，只有她一個女娃。

所以，無論皇帝還是太后，對吳采薇都不錯。吳采薇也一度以為，自己會這般受寵下去，直到六公主趙嘉言出生。

趙嘉言一出生，皇帝就直接封為公主；吳采薇看似受寵，卻一直是縣主。

起初只是封號上的區別，漸漸地，隨著趙嘉言長大，皇帝與太后對她日漸冷淡，以前時不時會接她進宮小住，後來一年都難得宣她一次。

至此，吳采薇終於明白，只靠寵愛過日子是不能長久的。想在盛京城裡活得好，除了身分之外，還要有實權。

那些大臣之女表面上對她恭敬，背地裡卻不敬畏，憑的就是自家父親、兄長掌權，而她吳采薇不過空有皇親國戚的架子罷了。有了實權，就算是泥腿子出身，也一樣能橫著走路。

但吳采薇是獨女，父親早亡，母親不願改嫁，沒有兄弟能入朝為官，她與母親注定要靠著寵愛過日子。

女子不能為官，想過人上人的日子，只能嫁給位高權重之人。

蕭長恭就是吳采薇的目標。

因此，哪怕穆婉寧是宰相的女兒，哪怕可能得罪宰相，吳采薇也要把穆婉寧趕下山去。

任何阻擋她成為侯府夫人的人，都要一腳踢開；之前並無仇怨的人，從這一刻開始，也有了不共戴天之仇。

至於那些關於蕭長恭的傳言，吳采薇一個字都不信。就算是真的又如何，只要能過人上人的日子，這些都可以忍。

再說，她好歹是皇帝的外甥女，蕭長恭再易怒，還能對她動手不成？

今天，穆鴻嶺總算過足了哥哥的癮，帶著這麼俏皮可愛的妹妹上山，實在是人生一大樂事，尤其穆婉寧還一臉崇拜地看他。

其實，穆鴻嶺一直喜歡妹妹多於弟弟，但穆安寧平日實在太能爭搶，穆鴻嶺怎麼都喜歡不起來；一母同胞的么妹穆若寧倒是可愛，卻更喜歡親近持刀弄棒的二哥穆鴻漸，而不是他這個老成持重的大哥。

至於蕭長恭，他說要見面，卻沒說約在護國寺何處，最終能不能見到穆婉寧，就看他自己的本事了。

他這個四妹妹好不容易開了竅，既溫柔知禮，又活潑可愛，還懂得討好他，他可不想哥哥的癮沒過夠，妹妹就被另一個人搶了去。

哪怕對方是鎮西侯，是大將軍，也不行。

范軒宇自然不會去跟吳采薇說什麼，他爹是禮部侍郎，很看重禮節。在他看來，且不論流言如何，穆婉寧並沒有一絲失禮的舉動，反而是吳采薇，一張嘴就沒好話。還和靜縣主呢，真是浪費這個封號。

穆婉寧看吳采薇一眼，也在心裡想著，真是浪費了采薇這個好名字。

吳采薇本不欲再與穆婉寧等人同行，可此時去大殿只能乾等，萬一蕭長恭也為迴避六公主而去了後山，不就要與他錯過？

出於女兒家的直覺，吳采薇總覺得穆婉寧與蕭長恭之間有關係，跟著穆婉寧，一定會見到蕭長恭。

想到這裡，吳采薇帶著婢女，搶在穆婉寧幾人之前，走上了通向後山的小路。

穆婉寧等人見狀，故意在路邊停了一會兒，待吳采薇走遠後，才動身往後山走去。

第十一章 寶刀

通往後山的路，就不像正路那般寬敞了，而是窄窄一條，只能讓兩人並行。

范軒宇輕搖摺扇，以他是天下第一公子的派頭走在前面。

穆鴻嶺則充分享受當哥哥的樂趣，走在中間，把穆婉寧護在身側，後面則是拎著食盒的檀香、墨香和小廝。

小路有些陡峭，但臺階上沒有青苔，因此走起來並不費力。再加上范軒宇的插科打諢，穆婉寧這一路走得很是開心，幾乎沒有感到疲累。

不久，後山已到，穆婉寧一眼就看到蕭長恭坐在那裡，臉戴半邊面具，手持黑子，正與一位鬚髮皆白的老和尚下棋。

穆婉寧的心重重跳了一拍，趕忙別開眼，生怕在范軒宇面前露了心跡。

穆鴻嶺也看出穆婉寧的激動，有些不是滋味。唉，妹妹大了，情郎比哥哥更吸引她。

幸好穆婉寧還有兩年才及笄，他的哥哥癮，至少還能過兩年。

穆鴻嶺知道有些人下棋不喜歡被圍觀，因此不急著帶穆婉寧去打招呼，先找了一處空的石桌休息。

吳采薇倒是在旁觀戰，但眼睛都快黏在蕭長恭身上了。

穆鴻嶺見狀，不由有些幸災樂禍，不知道蕭長恭被這麼看著，還能不能好好下棋。

范軒宇瞧見那副面具，也愣了一下，知道此人正是當下最炙手可熱的鎮西侯；再扭過頭看看穆家兄妹，心裡了然，敢情他們是約好的，他不過是趕巧了。

既如此，也不必心急，他和穆家兄妹在一起，總有去見禮的時候。而且還有個吳采薇站在蕭長恭旁邊，此時去了，豈不是和她一樣？

於是，范軒宇一收摺扇，大剌剌地坐到穆婉寧旁邊。

穆鴻嶺眉頭一挑。「你過來做什麼？」

「走累了，還不讓人歇歇啊？我們好歹也有同行之誼，你們不好看我餓著吧。」

穆鴻嶺對於好友這般做派早已見怪不怪，平時不論有什麼東西，他都是願意分享給范軒宇的。

只是，今天的食盒都是穆婉寧準備，還有要給蕭長恭的，實在不好輕易答應。

穆婉寧微微一笑，她挺喜歡范軒宇，這人有一種親切感，不覺便能讓人心情愉快。反而是自家父兄，無論老小，都沒有這種氣質。

「正好多帶了些糕點，范公子若是不嫌棄，便來嚐嚐吧。」

穆婉寧揮手，檀香拎了一只食盒上來。

穆鴻嶺立時吃味，敢情之前穆婉寧在馬車上說，點心是特意做給他的，是假話不成？

等到食盒打開，看見裡面的點心不如方才的精緻，穆鴻嶺復又開心起來。

范軒宇不知道自己好友的心思，拿起一塊，放進嘴裡。「嗯嗯，好吃。穆妹妹的手藝了得啊。」

「便宜你了，四妹妹的點心，連我都是頭一次吃到呢。」穆鴻嶺本來不想伸手，可是范軒宇吃得太香了，讓他忍不住也拿了一塊。

「哥哥要是喜歡，日後妹妹多做一些。」

穆鴻嶺心情大好，卻還是裝作雲淡風輕的樣子。「妹妹得空再做就是，莫要太累了。」

「喂！」范軒宇不滿地用摺扇敲了敲桌子。「穆鴻嶺，這是欺負我沒有妹妹嗎？我要跟你絕交！」

穆鴻嶺當作沒聽見。絕交這兩個字，范軒宇一天不說上幾遍都難受，他才不會在意。不過為了多氣氣好友，穆鴻嶺長手一伸，直接從范軒宇手中奪過扇子，嗤一聲打開，輕輕搧了起來。

穆婉寧見狀，插了一句。「哥哥果然風姿卓絕。」

正在吃點心的范軒宇差點噎到，平時穆鴻嶺就差黏上鬍子當學究了，居然也有像他一樣裝成瀟灑貴公子的時候。再看看穆婉寧，現在哪裡還有初見面時的溫柔淑婉，活脫脫一個馬屁精。

「你們兄妹，還真是人不可貌相啊。」

「范兄過譽了。」穆鴻嶺面不改色，手一轉，把范軒宇花重金買來的摺扇當成蒲扇，替穆婉寧搧風。

穆婉寧露出享受的表情。「哥哥真好。」

范軒宇又噎了一下，乾脆再也不看這對兄妹，端起食盒裡的蓮子湯，一口喝個乾淨。

與此同時，正在下棋的蕭長恭眉心一挑。

哥哥？風姿？卓絕？真好？

心裡有事，落子自然就不精妙了。

坐在蕭長恭對面的老和尚微微一笑，繼續下棋。

其實，早在穆婉寧看到蕭長恭之前，蕭長恭便聽到穆婉寧一路走來的歡聲笑語。待到聲音漸近，還有意無意挺了挺胸背。

結果他擺了半天的姿勢，穆婉寧只看一眼就轉過身了，還拿出點心招待客人。

那可是他的點心！

人是我約來的，點心自然是做給我的，你們少吃點！

蕭長恭腹誹著，下錯兩顆棋子，丟了好大一片江山。

「不下了。大師的棋藝令人佩服，在下甘拜下風。」蕭長恭站起身，對著老和尚一拱手，眼睛迫不及待地看向穆婉寧。

老和尚一副他什麼都知道，但他就是不說的樣子，唸了聲佛號。「蕭將軍請自便，老衲告退。」

「大師請。」蕭長恭躬身行禮。

此時，穆婉寧聞聲，看了過來。恰好蕭長恭行完禮，也望向她。

蕭長恭面具上駭人的花紋依舊，可那雙眼睛還是如初見時溫柔。倒是穆婉寧看著不如那日活潑，有些拘謹。

蕭長恭微微皺眉，難道她的病還沒好？

蕭長恭正準備上前，吳采薇立時道：「和靜見過侯爺，早聽聞侯爺氣度非凡，今日得見，果然傳言不虛。若您穿長衫，必然風姿卓絕，肯定無人敢在您面前搖扇，自稱公子。」

這句話，可是把范軒宇和穆鴻嶺也扯了進去。

穆鴻嶺微微皺眉，不明白吳采薇為什麼一而再、再而三地挑釁他們，難道宰相府與長主公府之間有嫌隙？

范軒宇忍不住開了口。「唉，可憐我也是個苦命的，前幾日我家幼弟得了幾隻鴨子，非要養在屋裡，天天聒噪得不得了。本想出城躲個清靜，結果還是躲不開這呱呱亂叫。」

他說罷，從穆鴻嶺手裡把扇子搶回來，嗤一聲打開，大搧特搧。

穆婉寧沒忍住，噗哧笑出聲。

穆鴻嶺也忍得很辛苦，眼看吳采薇又要發火，立刻上前一步。「鴻嶺見過蕭將軍。」

蕭長恭心裡高興，還是穆家兄妹上道，知道叫將軍，而不叫侯爺。

其實吳采薇也沒叫錯，侯爺的品級比將軍高，叫人自然是往高了叫，好聽。

只是，穆鴻嶺聽穆鼎提過，凡是從戰場上下來的，更喜歡別人叫軍稱，而不是叫品級。

穆鴻嶺開了頭，范軒宇和穆婉寧自然跟上，同時向蕭長恭行禮。

蕭長恭眉頭又是一挑，范軒宇正值十六、七歲的年紀，五官清秀，一身月白色長衫搭配著玉簪、玉帶，與穆婉寧站在一起，竟是說不出的般配。

雖然論家世地位，蕭長恭絕不輸范軒宇，但論長相……想到臉上那條自己都不願意瞅的傷疤，蕭長恭的心裡一片灰暗。

幸好有面具擋著，看不出蕭長恭的表情變換。

吳采薇倒是發現了不對勁，雖然看不到臉，但嘴角從微微上揚變成下垂，顯然那三人中，有人惹了蕭長恭不高興。

該不會是蕭長恭聽到了傳聞，覺得穆婉寧礙眼吧？

最好是這樣，不，一定是這樣。

吳采薇想到這裡，心裡高興許多，此時的位置又好，上前一步，便能攔住蕭長恭。

「侯爺。」吳采薇這一聲叫得溫柔婉轉，臉上出現一絲紅暈。「能與侯爺在此偶遇，真是和靜的福氣。護國寺最有名的便是山頂的凌雲亭，站在那裡，可以俯瞰大半個盛京和秦陽河，不知侯爺可願與和靜前往一觀？」

穆婉寧聽了，毫不掩飾地撇撇嘴，怪不得吳采薇一而再、再而三地為難她，敢情是把她當成情敵了。

雖然沒有直接盯著看，但穆婉寧的一舉一動都落在蕭長恭眼裡，嘴角不禁上揚，果然是那個在生死關頭，還能記起自己吃了臭豆腐沒漱口的小姑娘。

還行，沒被嚇傻。

吳采薇看到蕭長恭微笑起來，心裡一陣狂喜。

方才蕭長恭站起來第一眼看的就是穆婉寧，讓她的心涼了半截，好在，蕭長恭對她還是有意的。再怎麼說，她也是縣主，皇帝的親外甥女，穆婉寧雖是宰相之女，卻是庶出的。

況且，文官與武將結親，容易遭皇帝忌憚，娶皇帝的外甥女就沒這個問題了。兩邊一比，只要是個腦子聰明的，就會明白，吳采薇比穆婉寧更適合侯府夫人這個位置。

思及此，吳采薇覺得踏實不少，帶著含情脈脈的微笑，就等著蕭長恭點頭答應了。

護國寺偶遇，凌雲亭觀景，這樣的相識堪稱完美。

蕭長恭瞥吳采薇一眼，心裡輕笑一聲。雖然吳采薇語態嬌媚，從頭到腳都做足了小女兒的樣子，但自始至終都不敢與他對視。

不敢對視，是因為怕人；語態嬌媚，則是因為貪慕權勢。

這樣的人，能有幾分真心？

是以，蕭長恭乾脆對吳采薇視而不見，隔著幾步遠，望向穆婉寧和穆鴻嶺。

「能與幾位在此偶遇，實是一件樂事。不知穆姑娘能否也請我吃些糕點，下棋果然是勞心勞力的事，還沒到中午，就餓了。」

穆婉寧哪裡會不肯，正準備答應，穆鴻嶺卻搶先一步。「蕭將軍客氣了，快過來坐，舍妹的手藝還是不錯的。」

「那就叨擾了。」

蕭長恭說罷，身形一晃，越過吳采薇，向穆婉寧所在的石桌走去，把吳采薇晾在原地。

吳采薇愣住，剛剛蕭長恭的表情分明有些不高興，怎麼這會兒又主動走過去了？

護國寺後山的石桌都是一桌四墩，穆鴻嶺兄妹、范軒宇各坐一張，加上蕭長恭，剛好四個人，她想厚著臉皮跟上去也不成。總不能人家坐著，她站著。

更何況，穆婉寧完全沒有邀請吳采薇的意思。

吳采薇都把她當情敵了，請不請都不會有好臉色。就像她沒做拖鞋給穆安寧一樣，就算做了，穆安寧還是不喜歡她。

因為范軒宇在，穆婉寧不好意思把單獨替蕭長恭準備的精緻點心拿出來，幸好這一盒本是給檀香、墨香以及穆鴻嶺的小廝準備的，做得多些，所以夠吃。

蕭長恭挨著穆鴻嶺坐下來，直接拿了一塊入口。

「好吃。」

雖然只有短短兩個字，但說的人不同，聽起來的感覺是天差地別。

穆鴻嶺和范軒宇都誇過了，穆婉寧聽著，不過是淡淡的喜意。可蕭長恭說出來之後，她竟覺得臉上熱得厲害，趕緊低頭。

「多謝將軍誇獎。」

蕭長恭又等了一會兒，還是沒聽到穆婉寧說若是他喜歡，以後多做一點的話。

可惜。

不遠處，吳采薇恨恨一跺腳，一言不發地走了。臨走時，給了穆婉寧一個惡狠狠的眼神。

穆婉寧，妳給我等著。蕭長恭只能是我的，任何人敢跟我搶，就等著與我不死不休吧！

蕭長恭背對吳采薇，但還是感受到一股危險的殺意。

他是在戰場摸爬滾打過來的人，對於殺意的感覺最是敏銳不過。雖然女人體力有限，亦能發出和男子一樣強烈的殺意來。

不過，有他在，一個縣主而已，不足為慮。

不一會兒，一盒點心見底，蕭長恭總算覺得自己不虧了。

檀香與墨香上前撤下食盒，把桌子收拾乾淨。

「今天上山前，恰巧得了個不錯的小玩意兒。穆姑娘看看喜不喜歡，若是喜歡，就送妳了，權當是點心的謝禮。」

蕭長恭說完，一招手，遠處的小七走過來，懷裡抱著一個黑漆漆的盒子。

幾人的目光順勢集中在盒子上。盒子是上好木頭雕成的，雖是黑色，卻黑得發亮。

「穆姑娘何不打開瞧瞧？」

穆婉寧抬頭看看蕭長恭，見後者正溫柔地凝視她，臉上一紅，伸手打開了盒子。

這一打開，在座的人全輕輕低呼了一聲。

盒裡是一把華麗的弧形彎刀，上面綴滿大大小小的寶石，陽光一照，發出奪目的色彩。

穆婉寧也驚到了，她料到蕭長恭會準備禮物，但沒想到會是這樣貴重的東西。

穆鴻嶺身為相府長子，也是見過好東西的，可見的大多是名人字畫、瓷器古董，這樣直接送用寶石鑲嵌的東西，還真是頭一次見，有種被寶石晃瞎了眼的感覺。

蕭長恭看眾人都不說話，伸手拿起彎刀，突地拔出來。刀身上有著層層疊疊的花紋，刀刃寒光凜然。

「這刀是用特殊技法打造，削刀如泥，吹毛立斷。刀鞘是北狄人的風格，刀身很輕，正適合女孩子用。」

他說完，像是為了表示自己說得沒錯，還在桌上挽了個刀花。

穆婉寧剎那間想到那個被蕭長恭一刀劃破喉嚨的刺客，當時鮮血濺了她一身，還有兩個被一刀扎中腦門的匪徒。

穆婉寧的臉都白了。

臉白的不只是穆婉寧，還有穆鴻嶺和范軒宇，削鐵如泥的寶刀就在面門前挽了個刀花，還有隱隱涼意，任憑誰都鎮定不了。

蕭長恭卻是渾然不覺，還在說著這刀的好處，隨即感受到穆鴻嶺的怒視。

穆鴻嶺不過是一介書生，十個他也不夠蕭長恭練手，可這份惱怒是實實在在，以至於蕭長恭有了那麼一點點心虛——他是做錯什麼事了嗎？

「蕭將軍，前陣子舍妹剛剛受了驚嚇，此刻最怕見到刀光，這禮物，我看不送也罷。」

蕭長恭這才反應過來，幾天前他剛在小姑娘面前殺過人，濺了人家半身的鮮血，回頭就送她一把刀，還在她面前舞刀花，他真是⋯⋯

穆婉寧深吸一口氣，強裝鎮定道：「這刀確實是好刀，就是太過貴重，婉寧不敢收。」

「不貴，不貴，這個在北狄也是很常見的。就算妳不用，放在屋裡也可以辟邪。對，辟邪，要不等會兒我讓大師給它開個光？」

穆鴻嶺和范軒宇聽了，目瞪口呆，哭笑不得，蕭大將軍在邊關戰無不勝的形象崩了。還有，有誰聽說哪個和尚替刀開光的？

穆婉寧也被開光逗樂了，噗哧一聲笑出來，蒼白的臉色再次有了紅暈。

「哎呀，這荷花不錯，咱們別看刀了，去看花吧。」蕭長恭終於發現自己說錯話了，趕緊轉移話頭。

幾人的位置離荷花池很近，穆鴻嶺覺得穆婉寧在自己目光所及之處，不必跟著，而且也得讓她有機會跟蕭長恭說話。當著范軒宇的面，有些話不方便說。

「妹妹，妳陪將軍過去吧，我和軒宇想再看看這把刀。」

穆婉寧點點頭，站起身，往荷花池走去。

穆婉寧和蕭長恭剛離開，范軒宇便興味盎然地坐到穆鴻嶺身邊，壓低聲音問：「喂，什麼情況？令妹和鎮西侯……」

穆鴻嶺瞪他一眼。「不許亂說。」

「你告訴我，我就不亂說。你不說，那京中的流言，我可就信了。」

「你敢?!」

「你告訴我，以後若有機會，我也能酌情替令妹澄清一二不是？」

穆鴻嶺有些意動，范軒宇的交友可比他廣闊多了。更重要的是，范軒宇行為跳脫，卻從不亂說話，該說的、不該說的，心裡一清二楚。

否則，穆鴻嶺這麼老成持重的性格，也不會與范軒宇傾心相交。

「好吧，你聽好了。」穆鴻嶺言簡意賅，把從穆鼎那裡聽來的經過，告訴范軒宇。

范軒宇聽完，瞪大眼睛，扭頭看看蕭長恭，又低頭看看寒光閃閃的寶刀。

「咳咳，之前蕭大將軍揹著令妹殺了個血流成河，然後沒幾天就在人家面前挽刀花？」

穆鴻嶺摸摸鼻子，他不想背後說人壞話，但蕭長恭這個行為……確實憨了點。

第十二章　誣衊

穆婉寧和蕭長恭走到荷花池邊，眼睛看著荷葉，不知該說什麼。身後，穆鴻嶺和范軒宇在嘀嘀咕咕，雖不曉得說了什麼，但左右離不開他們就是了。想到自己正被人議論，穆婉寧不由瞋怪地掃蕭長恭一眼。

這一眼，薄嗔中又帶著一絲女兒家的害羞，看得蕭長恭心中一蕩，清了清嗓子，說道：「剛剛……我是不是嚇到妳了？」

穆婉寧無奈。「大將軍的禮物，實在很特別。」

「我從沒送過女孩子禮物，不知道送什麼好。安叔跟我說，第一次送禮物要大氣、貴重，我選來選去，覺得這件最合適。早知如此，還不如送首飾。我有一盒子寶石原石，妳喜歡什麼樣式的首飾，我讓人打好送給妳。」

穆婉寧搖搖頭。「這把刀已經很貴重了，而且本應是我感謝大將軍的救命之恩，該由我準備謝禮才對。」

「這是給妳壓驚的……咳，不是，這就是個見面禮。如果是別人去救妳，妳也不會經歷那樣凶險的事，回去之後還病了一場。」

穆婉寧急道：「您千萬別這麼想。若非為了救我，您也不會身陷險境，更不會受傷。」

想到這裡，穆婉寧看向蕭長恭的左臂，她記得當時蕭長恭被劃了一刀。

感受到穆婉寧關心的目光，蕭長恭忽然覺得這一刀挨得真值。「也沒什麼。雖然劃到骨頭，只要手不斷，就不算大事。」

「到底還是我連累了將軍。」想到這裡，穆婉寧心裡很是懊悔。

她是重生之人，倍加珍惜當下的日子，也更加珍惜身邊的人。

她到底只是個後宅女人，雖然叨天之幸，得已重生，但最大的願望，不過是還擊方家。眼前的人卻是守衛邊關的將軍，是關係數萬百姓安危的人。如果因為她的出現，累得戰功赫赫的將軍死於刺殺，這樣的重生，穆婉寧寧可不要。

見穆婉寧臉色不好，蕭長恭灑脫地擺擺手。「這話我之前就說過，不妨再說一次。北狄人要刺殺我，不是一天兩天，沒有上一次，也有下一次。有沒有妳，我都會遇到，妳不過是恰巧碰上。我雖救了妳，但也害妳遇險，咱倆互有虧欠，妳也不必內疚了。」

聽到「互有虧欠」四個字，穆婉寧心裡微微泛起漣漪，能和這樣一個大英雄互有虧欠，實在是件……很美好的事。

看著蕭長恭溫柔的眼睛，穆婉寧心中頓時起了波瀾，隨後想到自己的未來，又不覺嘆了口氣。

她是注定要嫁給方堯的，早年穆鼎和方堯的父親方淮有一句酒後戲言，說以後若有年紀相當的兒女，就結為夫妻，還互相留了信物。

不過，穆鼎只把這事當成戲言，忘個乾淨，但方家人卻是記得的。

依照前一世的發展，再過不久，方家人就該登門了。

重生以來，穆婉寧一直認為，重生的意義，就是給她翻身報仇的機會，她要還擊方家，要把前一世受的氣全討回來。

可現在，穆婉寧感受到父親、祖母的慈愛，感受哥哥的呵護，又有了蕭長恭溫柔的注視，這才發現，人生還有另外一種可能。

前世那種日子，根本不能稱之為生活。哪怕她日後在方家揚眉吐氣、當家做主，但一個是惡婆母，一個是冷心腸的夫君，日子再好，又能好到哪裡去？

穆婉寧想著，偷偷去看蕭長恭，如果是和他一起……

不可能的。

她不過是個庶女，蕭長恭卻是當下最炙手可熱的侯爺。就算她是宰相家的女兒，這樣位高權重的人，也不會娶一個庶女。

思及此，穆婉寧覺得心裡像是被什麼東西扎了一下。

蕭長恭見穆婉寧的神色又暗淡下來，覺得自己真是笨口拙舌，連安慰人都不會。

他不應該說什麼互有虧欠，應該直接說互相扯平。可是扯平，就沒有關係了，還是互有虧欠，更符合他的心意。

「對了，以後妳出門，不能只帶一個婢女了。若上次多帶些人，或許就不會被擄走。」當然，也不要再來另一個人英雄救美。

穆婉寧點點頭，壓下心裡的難過，露出明亮又燦爛的笑容。「大將軍說得是，以後小女子一定注意，救命恩人只要一個就足夠了。」

既然不能擁有未來，那就好好把握當下吧。

見穆婉寧與自己想到一處了，蕭長恭心情舒暢，哈哈大笑。「說得有理。」

這笑聲引得穆鴻嶺再次扭頭，眼看蕭長恭與穆婉寧越站越近，心裡的醋勁又起來了。

我妹妹才十三歲，你給我離遠一點！

穆鴻嶺決定過去，反正兩人已經單獨談了一會兒，再聊下去，該讓人說閒話了，可不是他這個當哥哥的沒眼色。

「婉兒！」

此時，一個男子從遠處快步走來，聲音裡透著欣喜與急切。「婉兒，真的是妳。妳還好吧？上次一別後，聽說妳就病了？」說著，便來抓穆婉寧的手。

穆婉寧往蕭長恭身後一躲，警惕地看著來人。「你是誰？」

蕭長恭對穆婉寧的反應很滿意，看向來人時，眼神中驟然射出一股冷意。

哼，這聲婉兒叫得倒是親切。

男子被蕭長恭一瞪，立時覺得後背的寒毛全豎了起來，有一種被野獸盯上的感覺。但想到懷裡已經到手的銀子，和未來可能到手的銀子，懼意立時少了許多。

「我是慶明啊。婉兒，上次都是我不好，要不是我早走，妳也不會遇險。可妳也知道，我只能偷偷與妳相會。這幾天妳都躲著不肯見我，是不是生我的氣了？」

偷偷相會？這四個字一出，所有人皆深深皺起了眉頭。

穆鴻嶺突地站起來，眼前這人就是胡說八道，若不解釋清楚，讓人誤會，穆婉寧這輩子就完了。

范軒宇也起身，狐疑地看著穆鴻嶺和穆婉寧。

另一邊，站在不遠處的小七，只與蕭長恭交換一個眼神，便不著痕跡地走到男子身後，堵死他的後路。

穆婉寧的臉色也冷下來。「這位公子，我與你素不相識，請不要胡言亂語。」

「我怎麼是胡言亂語，妳我私會半年有餘，早已互有情意。」名叫慶明的男子抬頭，像是忽然看見蕭長恭一樣，道：「原來是鎮西侯在側，怪不得妳不認我，原來是攀了高枝。

「罷罷罷，既如此，當我一腔深情錯付了吧。」慶明說完，一臉痛心疾首的樣子，轉身就走。

「站住！」穆鴻嶺上前攔住他。「看你也是讀書人打扮，該明事理、曉是非，不該做出這等空口污人清白之事。我妹妹何時與你有過來往，不要在這裡血口噴人。」

「什麼叫血口噴人？婉兒曾說過非我不嫁，如今有了聖眷正隆的鎮西侯，連我這個人都不認了。」

穆婉寧氣極而笑，這人就是來置她於死地的。

「好，既然你口口聲聲說我與你私會，那可有證據？」穆婉寧上前一步，今天這事必須處置明白，否則且不說蕭長恭如何想，她怕是再也出不了門。

「哼，證據就是，我知道妳小腹上有顆痣！」

「你……」

穆婉寧怒極，這人的心腸當真歹毒，話一出口，便是直接把繩子套在她的脖子上。哪怕她極力否認，對方也會說她是為了遮掩，不肯承認；讓婢女檢查，也會被說成是買通婢女。而且，道她小腹處有痣，豈不是指她真如流言所說，與人有了首尾？

看穆婉寧不說話，慶明得意洋洋。「不敢出聲了吧？我本不欲說出此事，可妳不該先與我山盟海誓，然後又妄想另攀高枝。」

蕭長恭忽然冷哼一聲。「空口無憑的話，我也會說。我知道你是太監。」說罷，手指翻動，一柄銀色小刀出現在手上，刀光閃閃，寒意凜然。

這把刀，別人或許不認得，穆婉寧卻是認得的。那天她一回頭，匪徒腦門上插著的，就是這把刀。

猛然間，除了穆婉寧，所有人都想起一個京中的傳言，不是關於穆婉寧的，而是關於蕭長恭的。

蕭長恭極為嗜殺，每日必殺一人，而且都是虐殺。

一言不合，這就要閹人了？

穆鴻嶺有點後悔帶穆婉寧出來了。

慶明看著蕭長恭手裡的刀光，恍惚間覺得胯下似有涼風吹過，不由夾緊了雙腿。

「實……實證我也有，她被送回來時，身上的披風是我的。不然，她一個女子，身上怎會有男人的披風？」

穆婉寧瞬間放鬆下來，連穆鴻嶺也鬆了口氣。那件披風是誰的，在場之人，沒有人比蕭長恭更清楚。

只要蕭長恭沒有誤會，這件事就好辦多了。

穆婉寧也不急了，還有工夫偷偷打量蕭長恭，欣賞那修長又有力的手指。

這樣的手指玩起刀來，竟有種賞心悅目的感覺。

「將軍，此人憑空污我清白，還請將軍為我做主。」穆婉寧一副委委屈屈的模樣，還向蕭長恭深深行了一禮。

其實，早在慶明說出第一句話時，蕭長恭便動了殺意。

穆婉寧受驚生病，有一大半是他的責任，後面的流言也與他脫不開干係。沒想到，還真有人敢拿這事來當面誣衊穆婉寧。

看來，他回盛京這段時日太溫順了，蕭閻王的名頭不響了，不然怎麼會有人跑到他面前撒野？

「小七，動手。」

小七上前，擒住慶明，往他膝蓋內側狠踹一腳，讓慶明跪在蕭長恭身前。

慶明急了。「幹什麼，好端端地憑什麼抓人？盛京城還有沒有王法了？」

蕭長恭根本不理會他，冷聲說道：「我就問一次，是誰指使你來誣衊穆姑娘？」

慶明梗著脖子喊：「什麼叫誣衊，我不過是實話實說。她與我……喂，你們要幹什麼？」

蕭長恭一記眼神掃過去，小七一腳踹翻慶明，腳踩在慶明的手腕上，在他驚恐的目光中，生生掰斷了他的小拇指。

慶明慘嚎一聲，捧著手在地上打滾，叫聲淒厲得讓人心裡發毛。

穆鴻嶺和范軒宇哪裡見過這種陣仗，心中一凜，猛嚥了幾次口水。再看向蕭長恭時，神情都變了。

這人真是剛剛那個和他們一起吃點心的鎮西侯嗎？

反倒是穆婉寧早見識過蕭長恭殺人的模樣，便見怪不怪了。

小七等慶明嚎夠了，才重新摁住他，讓他跪在蕭長恭面前。

「說，是誰指使你的？」小七厲聲喝問，自家將軍說了只問一遍，他就不能讓將軍問第二遍。

「你們……你們這是仗勢欺人，屈打成招……」

見小七打算折了慶明的第二根手指，穆婉寧忽然開口。「將軍，佛門清淨之地，聲音太大了不好；再說，六公主還在前殿祈福呢。」說罷，往慶明的腳上看了一眼。

蕭長恭面露笑容，覺得這小姑娘果然見過世面，這場面，連穆鴻嶺都不敢說話了，她倒是面色如常，還能提醒他小心行事。

看蕭長恭點頭，小七立刻脫下慶明的鞋子，扒了襪子，塞進他嘴裡。

穆婉寧看向慶明，她可不覺得自己做錯了，不論慶明是受何人指使，都是存著置她於死地的心。憐憫敵人，就是對自己殘忍。

接下來，慶明只能唔唔悶哼了，因為小七掰斷了他第二根手指。

「說不說?!」

這下，慶明疼得冷汗都冒出來，再不敢貪銀子，狂點頭了。

就在小七準備拿出慶明嘴裡的襪子時，吳采薇從假山石後走出來。

「侯爺這是幹什麼，怎麼對我的家奴動起私刑了？」

穆婉寧眼神一凜，果然是她！

吳采薇本不想出來的，這種事情，無論穆婉寧能不能解釋清楚，都被扣上了一個大大的屎盆子。只要能在蕭長恭心裡埋下一根刺，她就有機會了。

可是，她沒想到，蕭長恭竟如此殺伐絕斷，一言不合便直接痛下狠手，沒兩句話工夫，她就要被招出來了，只能趁著慶明還沒開口前，趕緊堵住他的嘴。

至於說出慶明是她家奴的事，也是迫不得已。不這麼說，她就沒理由制止蕭長恭動手，畢竟打狗也要看主人。

家奴做錯事，讓主子面上無光，吳采薇倒是不在乎，只要坐實慶明與穆婉寧私通的事，穆婉寧受的損失，可是比她大多了。就算無法坐實，說出來也能讓穆婉寧顏面掃地。

「這是我府裡的家奴，不知哪裡得罪了侯爺，和靜在此向侯爺賠罪。」

蕭長恭眼神一瞇，想起吳采薇方才臨去之前迸發的殺意。

看來是她的手筆無疑了。就是不知道，這顆棋子是早備下的，還是臨時找的。

「賠罪不必了，既是長公主府的家奴，往後好好管教就是。」

「既要管教，也得請侯爺示下。我這家奴到底犯了什麼錯，惹得侯爺如此動怒，不惜在佛門清淨之地動私刑。」

穆婉寧心裡冷笑，明明就是吳采薇備下的棋子，非要一而再、再而三地詢問，無非是想把話說出來，令她難堪，隨後好再借題發揮一番。

「都說奴僕隨主，主子做什麼，下人便跟著做什麼。只要縣主持身以正，相信下人們自會有樣學樣。」

穆婉寧說罷，對吳采薇行了一禮，微笑一下。

吳采薇暗暗咬緊牙根，她想把事情揭開，讓穆婉寧面上無光，穆婉寧卻反過來，將下人做的事推到主人身上。

這穆婉寧果然不是省油的燈。

既然吳采薇已經出面，繼續拷問也沒什麼意義，蕭長恭撣了撣身上不存在的灰塵，別有深意地開了口。

「縣主去而復返，想必是為了這個奴才，直接把人領回去吧。日後務必要看好了，不要再放出來亂咬人。」

蕭長恭說罷，率先往前殿走去。

穆婉寧走到穆鴻嶺身邊，也一同離開了後山。

不一會兒，蓮花池邊，只剩下吳采薇和慶明兩人。

吳采薇看看趴在地上的慶明，目光裡充滿厭惡，從袖口中掏出兩張銀票，扔在地上。

「什麼該說，什麼不該說，你自己心裡清楚。」

慶明早已把嘴裡的襪子拿出來，卻不敢說話，忍痛撿了銀票，慌亂起身，向山下跑去。

不遠處的假山石後面，小七嗤笑了一下。

行事也太草率了。就這腦子，還玩什麼陷害人的把戲，簡直是將把柄送到別人手裡。

第十三章 鴻漸

經過慶明這麼一鬧，穆婉寧與穆鴻嶺沒了繼續待下去的興致，正好六公主祈福完了，一行人便進殿上香。

上完香，穆婉寧才找了個機會，接過檀香手中的食盒，走到蕭長恭面前。

「剛剛真是多謝將軍了，這食盒是我特意為將軍準備的，還望將軍不要嫌棄。」

看到穆婉寧終於有東西要給他，蕭長恭感覺心情好了不少，伸手接下。「方才的事，穆姑娘不必掛心，後續自有小七收尾，保證萬無一失。」

「如此，多謝將軍了。」

穆鴻嶺也上來行禮。「今日多謝將軍替舍妹解圍，鴻嶺感激不盡。」

「穆公子客氣了。」

「將軍，我們出來已有半日，舍妹大病初癒，不宜在外久待，鴻嶺這就帶她下山。」見識過蕭長恭處理慶明的手段後，穆鴻嶺不覺對蕭長恭恭敬了許多。

從後山走向正殿之時，穆鴻嶺曾認真想過，如果沒有蕭長恭，此時會如何收場？

以慶明擺明就是要誣衊穆婉寧的目的來看，講理肯定講不通，他又是個書生，未必能把人拿下，萬一讓慶明鬧開來，後果不堪設想。

穆婉寧與穆鴻嶺走後，蕭長恭並未急著下山，而是走到一處僻靜的角落，打開食盒。

食盒一共兩層，共有四樣點心，每樣兩份。看外型，可比他之前吃的要精緻得多，想來這是單獨為他準備的。

蕭長恭拈了一塊塞進口中，嗯，好吃，特別好吃。

不過，若只是送點心，如此太過鄭重其事，以穆婉寧的聰慧，不會這樣做。

果然，蕭長恭把兩層點心都拿出來後，在最底下看到一只手帕包裹著的荷包。

手帕與之前的樣式相同，右下角繡著幾枝蘭草。

蕭長恭看到荷包，頓時覺得，整顆心都被喜悅填滿了。

因為這個荷包上繡的花紋，並非尋常男子荷包上的，而是一株株蘭草，且線條與他面具上的獠牙相同。雖沒有直接繡成獠牙，但形神兼備，一眼便能看出是為他特製的。

難為她在那麼緊張的情況下，還能記住他面具上的獠牙長什麼樣子。

從這一點可以看得出來，穆婉寧真的不怕他，不怕他的人，也不怕他的面具。

既如此，那麼他臉上的傷，她應該也不怕吧？

蕭長恭抬手，隔著面具，撫了撫臉頰。最近傷疤時不時便發脹腫痛，不知是何原因。

蕭長恭把荷包直接掛在腰帶上，食盒交給守在一旁的侍衛，這才不緊不慢地下山。

行至半路，一聲呼哨，馬車停下來，車簾一挑，一個被捆成粽子似的人，被小七扔進車裡，正是折了兩根手指的慶明。

「將軍，我幫您找了個腳踏，您看可滿意？」車外傳來小七得意的聲音。

「不錯，正缺個墊腳的。」

另一邊，穆家兄妹仍如來時一樣，乘坐同一輛馬車，只是氣氛迴然不同。

早在下山時，穆鴻嶺便一言不發，面沈似水。

他這個哥哥，當得實在太失敗了，先是妹妹被縣主嘲諷，然後又冒出一個無賴誣衊妹妹清白，最後居然是蕭長恭出手解決的。

他身為長兄，卻什麼忙都沒幫上。

穆婉寧看出穆鴻嶺的自責，心裡感動，輕輕拽他的袖子。「大哥不必為山上的事情生氣。俗話說，秀才遇到兵，有理說不清。那個叫慶明的，根本是個無賴，哥哥乃謙謙君子，在那種情況下，拿他沒辦法，也是尋常。

「再說，就算能臣幹吏，治理地方時，不也需要三班衙役？這惡人啊，就得有惡人磨。若哥哥是坐在堂上的官員，手下有衙役鎮場，驚堂木一拍，刑具一擺，不愁慶明不招。大哥缺的，不過是能幹的手下罷了。

「在妹妹心裡，大哥是最值得信賴的，就算今天被慶明得逞，日後大哥也定會為我做主，替我撐腰，對不對？」

穆鴻嶺聽著穆婉寧的開解，心裡舒服不少。自小以來，他受父親悉心教導，學的是聖人道理，平時談論的也是治國之道，對付無賴還真不是他的專長。

見穆婉寧衝著他露出乖巧笑容，穆鴻嶺又習慣地伸出一根手指，點點她的額頭。「妳啊，人家蕭將軍替妳解圍，結果在妳嘴裡，就成惡人自有惡人磨了？」
穆婉寧俏皮地吐吐舌頭。「一時失言，一時失言。」

馬車轔轔而行，快到城門時，一匹馬飛馳而來，馬上的人正是小七。
「穆姑娘，我家將軍說有句話忘了轉告您，派我來說。」
穆婉寧掀起車簾。「將軍有何吩咐？」
小七抱拳。「將軍說他吃過臭豆腐了，不臭。」
穆婉寧的臉騰的一紅，羞得躲進車廂，倒是穆鴻嶺探出頭來。「將軍只說了這一句？」
其實小七也有點納悶，不明白這是什麼意思，但蕭長恭就讓他傳這句話，別的也沒多說，便點頭。
「就這一句。話已帶到，穆公子、穆姑娘，小七告辭。」說罷，打馬揚長而去。
穆鴻嶺退回車裡，一臉納悶，不解地看著穆婉寧。
穆婉寧也不知該羞還是該笑。這句話的意思，她是清楚的，分明對應那天她被蕭長恭所救時說的話，意思是她的嘴裡不臭。
難不成，那天他親自湊到嘴邊聞了？
穆婉寧回到清兮院後，簡單漱洗一下，倒頭便睡。
自重生以來，她的精神確實堅韌不拔，但身體仍是虛弱。今日又是登山、又與人交鋒，心情又喜極怒極地大起大落，雖然只出門半天，卻像是勞累一整天一樣。

可惜，穆婉寧沒能睡得太久，就被院子裡的聲音吵醒了。

「二少爺，我家姑娘午睡還沒起身呢，您不能進去。」

「哎呀，她睡她的，我只是進去看看那把刀，不會出聲的。」

「那是我們姑娘的閨房，您怎麼可以進去?!」

「我是她二哥，有什麼不能進的？要不，妳把東西抱出來給我看看也行。」

「那是姑娘的寶貝，沒有姑娘吩咐，我不敢拿。」檀香可是看得明白，回來的路上，穆婉寧雖沒有再把刀拿出來，目光卻時不時往那盒子上瞟。

「妳這丫鬟怎麼這樣囉嗦啊？讓開，我要進去。」

穆婉寧聽得哭笑不得，早料到持刀弄棒的穆鴻漸一定會來看看蕭長恭送的彎刀，但沒想到他這麼心急，連午覺都不讓人好好睡。

「墨香，給二少爺上茶，檀香進來伺候我梳洗。」

穆婉寧一發話，外面立刻安靜了，穆鴻漸清清嗓子，口氣滿是討好地喊：「打擾四妹妹了，二哥不著急，妳慢慢梳洗就是。」

剛走進屋的檀香聽到了，衝外屋扮了個鬼臉，走到床邊，高聲道：「姑娘，您睡好了嗎？要不，再睡一個時辰吧，反正二少爺不著急。」

穆婉寧噗哧一聲笑出來，以前可沒發現檀香這麼調皮啊。

外屋果然傳來動靜。「好個檀香，欺負二少爺我脾氣好是不是？」

穆婉寧忍著笑。「好了，我也該起來，要不晚上睡不著了。」

「還是四妹妹善解人意。」

穆婉寧讓檀香幫她梳了簡單的髮髻，隨意插支釵子，換上常服，便讓檀香抱著盒子，走到待客用的外室。

穆鴻漸一副習武之人的打扮，雖只有十五歲，但已和穆鴻嶺一樣高，眉眼間英氣勃勃。

「四妹妹氣色不錯。東西呢？趕緊讓二哥瞧瞧。」穆鴻漸只掃了穆婉寧一眼，便把目光放在檀香手裡的盒子上。

穆婉寧也不生氣，穆鴻漸向來就是這個脾氣，不是真的不關心她。

檀香把木盒放在桌上，一打開蓋子，穆鴻漸的目光便移不開了，連檀香也不眨眼地盯著彎刀瞧。

之前在後山時，她離得遠，看不清楚，此時離得近了才發現，這把刀真的是處處精緻，那些寶石鑲得巧妙，隨著日光流轉，發出各色的光來。

穆鴻漸伸手拿起刀，仔細打量。「四妹妹，從樣式上看，這刀乃是北狄貴族所用，再看刀鞘上的寶石和紋飾，持刀之人的品級不低，起碼也有三品以上。原主人要麼是王公或大臣之女，要麼就是北狄王公訂親時打造的信物。」

穆婉寧臉上一紅。「二哥，不要亂說。」

「妳看這紋飾，畫法頗為順暢，肯定出自大師之手。這寶石鑲嵌得法，切面錯落有致，光芒才如此瑰麗。哦，對了，刀身弧度也是大有講究的。」

穆婉寧愣住，本以為信物之類的話是穆鴻漸在調侃她，孰料他根本是把所想的說出來而已。至於聽的人是什麼想法，他完全沒在意。

外室很大，不只一張桌子，靠窗處還有一個小書桌，穆婉寧任由穆鴻漸坐在那裡嘀嘀咕咕，自己走到書桌前，抽了本雜記，讓檀香上茶，半倚在窗前看書。

一個時辰後，穆婉寧已經看了大半本遊記，穆鴻漸的眼睛還是盯在刀上。可是再待下去，就得掌燈，穆鴻漸也有些不好意思了。

「四妹妹，這刀能不能讓我帶回屋去？我想多看看。」

穆婉寧調皮地笑了下。「不成，我怕二哥太喜歡，就不還我了。」別的東西，或許穆婉寧就送了，但蕭長恭送的東西，她不想放手。

「那……先放這兒，我晚上再來。」穆鴻漸也知道不能看到好東西就拿回去，尤其還是自己妹妹的東西。不過，這要是穆鴻嶺的東西，他就算撒潑打滾，也要抱回自己屋裡。

「二哥想來，隨時可以來。對了，這是我今兒去護國寺替二哥求的平安符。」

「好，謝謝四妹妹，我先回去了。」穆鴻漸接過摺成三角形的平安符，塞在腰帶裡，走的時候還念叨著什麼紋路、工藝等等。

穆婉寧失笑，換了件衣服，帶著檀香去了周氏的靜安堂。

這一趟去護國寺，穆婉寧真心實意求了不少平安符，全家每人一個，但穆安寧和鄭氏沒有。反正她們看她不順眼，再怎麼討好，也無濟於事。

「祖母，這是孫女為您求的康壽符，廟裡的知客僧人說了，掛在床頭、壓在枕頭底下，或放在隨身的荷包裡都行。」

周氏伸手接過，滿臉笑意。「今天婉兒見到鎮西侯了？」

穆婉寧點頭，周氏知道內情，不用隱瞞。「見到了，蕭將軍還送婉兒見面禮，是一柄彎刀，二哥說是北狄人用的樣式，想來是戰利品。孫女身無長物，只能繡個荷包送回去。」

周氏頷首。「也好，女兒家送東西，心意最重要。」

雖然女子送男子荷包往往有定情之意，但現在送荷包已經成了一種風氣，不算太出格。而且，蕭長恭戰功赫赫，聖眷正隆，如果對方有心，也是一樁美事。

「祖母，孫女還給父親、母親、哥哥、弟弟分別求了平安符，想在晚上歇息前一一送到。若是無事，孫女先告退，明兒再來給祖母請安。」

周氏聽了，自是沒有不答應的道理。「去吧，明天咱們再好好說話。」

從靜安堂出來後，穆婉寧先去嫡母王氏的主屋。前一世，她極少來這裡，每次都是路過，這次進去，竟然有一種陌生的感覺。

穆婉寧送上要給穆鼎、王氏和穆若寧的平安符，既省事，也免得王氏多心。

前世，王氏對她很是冷漠，哪怕重活一世，對於這個嫡母，穆婉寧仍是親近不起來。

王氏與她沒有血緣關係，且向來只看重自己的孩子，覺得庶子、庶女與她無關。因此，穆婉寧對王氏是尊敬有餘，親近不足。

不過，庶子、庶女對嫡母多半如此，也挑不出錯就是了。

穆婉寧走後，王氏身邊的劉嬤嬤拉著王氏說話。

「夫人，往後您得跟四姑娘交好了。」

王氏皺眉。「她一個庶女，為什麼要交好？」

「當然是為了大少爺和二少爺。」

若說為了別的，王氏或許不在意，但提到兩個兒子，便立刻有了興趣。

「妳接著說。」

「前些日子四姑娘出門，雖然遭難，但也與鎮西侯有了交情。今日她去護國寺，聽聞鎮西侯還送了一把貴重的寶刀當見面禮，惹得二少爺眼巴巴地去看呢。」

「還有這種事，我怎麼不知道？」

「是下午發生的事。依奴婢看，就算鎮西侯沒對四姑娘動心，怕也是有意。四姑娘是孤女，生母早亡，又無同胞手足。您對她好些，她必定感恩戴德，若日後真能嫁給鎮西侯，成為侯府夫人，回頭幫襯的，不就是兩位少爺嗎？」

這話說得王氏動了心，也與之前穆鼎讓她送首飾時說的話不謀而合。

「可四丫頭不過是個庶女，鎮西侯怎麼會求庶女為妻？」

「話雖如此，可是咱們府裡，現在並沒有年紀適合的嫡女。六姑娘才八歲，離議親還有好幾年呢。要是鎮西侯真有意與咱們結親，庶女也得當嫡女來用。」

「只要四姑娘對您心存感激，日後在朝堂之上，鎮西侯必定會幫襯兩位少爺。尤其二少爺走的是習武路子，鎮西侯可是軍中響噹噹的人物啊。」

這話徹底打動了王氏。穆鴻嶺天生就是唸書的料子，加上苦學，又是宰相之子，日後必然前途無限。

而穆鴻漸不耐煩讀書，去習了武，若能與鎮西侯交好，對他可是天大的好處。

王氏暗自下定決心，隨後又有些埋怨劉嬤嬤。「妳既然有這個想法，為什麼不早點跟我說？這會兒去關心四丫頭，豈不是晚了？」

「此一時，彼一時。之前的四姑娘畏縮懦弱，被三姑娘欺負得抬不起頭，她自己立不起來，便不值得夫人關心。就算她被鎮西侯所救，也當不成侯府夫人。

「但現在不同了，自從三月四姑娘病癒後，像是開了竅，先後討了老太太和相爺的歡心，三姑娘幾次想搶那副南珠頭面，也沒能得逞。這樣的四姑娘，才有被夫人關心的資格，也才有可能當侯府夫人。

「之前四姑娘送拖鞋來時，奴婢就有這個心了，但當時的理由還不夠。今天四姑娘帶回那柄寶刀，又特地為您求了平安符，理由便足夠了。」

劉嬤嬤說完，生怕王氏失了分寸，好事變壞事，又解釋幾句。

「現在您不需要做太多，只須多關心四姑娘。若四姑娘真與侯府訂親，您就可以順勢跟相爺說，把四姑娘記在您的名下，既抬了她的身分，全了相爺的面子，還能讓四姑娘對您充滿感激。」

王氏仔仔細細地品了劉嬤嬤這番話，越琢磨，越覺得有道理，反正也不麻煩，不過是對穆婉寧好一點，多花些心思，日後的回報卻是大得很。

「這件事還真是多虧妳替我想著，這金鐲子就賞妳了。」王氏說罷，賞了一只金鐲子給劉嬤嬤。

劉嬤嬤接過。「多謝夫人，只要夫人過得好，老奴就心滿意足了。」

第十四章　夜探

另一邊，慶明不用人問，嘴裡堵的襪子剛被拿下，就跪在車裡，痛哭流涕地全招了，連懷裡的銀票也掏出來。

蕭長恭微微皺眉，吳采薇心機一般，手段卻是挺毒的，不知為何與穆婉寧槓上了。

「回去之後，把嘴巴閉嚴了，再把讀到狗肚子裡的書讀回自己的肚子去。還有，不要想著搬家，老老實實待在盛京，我會派人去查。」

「是，學生，不，小人一定好好讀書，考個秀才回來。」慶明磕頭如搗蒜。

蕭長恭看不上這樣的讀書人。「滾。」

慶明像是得了大赦，趕緊下車。

蕭長恭又道：「拿走你的銀票。我倒要看看，昧著良心得來的錢，你花得虧不虧心。」

吳采薇做得很過分，但身分地位擺在那裡，就算這件事捅到皇帝面前，又能如何？

慶明只能是一顆隱棋，當壓死駱駝的最後一根稻草，當不成把人壓得抬不起頭的大山。

見慶明遠去，蕭長恭輕聲道：「風字部新人練手時，就拿他練吧。」

車外的小七微微點頭。「是。」

解決了慶明，蕭長恭輕鬆不少，又拿起腰間的荷包，細細地打量起來。

荷包針腳很密，整齊細緻，怕是要費上不少工夫。

想到穆婉寧在繡這個荷包時，心裡滿滿想的都是他，蕭長恭便不覺揚起嘴角。

馬車到府，蕭長恭剛進前院，就見一位白衣公子背對著他，正在看士兵操練。

「明遠，你怎麼來了？」蕭長恭心情大好，正愁得了寶貝沒人炫耀呢。

白衣公子聽到聲音，回過頭，目光瞟到蕭長恭腰間的荷包，心思一轉，也不答話，身形晃動，一手攻擊蕭長恭面門、一手直攻腰間。

蕭長恭旋身側步躲過這一探，對方像是預料到這一點，立即變招，猛攻起來，招招不離要害。

蕭長恭也不含糊，一邊後退、一邊見招拆招，終於在十招之後穩住身形，開始反擊。

兩人飛快拆了將近三十招，齊明遠忽然長手一伸，把自己的左肩賣給蕭長恭。

蕭長恭立刻一掌拍上，齊明遠中掌跳開，齜牙咧嘴的同時，又眉開眼笑，手裡拿著的，正是蕭長恭腰上的荷包。

「嘿嘿，想不到吧，你也有上當的時候。嘶，我說蕭長恭，你下手也太狠了點，我的左肩差點被你拍得散架了。」

「哼，東西還我，不然也把你的右肩拍散。」

「哎呀呀，你不是最不喜歡在腰上繫荷包嗎，說什麼又醜、又礙事。呵呵，這荷包可不簡單，是有人特地繡給你的吧？快說，是哪家姑娘？我們的鐵樹要開花了！」

「齊明遠，你不想死就趕緊把東西放下，不然老子拆了你的骨頭。」蕭長恭見齊明遠毫不客氣地拉扯著那個荷包，眉頭登時一皺一挑的。

「你說出是誰送的，我立刻物歸原主。兄弟，我這也是關心你，你說出來，我好替你把把關不是？」

蕭長恭知道多說無用，這會兒也歇得差不多了，再次上前猛攻。

齊明遠本就不是蕭長恭的對手，方才占了偷襲的便宜，這會兒蕭長恭發起狠來，沒幾招便抓住他的手臂，使了個擒拿手扣在背後，荷包也被奪了過去。

「喂，輕點，胳膊要斷了。」

「哼，不用點力，怕你記吃不記打。」

這會兒，兩人打累了，直接在前院的廊柱前坐下來。

蕭安似見怪不怪，這會兒才吩咐人送上茶水。

齊明遠是將門子弟，雖不像蕭長恭那樣，需要從頭打拚，但也在軍中實打實磨練了三年，兩人就是在那時交好的。

「好了，打也打了，你總該說出是哪家姑娘了吧？」

蕭長恭本也沒打算瞞他。「宰相府的四姑娘。」

「相府四姑娘？」齊明遠先是臉色一變，隨即反應過來，神色促狹。「那披風是你的吧？我說蔣幕白那小子怎麼會這樣賣力平息流言，原來如此。」

蕭長恭得意一笑。「算你聰明。」

緊接著，他就鬱悶了，因為想把荷包繫回去時發現，荷包的帶子被扯斷了。

蕭長恭露出的半邊臉漆黑似鍋底。「齊明遠，你死定了。」

齊明遠嚇了一跳，看到蕭長恭腰上斷掉的帶子，也反應過來。「且慢，別急著動手，我跟你說，這是好事。」

「好事？送我不到半天就壞了，叫好事？」

「當然是好事，這下你就有理由再去找她了嘛。今天剛好是十五，月亮圓著呢。你想想，花前月下，姑娘幫你補荷包，多麼美好的情景。」

蕭長恭停住身形，想了想，覺得齊明遠說得很有道理。

之前在馬車上，他已經想像過穆婉寧縫荷包的樣子，可是那畢竟是想像，如果真能見到的話……

果然，齊明遠比他先成親，是有原因的。

「看在你出了個好主意的分上，盒裡的點心分你一半。記住，只有一半，不許多吃。」

如果有別人在場，比如穆鴻嶺，不，只要是正常人，都不會認為大半夜摸進姑娘院子裡是個好主意。

偏偏蕭長恭覺得這主意不錯，齊明遠更覺得自己有軍師風範。

是以，兩人開開心心地吃喝一陣，齊明遠才告辭離去。

蕭長恭補了一會兒眠，入夜時換上夜行衣，精神抖擻地直奔宰相府了。

明月之下探美人，想想還有一點小激動呢。

進了宰相府，蕭長恭才發覺自己又犯傻了，府裡好多個院子，連主子帶僕人，住著上百口人，哪個才是穆婉寧的院子？

他正躊躇時，忽然聽到一個人道：「你去找瓶舒筋活血的藥酒來，今天四妹妹登山走了許久，肯定腳痛。」

蕭長恭立即循聲望去，只見是個十五、六歲的少年，穿的卻不是讀書人的長衫，而是習武之人的短打。

不過，心思倒是挺細膩的，這一點連他都沒想到。

很快地，小廝把藥酒拿來，穆鴻漸往袖口一揣。「我去四妹妹院裡，你不方便跟著，早點休息吧。」

「是，二少爺。」

原來是穆婉寧的二哥穆鴻漸，倒是和穆鴻嶺一樣，是個稱職的哥哥。蕭長恭暗暗點頭，悄悄跟上去。

孰料，穆鴻漸越走越偏，走進一處沒人的院子裡。

「閣下跟蹤我許久，還不打算現身嗎？」穆鴻漸一手藏在背後、一手擋在胸前，轉身面對著空空的院門。

蕭長恭一愣，本以為對方不過是個少年，心裡放鬆了警惕，沒想到竟然被發現了。

既然發現，乾脆現身好了。能發現他跟蹤的少年，倒也值得他現身一見。

穆鴻漸一看到那半邊面具，就愣住了。「蕭將軍？您這是來找我四妹妹來了？」

蕭長恭嘴角一扯，心想這小子倒挺直接。

「荷包壞了，找她補一下。」

「哦……我怎知你不是假冒的？」

警惕性還挺高，蕭長恭對眼前的少年越看越順眼。「白天我們在護國寺後山見過了，我還送了她一把刀，北狄七星刀。」

穆鴻漸眼睛瞬間亮了，恨不得立刻帶蕭長恭去見穆婉寧。可是轉念一想，他又忍住了。「蕭將軍武功高絕，想見我四妹妹自去見就是，我就不帶路了。」

蕭長恭心裡暗罵狡猾的小子，這是明顯看出他不認識路了。

「蕭將軍別用那種眼神看著我，您是大將軍，是侯爺，就算擅闖相府，我爹也不敢把您怎麼著。可是萬一讓他知道我帶外男去見四妹妹，准把我的腿把打折。除非……」

「除非什麼？」

「除非蕭將軍能讓我看看您的刀劍收藏，能送出這種寶刀的人，絕對不會只有一把。我也不要，讓我看看就行。」

蕭長恭樂了，穆鴻漸不僅聰明，很懂得分寸。若他開口討要，他大不了轉身就走，反正，他有的是辦法見到穆婉寧。

如果只是這樣的要求，他倒沒什麼拒絕的理由，說不定還能讓穆鴻漸帶著穆婉寧一起來。

「答應你了，帶路吧。」

穆鴻漸立刻眉開眼笑，一馬當先走出院子。

一進清兮院，穆鴻漸便大聲嚷嚷。「四妹妹，妳休息了沒有，趕緊把刀抱出來。」

屋裡的穆婉寧一聽，笑出了聲。

「二哥，好歹我也是你妹妹，怎麼在你眼裡，我還不如一把刀呢？」

「誰說不如了？喏，上好的藥酒，舒筋活血，回頭讓檀香幫妳揉揉，省得明天腳疼。」

「二少爺，您真是太好了，這會兒姑娘正腳疼呢。下午奴婢冒犯了，給您賠不是。」檀香就是這樣的性子，誰對穆婉寧好，她就對誰好，別說道歉，磕頭都行。

穆鴻漸當然不會跟一個小婢女計較，不過聽到檀香道歉，還是挺受用的。「罷了。妳去燒一大盆熱水，先讓婉寧的腳泡上一炷香工夫，再用藥酒揉，效果更好。」

「是，奴婢這就去。」

「對了，妳先燒水，別急著回來，我有話和四妹妹說，那個……」穆鴻漸指著墨香。「妳也去。沒有我的吩咐，都別進來。」

檀香和墨香點頭出去了。

穆鴻漸走進內室，看到穆婉寧正坐在床上，按著自己的小腿。

今天穆婉寧又是上山、又是拜佛，一天走了平時半個月的路，小腿和腳痠痛得不得了。

「二哥，東西在那兒，你自己看吧，我就不站起來了。」

「好，四妹妹好好待客，我就在旁邊。」穆鴻漸說罷，滿臉竊笑。

「待客？」

待穆婉寧看到從窗外翻進來、穿了一身黑衣的蕭長恭時，整個人都慌了。

她剛剛洗了頭髮，還沒梳起來，身上只有一件半身不舊的衣裳，雖非寢衣，但也不是可以見外人的衣服。

「蕭、蕭將軍怎麼來了？」穆婉寧趕緊站起身，想到頭髮還散著，又趕緊用手去攏頭髮。「婉寧衣冠不整，還請將軍見諒。」

蕭長恭看出穆婉寧的窘迫，雖然覺得這樣的她也挺好看，還是認真說道：「跟人打了一架，荷包的帶子壞了，找妳補補。」走到近前，把荷包遞給穆婉寧。

這會兒穆婉寧未施粉黛，頭髮披散開來，雖不如白天端莊秀麗，卻別有一股寧靜溫馨的味道。

「啊，好，您請坐，我這就補。」穆婉寧趕緊搬了張凳子給蕭長恭，轉身去找針線籃子。

轉身時，穆婉寧偷瞄了「專心」看刀的穆鴻漸一下，光從背影都能看到他豎起的耳朵。

這兩個人是怎麼攪和到一起的？

不過想歸想，穆婉寧還是飛快拿起針線，動作流暢地補起荷包來。她的閨房裡可是有個陌生男人，要是被發現，她也不用活了，穆鼎會一把掐死她的。

看到穆婉寧低頭縫補的樣子，蕭長恭心頭一熱，如果以後他和她有了孩子，她替孩子縫衣服時，是不是就是現在這樣？

穆鴻漸與穆鴻嶺一樣，都很愛過哥哥的癮，之前一直想著蕭長恭的刀劍收藏，還不覺得什麼。可這會兒看到蕭長恭熱切的眼神，心裡忽然不是滋味，覺得他是不是太衝動，萬一被發現了，他挨頓打事小，妹妹名節不保，毀了一輩子事大啊。

「咳咳，蕭將軍，我四妹妹到底是未出閣的女子，以後若想見她，不妨給我捎個信，我帶她出府，您看可好？」

穆婉寧聽了，狠狠白了穆鴻漸一眼，也知道這樣不好啊？

此時蕭長恭滿足了心裡的念想，發現自己的確是莽撞了，立刻道好。

幸好荷包壞的只是帶子，穆婉寧飛針走線，用了最快的動作縫好，又趁穆鴻漸回頭看刀時，塞了東西進去，這才把荷包交給蕭長恭。

蕭長恭接過，點點頭。「多謝穆姑娘。」便翻窗離開。

穆婉寧這才鬆了口氣，轉頭咬牙切齒地道：「二哥。」

穆鴻漸立刻直起身子。「四妹妹，時辰不早了，妳早點休息。對了，藥酒別忘了用啊，省得腳疼。」

他說罷，轉身開溜，動作不比蕭長恭慢到哪兒去。

屋頂上的蕭長恭暗笑不已，看了看荷包裡的平安符，心裡滿是歡喜，面帶笑意地趁著夜色回府了。

穆鴻漸剛走，檀香便端著一大盆熱水進來。「二少爺真是細心，知道心疼姑娘今天路走多了。」

穆婉寧心裡暗罵，細心個鬼，細心就不會直接帶人進她房裡了。

檀香自是不知穆婉寧心裡所想，先讓穆婉寧泡完腳，再將藥酒倒在手心裡，把穆婉寧的腳和小腿揉到發熱，才讓穆婉寧睡下。

一夜好眠，穆婉寧醒來時，不但精神充足，雙腳也不再痠痛。

哼，看在藥酒的分上，她就不向爹爹告狀，改向大哥告狀好了。

打定主意後，穆婉寧仍是早早去向周氏請安。

有了昨天的藥酒，今天走起路來格外輕快。

今天祖孫倆聊了穆鴻漸如何癡迷那把彎刀的事。其實昨天周氏已經聽張姑姑提過，但這會兒仍然聽得有滋有味。

「二哥幾年也不來我院子一次，一進屋就要看寶刀，瞅都不瞅我一眼。不過，看在他給我拿了瓶好藥酒的分上，婉兒就原諒他了。」

周氏哈哈大笑，點了下穆婉寧的腦門。「妳二哥的藥酒可是妳爹特地找名醫配製的，花了高價，妳這是得了便宜還賣乖。」

穆婉寧吐吐舌頭。「怪不得這麼好用。」

第十五章　詰問

不久後，穆府其他人陸陸續續過來向周氏請安。最近周氏心情不錯，所以眾人的表情也放鬆許多。

「四妹妹當真好福氣，竟然能偶遇鎮西侯，還收到見面禮。」穆安寧一進屋，就把話引到昨天的事情上。

此時穆安寧看起來雲淡風輕，但其實遠沒有表現出的這麼淡然，心裡都快恨死了。早知如此，昨天她說什麼也要跟著去上香。

還有，她明明在祠堂跪到膝蓋都腫了，穆鴻漸居然不聞不問；穆婉寧不過是爬山，他就巴巴地送了瓶藥酒過去。

真是人比人，氣死人。

穆安寧瞥了坐在旁邊的穆鴻漸一眼，道：「聽說四妹妹那寶刀可是稀罕得很，二哥一連去看了好幾次呢。」

穆鴻漸不疑有他，點點頭。「那把刀是北狄的工藝，中原地區甚為少見。北狄人有佩刀的習俗，因此刀具繁複多樣，甚有章法。」

「要我說，四妹妹有點小氣了，昨天二哥可是捨了一瓶好藥酒呢。刀子放在妳那裡，也是蒙塵，不如送給二哥，也算寶刀配英雄。」

穆婉寧就知道穆安寧不會這麼輕易地放過她，昨天沒作怪，今早果然發難了。

「三姊姊倒是大方，可惜我眼皮子淺，好不容易得了樣寶貝，實在捨不得放手，想來二哥是不會介懷的。」

「哼，昨天大哥陪妳一同上山，見面禮自然也應該有大哥一份，說不定鎮西侯是把刀送給大哥的，妳倒好，直接據為己有。否則，堂堂鎮西侯，何必送妳這麼貴重的禮物。」

這話一出口，屋裡人都愣了一下。知道內情的，自然曉得這禮物是送給穆婉寧，連穆鴻嶺也這樣想，從未覺得該有自己的份。

更何況，當時蕭長恭可是說得明明白白，問穆婉寧喜不喜歡，可沒問穆鴻嶺。

但不知道內情的，便覺得穆安寧說得有道理。尤其是王氏，小姑娘的東西，她不屑搶；若是屬於她兒子的，那可不能落在外人手裡。

想到穆鴻漸這麼喜歡那把刀，王氏有些意動。「嶺兒，這是怎麼回事？」

穆鴻嶺冷笑一聲，看向穆安寧，果然家賊難防，要論捅刀子，還是自己人厲害。簡簡單單一句話，就連嫡母都挑唆了。

此事若不說清楚，日後不知要生出多少嫌隙來。

「母親，那把寶刀的確是鎮西侯送給四妹妹的，與孩兒無關。其中詳情，兒子不便在此多說，還請母親去問父親吧。」

「罷了。嶺兒，你直接把事情說開，省得有人多心。」周氏發話，瞥王氏一眼，這個兒媳平時還好，一遇到自己孩子的事就糊塗。

「是。那日四妹妹遭歹人擄走，被鎮西侯救下，但未等他送回府裡，便遇北狄刺殺。鎮西侯連斬四人，才護住四妹妹，四妹妹也因此受了驚嚇，病了一場。所以，這刀是鎮西侯送予四妹妹壓驚的。」

不過，用刀壓驚這種事，實在怎麼聽，怎麼彆扭。

此話一出，王氏大驚，掉了手裡的扇子。連斬四人？原來那日穆婉寧身上的血，是這麼來的。

穆安寧也錯愕至極，不由和鄭氏對視一眼。

這英雄救美的戲碼，怎麼讓穆婉寧遇上了？這樣一來，穆婉寧豈不是要成為侯府夫人？實在太好運！

周氏沈默一會兒，任由大家思索聽到的內容，才沈聲說道：「這件事，本不欲告訴你們，婉寧畢竟是女兒家，如果傳得沸沸揚揚，鎮西侯有意還好，若是無意，婉寧日後議親，怕是都成問題。

「所以，你們知道就行了，爛在肚子裡。要是有人傳出去，別怪我不講情面。」

周氏說話時，緊緊盯著王氏，眼神中的警告不言而喻。

至於穆安寧和鄭氏，她倒是不擔心，這對母女最近忙得很，不就是看上了鎮西侯與三皇子嗎？這個消息傳出去，對她們一點好處也沒有。

她怕的是王氏為了自己的兒子，尤其是穆鴻漸，出賣了穆婉寧。如果鎮西侯無意，可是會與宰相府生出嫌隙。

眾人紛紛點頭。

穆安寧仍不甘心，在她看來，那把刀算是定情信物了，說什麼也不能讓穆婉寧留下。

「就算是送給四妹妹的，既然二哥喜歡，做妹妹的也不能不體諒哥哥，任由二哥一趟趟地跑清兮院。不如讓二哥拿回院子，把玩夠了再還回去。」

穆婉寧氣得直咬牙，穆安寧就是非要給她添堵。雖然她相信穆鴻漸不至於借了不還，但是送給她的東西，她還沒把玩夠，憑什麼要讓人拿走？還要等人把玩夠了，再送回來。

就算她是泥捏的，還有三分火氣呢。

穆婉寧站起身，看向穆安寧。「三姊姊是不是見不得我有好東西？前些日子，母親剛剛給了副頭面，上午送來，下午姊姊便登門，開口要借。我不借，就幾次三番說我小氣，甚至告狀告到祖母這裡來。

「昨日我剛得到禮物，隔天一早，三姊姊就說東西不該歸我。等到東西歸我了，又說二哥喜歡，應該送給二哥。

「在三姊姊眼裡，是不是不管我有什麼，只要兄弟姊妹看上了，就得雙手奉上，不然便是小氣、不懂得體諒人？」

穆安寧冷哼一聲。「兄弟姊妹之間，自當友愛。妳既不會舞刀，又不懂欣賞，送給二哥有什麼不對？那南珠頭面，我不過是戴戴，借一下又不會損失什麼。說到底，還不是妳小氣、捨不得東西！」

穆婉寧怒極。「所謂來而不往非禮也，怎麼不見三姊姊向外給東西、借東西？也對，我們沒有三姊姊那麼厚的臉皮。」

「妳……」

「夠了！」周氏將茶盞重重地放在桌上。「大清早就吵鬧，成何體統。」

穆婉寧轉身行禮。「請祖母息怒。」

鄭氏見穆安寧還坐在那裡，連忙對她使眼色。

周氏瞥了慌忙站起的穆安寧一眼。「罷了，我懶得跟妳們生氣。從今兒起，各人的東西就是各人的，有多大能耐，吃多大碗的飯，誰也別眼饞誰。都走吧。」

回清兮院後，穆婉寧又聽說，前陣子要向宮裡請教養嬤嬤的事，被鄭氏一哭二鬧三上吊地攔住了。

穆安寧已經及笄，這時請教養嬤嬤，無異於打穆安寧的臉。這也是打宰相府的臉，只有家風不嚴的，才會在女兒及笄後還請教養嬤嬤。

穆鼎被纏得無奈，答應暫緩這件事。前提是穆安寧能安分守己，不要再顛倒黑白。

穆婉寧得知後，心中大呼可惜。禮儀進退一直是她的弱項，前世沒少因為這個被方母嫌不夠大氣，好不容易有這樣的機會，又被耽擱下來。

她有點想不明白，父親明明是一朝宰相，一人之下、萬人之上的人物，怎麼一連十幾年都栽在一個女人手上。

每次只要鄭氏一哭，穆鼎就沒了辦法，難道真是英雄難過美人關？

看來，只能盼著穆安寧作怪，或等她訂親之後再想辦法了。
穆婉寧思索著，不由失笑，她這心裡想的都是什麼啊？
這時，墨香從前院回來，說有帖子下給穆婉寧。
穆婉寧並不意外，周氏說過，下帖子既看私交，也看身分，穆安寧能收到帖子，穆婉寧自然也會有。
只是，下帖子的人讓穆婉寧感到意外，竟是和靜縣主吳采薇。
穆婉寧深深皺起眉頭，這事不用動腦子，光是用聞的，都能從帖子上聞到陰謀的味道。
檀香心直口快，道：「姑娘不能去，上次和靜縣主沒少誣衊姑娘，這次去她府上做客，不知還會耍出什麼花樣。」
墨香的年紀到底比檀香大些，又是從周氏房裡出來的，行事比檀香穩妥不少。
「話雖如此，但若姑娘不去，難免會被說閒話。而且，明槍易躲，暗箭難防，到時不論吳采薇說什麼，咱們可都是沒有反擊之力。」
「可是，上次和靜縣主就沒安好心。這一次去了，豈不是羊入虎口？」
穆婉寧沈思一下，道：「墨香說得對，逃避是沒有用的，既然和靜縣主出了招，咱們就只能接著。」
而且，吳采薇已經把她當成敵人，不是說逃就能逃得掉。
穆婉寧想起了蕭長恭，不覺面帶笑意。

「給送帖子的人回話，就說我三天後一定到。」
「妹妹真的要去？」說話的是從院門裡走進來的穆安寧。
今日天氣甚好，穆婉寧讓檀香在院子裡擺了把椅子，拿了本遊記閒看。因此穆安寧剛進院子，就聽到主僕三人的對話。
「怎麼，三姊姊不希望我去？」穆婉寧合上手中的書，腦子裡卻在猜想，以往沒有收到帖子，會不會和穆安寧有關？
「怎麼會不希望妳去，四妹妹的年紀也大了，該出去交際。只是這個和靜縣主……」
穆安寧裝出欲言又止的樣子，希望引得穆婉寧來問，得讓她先對吳采薇有個壞印象。
三皇子趙晉桓在宮外最親近的人，就是吳采薇，要是穆婉寧討了吳采薇的歡心，她與趙晉桓就更不可能了。
穆婉寧卻不理會穆安寧的表情，努力想看清稍遠處的樹葉。這是她最近在一本手寫的雜記上讀到的，說是這樣可以緩解眼睛的疲勞。
穆安寧差點氣得轉身就走，但是想到趙晉桓，又只能忍下來。
「罷了，跟四妹妹直說了，這和靜縣主可不是什麼心胸寬大之人，妳多加小心，不要與她走得太近。」
穆婉寧心裡點頭，這倒是實話，不過穆安寧怎麼會這麼好心地提醒她？
「多謝三姊姊提醒。這宴會，三姊姊去不去呢？」
「帖子是下給我們倆的，自然要去。」

「那就成了。」穆婉寧裝出放心的樣子。「等到宴會那天，我就跟在三姊姊身邊，相信有三姊姊在，和靜縣主不會為難我的。畢竟三姊姊與和靜縣主走得那麼近，不看僧面也要看佛面。」

穆安寧變了臉色。「妳怎麼知道我和她走得近？」走得近，還說吳采薇的壞話，豈不是表明她的人品有問題？

穆婉寧笑道：「姊姊想當三皇子妃，自然要跟他的表妹交好。這件事，可是許多人都知道呢。」

事實上，以這一世穆婉寧得知的消息來說，她是不知道這些的。奈何有了前一世的記憶，那時穆安寧可是在吳采薇的幫助下，與趙晉桓玩過偶遇加一見鍾情的戲碼。

可惜趙晉桓無感，轉身就走，任由穆安寧「苦苦相思」了幾個月。

按照上一世的記憶，這件事快發生了，難道就是這次？穆婉寧忽然有點期待起來。

穆安寧勉強穩住心神，道：「三皇子風流倜儻、玉樹臨風，京城女子中又有誰不想當三皇子妃，我不過是把心中所想表現出來罷了。」

穆婉寧點點頭。「三姊姊敢愛敢恨，妹妹佩服得很。」

穆安寧張了張嘴，這明明是好話，可是聽著就彆扭。但想來想去，也沒覺得哪裡不對。

穆婉寧又接著說道：「可惜，婚姻乃是父母之命，媒妁之言。姊姊想當三皇子妃，最好還是先知會父親一聲。若是父親答應，興許能事半功倍也說不定。」

穆安寧暗恨，就知道穆婉寧不會跟她說好話，果然下一句便轉到父親那裡去了。穆鼎不會同意這門親事，所以鄭氏的目標，一直都是鎮西侯蕭長恭。

但眼下穆婉寧已經在鎮西侯那裡占了先機，唯有成為三皇子妃，才能壓穆婉寧一頭。

「哼，父親怎麼想，就不用妳操心了。我的話說完了，妳好自為之吧。」

「三姊姊慢走。」

穆婉寧看著穆安寧的背影，總覺得裡面有陰謀的味道。但前一世她就不是玩弄計謀的高手，重生後除了心境發生變化，也沒變得比較聰明。該猜不透的，還是猜不透。

既如此，只能走一步，看一步了，大不了撕破臉皮。反正，最後她是要嫁進方家的，到時方堯連舉人都不是，自然沒人再邀請她參加這些宴會。

沒了顧忌，穆婉寧便沒把這件事放在心上。見穆安寧走遠，又繼續看起書來。

得知穆婉寧第二天要赴宴後，王氏特意派劉嬤嬤過去，從梳妝打扮到各府之間的關係，都跟穆婉寧說了一遍。

穆婉寧聽完，真心實意地感謝劉嬤嬤和王氏。這些消息對她來說，真的是太重要了，不然出門在外，可是兩眼一抹黑。

隔天出門，穆安寧特意讓穆婉寧與她同坐一輛馬車。這輛馬車是宰相府對外的門面，裝飾得很好看。之前被穆安寧霸占著，穆婉寧從來沒坐過。車廂內很寬闊，坐了四個人也不嫌擁擠。

到了承平長公主府，驗過帖子之後，姊妹倆就在下人的帶領下，前往湖心亭。

一進長公主府，穆安寧便熱絡地挽住穆婉寧的胳膊，待見到其他貴女後，更是主動為穆婉寧引見。

這可是穆安寧從未有過的熱情，穆婉寧雖然有點不習慣，仍裝出和穆安寧熱絡的樣子，與人見禮。

畢竟她是這種場合的新人，有人引見，自然再好不過。

「四妹妹，這位是國子監祭酒的女兒程雪遙。她比妳大，妳叫聲程姊姊就是。」

「程姊姊。」穆婉寧微微福身。

程雪遙當真應了名字中的雪字，膚白勝雪，五官也算精緻，只是看人時有一股傲氣。果然，她回禮時頗為倨傲，似乎不太看得起穆婉寧。

穆婉寧心裡笑笑，不以為意。

「這位是九城兵馬司鐵大人家的女兒鐵英蘭，最擅長馬球。」

「別行禮了，怪麻煩的。」鐵英蘭揮揮手。

鐵英蘭比起前面的程雪遙更對穆婉寧的胃口，雖然她梳的是未婚女子流行的髮髻，但顧盼之間，很有英姿颯爽之感。

穆婉寧露出笑意。「見過英蘭姊姊。」

另一位是和靜縣主的表妹簡月婧。只不過這親戚不是從承平長公主那邊算的，而是長公主駙馬家的。

長公主駙馬的妹妹夫家姓簡，簡月婧是吳采薇姑姑家的孩子。

這個名字讓穆婉寧心裡一凜，前世她是被一碗安胎藥害了性命，那藥正是出自方堯的外室，也是他青梅竹馬的表妹簡月梅。

從名字上看，兩人可能是親戚，但不清楚簡月梅與簡月婧之間到底是什麼關係。

穆婉寧不動聲色地一一見禮，便算彼此認識了。

第十六章 頭籌

湖心亭裡，一共只有六個人而已。說是宴會，更像是姊妹間的小聚會。

吳采薇也一改那日見到穆婉寧咄咄逼人的架勢，言語間甚是親切，連穆安寧也時時叫著四妹妹，不知道的還以為姊妹倆感情很深。

穆婉寧直覺這兩人還有後招，但伸手不打笑臉人，自然要跟著表現出熱絡、開心的樣子。

不然主人和姊姊熱絡，她這個當妹妹的還是新人，卻冷著一張臉，定會被傳出什麼目中無人的閒話來。

「婉寧妹妹不要擔心，上次那個家奴，我已經處置了，絕不會再讓他衝撞妹妹。」

吳采薇忽然地把話頭引到那日的事，穆婉寧心裡一跳，就知道吳采薇沒安好心，拚著「御下不嚴」，也要把髒水潑到她身上。

甚至，吳采薇根本不必說穆婉寧與人有私，只要說穆婉寧被一個家奴愛慕，便足以讓穆婉寧淪為笑柄。

果然，吳采薇剛開了個頭，簡月婧便立時接話。「這可奇了，姊姊府裡的下人一向安分守己，而且很懂規矩，怎麼會衝撞穆姑娘呢？」

穆婉寧心裡翻個白眼，果然有人唱戲，就有人搭臺，話裡話外的意思，是要把責任往她身上推。

算盤倒是打得不錯，但響不響，可不是她們說了算。

「簡家姊姊有所不知，那天在護國寺後山，縣主家僕衝撞的是鎮西侯，出手懲治惡僕的也是鎮西侯，與我何干？縣主想賠禮道歉，也賠不到我身上，該去找鎮西侯才是。

「簡家姊姊若是好奇一向懂規矩、守本分的長公主府家僕為何會衝撞鎮西侯，自然也該去向本人求證才行。」

吳采薇氣得暗暗咬牙，沒想到穆婉寧竟然把蕭長恭抬出來當擋箭牌，不但把自己撇得乾乾淨淨，還讓她們想把過錯推到她身上的想法落空。

總不能說是鎮西侯有問題，她的家僕沒問題吧。

程雪遙看見吳采薇臉色變幻，一時說不出話來，笑道：「哎呀，婉寧妹妹第一次來，咱們還是不要說那些晦氣的事了。」

吳采薇反應過來，臉上浮起笑容。「雪姊姊說得是。來來來，我們到亭子裡坐。這個時節坐在亭子裡，最是涼爽不過。」

穆安寧也笑起來，拉著穆婉寧走進亭子。

她不知道那天在護國寺後山到底發生了什麼事，今天之所以對穆婉寧這般熱情，不過是與吳采薇說好了。

只要她能讓穆婉寧出醜，以後不敢出現在蕭長恭面前，吳采薇就會替她安排與三皇子的「偶遇」。

六個姑娘表面上一團和氣，聊了一會兒，穆婉寧就發現，除了鐵英蘭外，程雪遙、穆安寧，還有簡月婧，言語間都是極力奉承吳采薇的。

鐵英蘭坐在那裡，不怎麼出聲，大多數時間自在地吃吃喝喝。穆婉寧不想去奉承吳采薇，她來這裡，是要看吳采薇出什麼招的，根本不在乎能不能與她交好。

因此，穆婉寧藉著欣賞湖邊風景的機會，站起來走了一會兒，再次落坐時，坐到鐵英蘭身邊，和她討論起點心的做法來。

這一聊，鐵英蘭也來了興致。她習武，不怕吃胖，吃多了練回來就是，因此對於做點心、吃點心很是熱衷。

鐵英蘭的父親是武官，加上性子豪爽，因此與文官家裡的女兒並不投緣。

不過，穆婉寧倒是例外，雖然看起來文文靜靜，可是說起話來，倒有習武之人的一片赤誠，兩人很投契。

就在穆婉寧和鐵英蘭聊得開心時，吳采薇的婢女前來傳話，說三皇子來了。

一眾人等趕緊起身，理好自己的儀容。穆婉寧有些意外，昨天穆安寧直言要當三皇子妃，沒想到今日就見到人了。

既然已經稟報，就不是偶遇。不知道上一世的偶遇，在這一世還會不會發生？

不一會兒，婢女引著一名身著紫色長衫的男子走過來，長衫上隱有龍紋，正是三皇子趙晉桓。

趙晉桓的五官很是精緻，聽說他的生母賢妃是後宮第一美人，想來是遺傳了母親的美貌，加上挺拔的身形和周身的皇家氣度，的確稱得上儀表堂堂、玉樹臨風。

但穆婉寧有一種說不清、道不明的感受，三皇子雖然和氣，卻有些陰鬱，就算是笑，也有揹著沈重包袱的感覺。

穆安寧見到趙晉桓，眼睛都亮了起來，說話也比平時溫柔不少。

「表哥。」吳采薇上前見禮。「你怎麼來了？」

「今日無事，過來看看妳。沒想到妳這裡有客，倒是打擾妳們了。」趙晉桓語氣淡淡。

「也沒什麼，不過是幾個姊妹坐在一起說閒話。」吳采薇看看神色激動的穆安寧，道：「表哥，我幫你介紹，這是宰相府的三姑娘穆安寧，和四姑娘穆婉寧。」

穆婉寧和穆安寧起身行禮。「見過殿下。」

趙晉桓的目光只在穆安寧臉上停留一瞬，便落在穆婉寧身上。

最近盛京城流言紛紛，他本來沒放在心上，但聽到吳采薇邀穆婉寧到府裡做客，到底還是有些在意，便前來一看。

趙晉桓仔細打量穆婉寧，覺得她看起來並不像傳言說的那樣，心裡的擔憂遂少了些。

穆安寧不想讓趙晉桓一直盯著穆婉寧看，最近穆婉寧就像是變了個人，太能討人歡心，她不得不防。

「久聞殿下擅長投壺，臣女自忖水準不錯，不知可有榮幸與殿下切磋一二？」

穆安寧早已得知趙晉桓很愛投壺，因此在家苦練許久，就是為了有機會以切磋為名，好在趙晉桓面前露臉。

吳采薇也幫腔道：「正好我們聊得差不多了，活動活動也好。我出個彩頭吧。」便褪下手上的鐲子。「我們每人投一輪，一輪五箭，投中多的勝，如何？」

趙晉桓失笑。「我要妳那鐲子幹什麼？」

「表哥贏了，可以送人嘛。」吳采薇說完，不著痕跡地瞟向穆安寧。

穆安寧適時地臉紅了一下。

趙晉桓一眼就看出穆安寧對他有意，但想到她是宰相家的女兒，不由淡了心思。身為宰相，穆鼎想把女兒嫁給誰都沒問題，可是幾個皇子卻有些顧忌。

趙晉桓暗想，若他真訂下這門親事，太子不知怎麼忌憚他呢，連父皇也未必會答應。不知穆安寧表現得這麼明顯，是她的想法，還是穆鼎的想法？

既然如此，這遊戲玩玩也無妨，正好看看這女人究竟有多少斤兩。

想到這裡，趙晉桓點頭道：「也好，不過彩頭不用妳出，我來出。」說罷解下腰間的玉珮，放在一旁的桌上。

這下，連鐵英蘭也來了興致。她不想當三皇子妃，但能贏得三皇子身上的配飾，說出去也好聽不是？

眾人來到一處空地，中央已經擺上投壺用的壺。

除了中間的壺口，壺的兩邊還有兩個小耳，比壺口要細，更難投進。若箭投中兩邊的耳，叫貫耳，如果接連投中，則是連中貫耳。全投到壺中間是連中，連續投中三次為散箭。

這遊戲不論男女都可以玩，連皇帝也會偶爾玩上一會兒。

前世，穆婉寧很少玩投壺，只和檀香玩過。重生這一回，總覺得有做不完的事，因此一次也沒碰。

鐵英蘭率先投箭，她的腕力、眼力都不差，若是只求投中，十投可十中。但她不想那樣無趣，因此選了特別的方式，先要左右貫耳各中一次，其餘三箭再投到大壺口當中。

可惜，第二箭失手了。

鐵英蘭不以為意，又投了一次貫耳，然後把箭全投進大壺中。

緊接著是簡月婧，穆婉寧沒看她投壺，而是走到鐵英蘭身邊。

「英蘭姊姊，我許久沒玩投壺了。妳有什麼訣竅沒有？教教我。」

鐵英蘭笑道：「就算有訣竅，妳也做不到。眼要準、手要穩，光說哪裡有用？妳放鬆了去投就是，越是緊張，反而越不容易中。」

穆婉寧點點頭，對鐵英蘭微微一笑。這鐵英蘭果然有趣，其實她也不是來問訣竅，就是想和鐵英蘭說說話。

鐵英蘭坦誠率真，比惺惺作態的程雪遙好太多了。簡月婧也頗看不起她，再加上這名字總讓她想到那個令人生恨的簡月梅，因此亦不喜簡月婧。

簡月婧的表現出乎意料的差，一箭都沒投中，讓穆婉寧有些吃驚，不知真是她不善此道，還是有意藏拙。

接下來，換穆婉寧出場了。

穆婉寧摸著硬硬的箭，心裡感慨。前世檀香總是勸她多出去交際，這樣才能在婚事上有些選擇，但她總是不敢，連投壺也不願玩。

沒想到，這一世，她第一次玩投壺，竟然是和三皇子趙晉桓一起玩。

穆婉寧不想贏得高分，只要投中就好，因此瞄準的是中間最大的壺口。結果陰差陽錯之下，讓她投了個連中貫耳。

「好準頭！」趙晉桓帶頭喝采。

穆婉寧連忙擺手。「殿下過獎了，我剛剛是矇中的。」

緊接著，穆婉寧又中三箭，連中貫耳加散箭，是方才鐵英蘭想投卻沒投出來的結果。

這下連鐵英蘭也愣住了，打趣道：「好啊，妳投得這麼好，還來向我問訣竅。」

穆婉寧傻了。「英蘭姊姊，我真是矇的，是朝著最大的口投，結果前兩箭偏了，後面才算正常。」

鐵英蘭不以為意，反而哈哈大笑。「這就叫無心插柳柳成蔭。縣主，安寧，妳們可得小心了啊。」

穆安寧目瞪口呆，穆婉寧什麼時候有這麼大的本事了？還是她運氣就是這麼好，隨便投投都能中？

這麼一來，她若能全投中還好；若是不能，豈不成了替他人做嫁衣裳？

穆安寧狠狠瞪了穆婉寧一眼，接過箭，走到投箭的位置。

要想勝過連中貫耳加散箭，不僅要五箭皆中，還要連續兩次連中貫耳才可以。也就是說，兩耳各兩箭，中間的大壺一箭。

壺耳本就小，中了一箭之後，再投第二箭，難上再難。

穆安寧投得的確不錯，前三箭分中兩耳，但第四箭失手，貼著壺耳飛出去。

這下，唯有第五箭還投側耳，才能勉強與穆婉寧打個平手。

結果，心浮氣躁之下，穆安寧的第五箭也失手了。

眾人大呼可惜，連穆婉寧也盼著她能投進的。但穆安寧不這麼想，認為穆婉寧就是存心讓她下不了臺。

趙晉桓把穆安寧氣急敗壞的臉色看得一清二楚，心裡搖搖頭。這遊戲本就各憑實力，技不如人，還想出風頭，又怪別人不相讓，這樣的女人就算是宰相的女兒，他也不想娶。

吳采薇也有些意外，穆安寧很會玩投壺，只有鐵英蘭能與她一較高下。剛剛鐵英蘭失手，她以為穆安寧穩贏了，沒想到居然是穆婉寧拔得頭籌。

至於她是什麼水準，自己心裡清楚，就隨便投投，結果竟然比穆安寧出色。

這下，穆安寧的臉色更難看了。

所有人都投完了，只剩下趙晉桓。

趙晉桓走到投壺處，連投四箭，分別連中兩耳。

眾人喝采，這份準頭當真了得。

趙晉桓把第五箭隨手一扔。「第五箭不投了，我自己出的彩頭，沒有贏回去的道理。穆姑娘，這玉珮是妳的了。」

穆婉寧錯愕，不知收下這個會不會招禍。「殿下，這塊玉珮看著不似凡品，臣女只是運氣好，又有幾位姊姊相讓，實在愧不敢受。」

趙晉桓擺擺手。「運氣也是實力，該是誰的，就是誰的。我既然能拿它當彩頭，就表示沒有什麼不能收的，妳安心拿著就是。」

穆婉寧這才接過玉珮，福身道：「多謝殿下賞賜。」

「時候不早，我該回去了，妳們繼續吧。」

眾人行禮。「恭送殿下。」

趙晉桓一走，眾人也沒了再玩的興致，穆安寧更是恨不得把穆婉寧打一頓，再將玉珮搶過來。

「今天玩得甚是開心，沒想到婉寧妹妹這麼會玩投壺。要不，下一次我們打馬球吧？」吳采薇一派熱絡，似乎對剛剛的事情完全不在意。

鐵英蘭聽見，立刻眉開眼笑地應下。「馬球好！投壺是小打小鬧，還是馬球好玩。」

「正好我們有六個人，可以分成兩隊。」吳采薇語氣歡快。「安寧和妳妹妹一隊，月婧自然要跟我一起的。英蘭、雪遙，妳們各選一邊吧。」

鐵英蘭搶先開口。「我選婉寧那邊。」

「那好，就這麼定了。」

這事進行得太快，直到分完隊，穆婉寧才找到機會開口。「讓眾位姊姊掃興了，我不會打馬球。」

吳采薇道：「不會打，可以學嘛。我們當中，除了英蘭打得好，其他都是半吊子，妳現學也來得及，到時我再把表哥請來觀戰。婉寧妹妹剛剛贏了人家一塊玉珮，可不能拒絕。」

穆安寧一聽，又高興起來。「就這麼說定了，四妹妹投壺都能投得這麼好，想來學馬球也是手到擒來的事。縣主覺得什麼時候好？」

「就十日後的休沐日吧。到時大家自帶騎裝即可，馬場裡有現成的馬。妳們要是有自己的馬，也可以帶去。」

穆婉寧終於明白了今天吳采薇給她下帖子的用意，還這般熱絡，就是要約她打馬球。別說她打得如何，現在連馬都不會騎，到時來個意外或墜馬什麼的，也不是不可能。

然而，眾人七嘴八舌之下，事情便定了下來，完全沒有給她拒絕的機會。就算沒有鐵英蘭的快人快語，吳采薇和穆安寧想必也不會讓她推拒。

既如此，應下便應下吧。還是那句話，兵來將擋，水來土掩。

有些事，想躲是躲不開的。

姊妹倆出了承平長公主府的門，坐上馬車，剛放下簾子，穆安寧的臉色立刻沈了下來。

「四妹妹倒是藏得很深啊。」

「三姊姊這話，我可聽不懂了。投壺遊戲並非我提議的，只是隨便投了兩下，僥倖拔得頭籌，何來藏得深與不深之說。」

「哼，妳自己心裡清楚。」

穆婉寧無奈，難道只有她故意投不中，才叫藏得不深，才叫知趣？前世，她或許真會這樣做。但既然已經得了老天爺的眷顧，重活一世，就不能再活得那麼窩囊。

這不是爭強好勝，不過是想活得自在些罷了。雖然某些事藏拙是必要的，但連一個小小的遊戲都要委屈自己，那才是愧對老天爺。

第十七章 理由

既然訂下約會，穆婉寧便知，當下最要緊的事情就是學會騎馬。不然上場後，萬一摔下來，連小命也難保。

鐵英蘭家裡或許有馬，但她們不過剛剛認識，就跑到人家裡學騎馬，實在不好開口。二哥穆鴻漸會騎馬，可宰相府裡只有拉車的馬，打馬球肯定不行。

不過，穆鴻漸習武，由他想辦法，總比她強些。

晚飯後，歇了一會兒，穆婉寧去廚房做了幾樣點心，讓檀香拎著，去穆鴻漸的院子。

「二哥，這幾樣點心是我剛做的，你嚐嚐。」

穆鴻漸的屋子很有武人風格，除了多寶槅上的瓷器與書桌的書之外，其他地方的裝飾全是刀劍。

穆鴻漸拿了一塊，塞進嘴裡。「嗯，好吃，想不到四妹妹這麼會做點心。妳這會兒來，就只帶了點心，沒把刀帶來？」

穆婉寧失笑。「二哥，是不是在你眼裡，那刀比我重要多了？」

「那是自……當然不是，我就是喜歡嘛。妳今天來是有事吧？說，只要能做到，二哥絕對不推辭。」

「那先謝謝二哥了，是這樣的……」

穆婉寧把自己的苦惱說出來，問穆鴻漸有沒有什麼地方能讓她學騎馬、打馬球。

穆鴻漸聽完，眼睛亮了起來。這幾天他一直惦念著蕭長恭的刀劍收藏，正愁沒有理由去鎮西侯府，現在理由不就來了？

「這件事好說，包在我身上。明天我去下帖子，妳先把騎裝趕出來。銀子不夠的話……」他喊道：「來人，去取五十兩銀子來。」

「這怎麼可以，二哥能幫忙就很好了。」穆婉寧連忙拒絕。

現在穆鴻漸滿腦子都是蕭長恭的兵器庫，看著穆婉寧，活脫脫就是一把金燦燦、打開兵器庫的鑰匙。

「好的騎裝做起來可不便宜，更不要說還要準備球桿、馬鞭、馬鞍等等。不用跟我客氣，妳那點月例，夠清兮院的開銷就不錯了。」

穆婉寧心裡嘆息一聲，她的月例只有十兩，每月除去婢女的月錢、吃穿用度等，剩下的真不多。她本是想典當一些首飾，來置備騎裝的。

「既如此，多謝二哥了。」

「跟我還客氣什麼。不過這點心真是好吃，以後記得多做點給我就好。」

「是，一定不會忘了二哥的。」

本來她還想找機會向穆鴻嶺告穆鴻漸私自領人進她院子的狀，結果一忙起來就忘了。這會兒收了好處，更不能告狀了。

解決心頭之事後，穆婉寧開開心心地回了清兮院。

此時，天已經黑了，穆婉寧不敢看書，怕累壞眼睛，便把白天贏得的玉珮拿出來看。

這玉珮的成色真是相當好，非但沒有一絲雜質，握在手裡還十分潤澤。能讓三皇子佩在腰間的東西，肯定不會差。若是換錢，至少能換二、三百兩銀子吧！

第二天一早，穆婉寧去請安時，向周氏稟報昨日發生的事，也把玉珮拿給她看。

以前周氏不耐煩聽孩子們的事情，但最近這段時日，穆婉寧深得她的喜歡，連帶著也覺得穆婉寧經歷的事情有意思起來。

穆婉寧也養成了事事向周氏稟報的習慣，如果她有做得不對的地方，也能讓周氏指點，不至於犯了錯，惹人生厭，自己還不知道。

「既是彩頭，妳拿著也沒什麼不妥。妳也大了，出門交際，的確需要銀錢。妳二哥的錢，妳先拿著，回頭祖母盤個鋪子給妳。」

穆婉寧有些意外，隨即欣喜，但想到周氏肯定不會用公中的錢，而是拿自己的私房錢，便搖搖頭。

「祖母的錢是留著養老的體己錢，孫女不能要。」

「有妳這句話，祖母就高興了。」周氏欣慰地拍拍穆婉寧的手背。「祖母給妳，妳就拿著。女人啊，就算是困於後宅，也得手裡有錢，才能活得硬氣。」

穆婉寧深以為然。上一世，她的嫁妝少得可憐，完全沒有進項，一家人都要靠方堯的俸祿吃穿。如果她的嫁妝豐厚些，每月能有銀錢進帳，又何至於被方家欺負得那麼慘。

「謝過祖母，孫女一定好好經營鋪子。以後掙了錢，便孝敬祖母。」

「哎喲喲，鋪子還沒影兒呢，就想著掙錢啦。」

穆婉寧被周氏說得有些不好意思，只好轉移話頭。「孫女幫您捏肩。」

請過安後，穆婉寧向張姑姑打聽了上回幫她量身的裁縫，回到清兮院後，讓檀香去請。

與此同時，蕭長恭吃過早飯，正看著手下傳回來的軍報。

雖然他待在盛京，依然留意邊關的事，且他現在還是名義上的西北大營統領。

除了邊關，京中的動靜，他也同樣關注。

他暫時還回不了西北，京城雖不比戰場，但若起了漩渦，一樣能吞噬人命。

蔣幕白確實花了力氣，關於穆婉寧的流言，已經消失得差不多；護國寺後山發生的事，也並沒有傳開。

「將軍，宰相府的二公子送帖子來。」

蕭長恭失笑，這小子還真是心急。打開帖子一看，卻是樂了，感嘆穆鴻漸上道，知道想看東西，就要把正主帶來。

學騎馬、打馬球可不是一朝一夕就能學會的事，這理由挺好。

衝著這個，送他一點東西，也不是不可以啊。

「給穆二公子下帖子，約他來府裡騎馬。順便也給齊明遠下帖子，問他和他妹妹有沒有興趣過來。」

小七應下，剛要離去，又被蕭長恭喊住。「去把雲一叫來。」

不一會兒，雲一來了，抱拳道：「將軍。」

「穆府的四姑娘要來府裡學騎馬，妳幫她準備一套全新的用具，不管需要什麼，都按最好的來。」

「穆姑娘是……」雲一說完，瞟了瞟蕭長恭腰間的荷包，詢問之意明顯。

蕭長恭點點頭。

雲一眼睛一亮，立刻大聲回答。「是，奴婢一定盡力！」自家將軍二十有二，向來對女子不假辭色，現在終於開竅了。

蕭長恭吩咐完，又去摸腰間的荷包，想到很快便能見到那個自稱肉厚的小姑娘，嘴角不覺上揚起來。

穆婉寧沒想到穆鴻漸這麼快就安排好騎馬的事，裁縫才剛替她量完尺寸，騎裝還沒做出來呢。

事實上，穆鴻漸收到回信當天，就想帶穆婉寧過去了，但帖子上寫得很清楚，是隔天上門。他再想看蕭長恭的收藏，得再等一天。

「可是，我的騎裝還沒做好怎麼辦？」

「要不……妳先穿我的？我有一套以前穿過的，雖是男裝，但那時我的個子與妳差不多。反正是練習，妳先用著，等新的做好了，再換就是。」

穆婉寧點點頭，也只能如此。「好，那又麻煩二哥了。」

「妳這丫頭，怎麼總跟我客氣，我是妳二哥。再說，不過是套舊衣服而已。」

穆鴻漸命小廝回去找騎裝，自己則坐在院子裡，再次把玩著那把彎刀。想到明天就能見到更多不同樣式的兵器，別提多開心了。

衣服很快被送來，穆婉寧換好出來時，連穆鴻漸也不由眼睛一亮。

「這衣服穿在四妹妹身上，竟顯得如此好看。」

重生後，穆婉寧的氣質變了許多，比起女兒家的衣服，這套男式騎裝雖少些柔美，但多了英氣，讓她看起來格外有精神。

隔天，蕭長恭在侯府裡看到穆婉寧時，也是眼睛一亮。

他在邊關十年，比起京城女子的溫柔似水，他更喜歡邊關女子的英姿颯爽。

之前他就覺得穆婉寧好看，現在看，更是覺得哪裡都喜歡。

不過，等他知道這衣服是穆鴻漸的，心裡就冒出了酸水。

蕭長恭招來雲一，小聲問道：「妳準備衣服沒有？」

「有的，我向小七打聽過穆姑娘的身量，已經派人買回來了。」

「嗯，辦得不錯。」

接著，蕭長恭清了清嗓子，道：「穆姑娘，這是我府裡的雲一，她的馬術很好，也會照顧人，妳在府裡時，就讓她跟著妳。騎馬要用的東西，她都替妳準備了，妳先跟她去後面瞧瞧吧。」

穆婉寧向蕭長恭福身。「多謝蕭將軍，此次叨擾，真是過意不去。」然後轉向雲一。

「有勞雲一姑娘。」

雲一知道眼前這位很可能是未來的將軍夫人，不敢怠慢，也回了一禮。「穆姑娘，請跟我來。」

穆婉寧又看看穆鴻漸，他給了她一個安心的眼神，這才帶著檀香，跟著雲一去後院。

蕭長恭的目光追隨著穆婉寧，直到看不見了，才發現穆鴻漸一臉好笑地看著他。

「咳，茶喝好了沒有？喝好了，我帶你去庫房。」

穆鴻漸立時坐不住，起了身。「喝好了，喝好了。」便與蕭長恭出去了。

蕭長恭帶著穆鴻漸直奔庫房，不過開的不是大庫房的門，而是旁邊的偏房，裡面是蕭長恭這十年來收藏的各種刀劍武器。

穆鴻漸一進去，便覺得眼睛不夠看，摸摸這個，看看那個，哪個都想細細研究一番，哪個都捨不得放手。

起初蕭長恭還介紹一二，但聊得多了就看出來，穆鴻漸的確對刀劍很有研究，並不需要他介紹太多。

等到蕭長恭覺得穆婉寧應該換好衣服了，心裡就長草了。看穆鴻漸完全沒有離開的意思，便讓蕭安陪著，他自己去馬場。

穆鴻漸連眼睛都沒轉一下，根本沒發現跟在身後的人，從蕭長恭變成了蕭安。

另一邊，穆婉寧看到雲一準備的騎裝後，瞪大了眼睛，知道這套價值不菲，而且能這麼快買來，顯然蕭長恭是用了心的。

只是……穆婉寧遲疑一下，最終還是沒換衣服，讓雲一直接帶她去馬場。

此時，馬場邊站著兩位穿騎裝的姑娘，看到穆婉寧走近，臉色頓時變得不太好，手裡馬鞭一指。

「妳是誰？」

穆婉寧氣惱，但眼前的人她不認識，不好貿然發作。畢竟這是在蕭長恭府裡，萬一是他請來的客人，雙方起衝突，難堪的還是蕭長恭。

雲一趕緊上前介紹。「這是宰相府的穆姑娘。」

兩個姑娘正是齊家姊妹。

齊家姊姊率先開口。「妳可以走了，是蕭大哥叫我們來這裡騎馬的，我們不需要人陪。」

穆婉寧心裡了然，敢情這一對又跟吳采薇一樣，把她當敵人了。

看到穆婉寧沒動，齊家妹妹道：「別想著拿宰相府的名頭壓我們，我們的父親是兵部尚書，與妳家也算旗鼓相當。但我們是嫡女，妳只是庶女，就不要妄想我家蕭大哥了。」

穆婉寧心裡撇嘴，這麼快就是她們家的了？

雲一聽得目瞪口呆，很想出聲打斷，但齊家姊妹說話實在太快太直，現在打不打斷，已經沒有意義了。

齊家姊妹本是蕭長恭為了避嫌請來陪穆婉寧的，若因此讓穆婉寧誤會，實在冤枉。

此時，穆婉寧也不想跟糊塗的兩姊妹說話，而是轉頭看向雲一。「雲一姑娘，妳看這事是不是告訴將軍一聲比較好？」

雲一點點頭，奉命去了，心裡對穆婉寧的印象立時好了一層，沈穩大氣，的確比齊家姊妹更適合當將軍夫人。

第十八章 心意

蕭長恭趕來時，看到的就是齊家姊妹正對穆婉寧耀武揚威的樣子。

「這次蕭大哥回京，就是要選人成親的。我哥和蕭大哥是很好的朋友，而且蕭大哥從未給哪家姑娘下帖子，昨日裡特意請我們，意思已經很明確了。妳還是知趣點，這個位置不是妳一個庶女可以妄想的，哪怕是宰相府的也不行。」

蕭長恭聽得心頭火起，正準備開口，穆婉寧卻轉過頭來，對他微微一笑。「這是蕭將軍的意思嗎？」

「穆姑娘是我請來的貴客，兩位姑娘既不願陪穆姑娘騎馬，便請回吧。今天的事情，我會好好和齊明遠說道說道。」

說到後面幾個字時，蕭長恭使勁咬了咬牙。好個齊明遠，居然給他鬧出這麼大的烏龍。他倒不覺得齊明遠有意如此，那天他的話說得很明白了，即便齊明遠想把妹妹嫁給他，也不會故意派妹妹前來攪局。

至於齊家姊妹，要麼是齊明遠沒把話說清楚，要麼是那兩位壓根兒不想聽清楚。

齊家姊妹當場愣住，這怎麼跟她們想的不一樣？難道不是穆婉寧來陪她們騎馬，而是她們陪穆婉寧？

可是話已出口，改不回來了，就算她們願意捏鼻子認了，陪穆婉寧騎馬，恐怕穆婉寧也不願意。

再說，她們本是衝著蕭長恭來的，蕭長恭的話一出口，算是徹底斷了她們的念想。

可是，如果剛到鎮西侯府就被送回去，不僅父親、兄長那裡沒辦法交代，傳出去也非常不好聽。

因此，齊家姊妹齊齊看向穆婉寧，目光裡的請求之意非常明顯。

若是上一世的穆婉寧，可能會替她們說話，哪怕自己受委屈，也會全了別人的面子。

然而，那樣的穆婉寧卻沒能得個善終。

這一世，穆婉寧早已打定主意，不去做廟裡的菩薩了。

以德報怨，何以報德？當以直報怨。

穆婉寧根本不看齊家姊妹，而是望向蕭長恭。「將軍，兩位姊姊剛剛跟我說身體不舒服，許是來之前吃壞了肚子，還是讓她們早些回去休息吧。」

蕭長恭臉色冰冷。「雲一，送客。」

雲一點頭，轉向齊家姊妹。「兩位姑娘，這邊請。」

齊家姊妹恨恨地走了，走之前，還狠狠瞪了穆婉寧一眼。

穆婉寧根本不在意，這對姊妹都指著鼻子罵她了，還希望她能替她們求情，只能說是腦子不好。

待齊家姊妹身影消失，聽不見他們說話，蕭長恭立刻道：「此事是我的不是，本是想著能讓妳多兩個玩伴，沒想到卻弄成這樣。」

見穆婉寧仍然板著臉，蕭長恭又接著道：「這真的是誤會，我是怕府裡只有妳一個姑娘，傳了出去，難免惹人閒話，才請她們來，沒想到她們這般沒腦子。齊明遠真是誤我，改天我去打他一頓，替妳出氣。不，我這就去。」

看到蕭長恭心急得要去打人，穆婉寧噗哧一笑，像是冰河解封，一瞬間春暖花開，萬物復甦。

蕭長恭看得呆住，不再焦急，只覺得滿心歡喜。

「若是別人，婉寧的確要多想想，是不是生怕我有什麼心思，好讓我知難而退。」穆婉寧頓了頓，對上蕭長恭有些緊張的目光。「不過，我相信蕭將軍是頂天立地的坦蕩男兒，就算您想說什麼，也不會這樣做。」

而且，他還特意吩咐人幫她置辦了全套騎裝，連她自己都沒能準備出來呢。

「我……」蕭長恭很想說，他不怕她有心思，就怕她對他沒心思。可是，萬一她只把他當成救命恩人呢？他可不想挾恩要脅。

他看了眼穆婉寧身上的衣服。「怎麼沒有換新衣服？不合身？」

穆婉寧低頭。「是覺得沒有理由穿將軍的衣服。」

所謂嫁漢嫁漢，穿衣吃飯。偶爾吃頓飯沒什麼，但穿衣服就……

蕭長恭頓時覺得面具底下的臉發熱，手心裡也微微出汗。「我不喜歡看妳穿別的男人的衣服，哪怕是妳哥哥的也不行。」要穿，只能穿我的。

穆婉寧臉上騰的一紅，隨後笑意盈盈，但又不肯明說。「那婉寧客隨主便好了。」話落，便跑向剛剛換衣服的院子。

方才蕭長恭說話時，覺得心都快跳出去了。這會兒心還在，人卻感覺有點飄起來了。

直到穆婉寧穿著一身緋紅色騎裝出現時，蕭長恭才覺得自己又落回了地面。

換上新衣的穆婉寧比著男裝時更加好看，緋紅色讓穆婉寧的皮膚更顯白皙，明眸皓齒。既有女兒家的柔美，也有騎裝顯出的英氣勃勃。

「好看，非常好看。」

這時，雲一牽了一匹棗紅色的小馬過來。

「這是紅楓，剛剛兩歲半，是匹母馬，性情是這馬場裡最溫順的。穆姑娘先慢慢伸手過來，等熟悉牠了，再開始騎馬。」

穆婉寧兩世為人，還是第一次這麼近地看一匹馬，大著膽子摸了摸，見紅楓並不牴觸，又摸了兩下。

漸漸地，她提著的心放了下來，接過雲一遞來的草料餵紅楓，覺得這馬雖大，卻不是那麼嚇人。

蕭長恭把韁繩交到穆婉寧手裡，讓她帶著紅楓在馬場裡走上幾圈，讓人與馬互相熟悉。雲一識趣地站在一邊，任由蕭長恭陪著穆婉寧轉圈。

檀香也視而不見，與雲一非常地有默契。

「妳怎麼突然想騎馬了？」

「前日和靜縣主下了帖子，約我過去，快結束時說要打馬球，而且很快就分好隊，不容我拒絕。」

蕭長恭有些困惑，護國寺的事發生不久，還歷歷在目，吳采薇怎麼就下了帖子給穆婉寧，還約了打馬球？

「她不是不喜歡妳嗎？」

「當然不喜歡，不然何必強令我這不會騎馬的人跟她打馬球。」

蕭長恭有些反應過來，讓不會騎馬的人去打馬球，很容易出意外，只是還有一點不解。

「和靜縣主與妳有仇？」

穆婉寧看看蕭長恭。「她不是與我有仇，是與您有仇。」

「我？」

穆婉寧忍不住笑。「和靜縣主和齊家姊妹有同樣的心思。」

蕭長恭愣住，凝視穆婉寧明媚的笑容，心中一動，脫口道：「那妳呢，妳有沒有同樣的心思？」

穆婉寧的臉瞬間變得通紅。哪怕重生一次，這麼直白的話語，她還是第一次聽到，更不要說心裡的回答是肯定的。

「我只是個庶女。」

蕭長恭心頭一熱，伸手抓住穆婉寧的手。「我不在意。」

「我不會有很多嫁妝，在家也不受寵，對您不會有什麼助力。」這些都是上一世方家人挑剔她的地方。

「我是武將，靠的是軍功，不是關係。我有家業，也能掙銀子，不用靠妳那點嫁妝。」

穆婉寧鼻子忽地一酸，前世這些話壓得她抬不起頭來，本以為永遠擺脫不掉，結果卻有人輕描淡寫地拂去了，告訴她根本不是問題。

「蕭將軍……」

「叫長恭。」蕭長恭打斷她的話。「我又不是沒名字。」

穆婉寧試著叫了下。「長恭……哥哥。」臉上又紅了，總覺得這樣叫他的名字，有著說不出的曖昧，最後還是加上哥哥兩個字，才覺得舒服。

蕭長恭也不糾正，反正穆婉寧叫得好聽。之前聽她喊哥哥，心裡就癢癢的。

「你能不能把面具摘下來？我想看看你的樣子。」都互訴情意了，她竟連他長什麼樣子都不知道。

蕭長恭聽了，熱切的心忽然冷了下來。

如果是之前，他還不擔心穆婉寧怎麼看他。但他剛剛已經得到想要的答案，這會兒突然害怕起來，萬一她嫌棄他，那些話是不是就不算數了？

「這馬遛得差不多，可以騎了。」又喊雲一過來。

蕭長恭口氣硬邦邦的，最後那聲雲一，更是叫得穆婉寧心頭一跳，知道這是惹怒他了。

雲一滿臉困惑，剛剛不是還好好的？怎麼轉個頭的工夫，蕭長恭就冷淡下來。

「屬下在。」

「妳扶穆姑娘騎馬……算了，先牽匹大馬來，妳抱著她騎，等她適應在馬上的感覺，再讓她單獨騎這匹小馬。」

「是。」

蕭長恭說完，轉身離開馬場，惹得雲一不住看向穆婉寧，不知發生了什麼事。

穆婉寧也很錯愕，一直以來都有流言，說蕭長恭面具下的樣子，比面具還要嚇人。她一直以為這是謠傳，頂多有傷疤而已。

但今天蕭長恭的反應，卻像是在印證那些流言。

瞧見雲一詢問的目光，穆婉寧也不知道要說些什麼，只是默默低頭站在那裡。

穆婉寧沒說話，雲一也不追問。她不是齊家姊妹那樣的糊塗人，蕭長恭再生氣，臨走前也是細心吩咐，她不會因此就怠慢穆婉寧。即便兩人吵架，也不是她一個下人能給臉色的。

於是，雲一還是盡心盡力地教穆婉寧騎馬了。

蕭長恭回到屋裡，摘下面具，仔細地打量自己臉上那道疤。

疤痕從太陽穴開始，斜向下劃過半個臉龐，在臉上高高鼓起，加上當時縫針的痕跡，看起來就像是一條趴在臉上的紅色蜈蚣。

而且，不知是不是因為最近天熱，疤痕下隱隱作痛，左半邊的臉也因此有些發腫。

若單看右半張臉，他也稱得上是丰神俊美、氣質無雙，可一旦看了左臉的疤，便毀了這份俊美。

有著這樣一張臉，他怎麼敢面對穆婉寧？

蕭長恭鬱悶了一會兒，可他不能像怨婦一樣，一直躲在屋裡不出去。沒道理把人請來了，他卻不露面，還是又回到馬場。

馬場上，雲一正帶著穆婉寧騎馬。

雲一的年紀比穆婉寧大，今年十八歲，加上長年習武，手長腳長。此時她坐在穆婉寧後面，雙手從穆婉寧的腋下穿過，握住半邊韁繩，剛好把穆婉寧攬在懷裡。

蕭長恭眉頭一挑，哪怕明知雲一是女子，心裡還是忍不住泛酸。但這是他吩咐雲一去做的事，再看穆婉寧騎得開心，只能忍著。

穆婉寧小心地控著韁繩，夾著馬腹，讓馬兒慢慢跑起來。

她跑了一圈，一抬頭，見蕭長恭正望著她，開心地衝他揮手，臉上充滿喜悅，好像剛剛蕭長恭根本沒對她耍過脾氣。

蕭長恭被這明亮的笑容晃了眼，覺得臉上的疤痕更痛了。

穆鴻漸過來時，看到的就是這樣的情景。乍看有人與穆婉寧一起坐在馬背上，不由眉頭一挑，走到近前，見是個女子，才放下心來。

他扭頭看去，發現蕭長恭只是站在場邊，沒有接近穆婉寧，心裡滿意，覺得蕭長恭果然是君子。

騎了一會兒後，雲一跳下馬，但手沒有鬆開轠繩，等穆婉寧適應獨自坐在馬背上的感覺後，才讓穆婉寧騎馬。

紅楓性情溫順，加上與穆婉寧熟悉了，並不抗拒。漸漸地，穆婉寧已經可以獨自控著轠繩，在馬場裡慢慢走上幾圈。

穆鴻漸是早上帶著穆婉寧出門的，這會兒已經到了午飯時辰。蕭安未等蕭長恭吩咐，就備了酒席，看著時候差不多，便走過來。

「將軍，午膳備好了，請穆家公子和姑娘入席吧。」

蕭長恭點點頭。「是有些餓了，還是安叔想得周到。」

穆鴻漸本想告辭，但想著來都來了，就別再客氣那頓飯。而且看著穆婉寧興奮的樣子，讓她多騎一會兒也好，他還可以再去看看那些收藏。

聽聞還要在侯府裡吃飯，穆婉寧露出不好意思的神情。「這樣會不會太叨擾蕭將軍了？」在外人面前，她是叫不出長恭哥哥的。

「沒什麼，反正我也是在府裡養傷，每天閒得很。」

「你受傷了？」穆婉寧聲音裡透著擔心，不住打量蕭長恭露出的半張臉，連穆鴻漸看過來的眼神也帶著關切。

「沒什麼，一些戰場上的舊傷罷了，休養就好。」

蕭安瞧見穆婉寧臉上焦急的神色，暗自開心。這小姑娘對自家少爺果然有意，就是太小了，還得等兩年才能成親，三年才能生個小小少爺啊。

吃過午飯，蕭長恭讓雲一繼續帶穆婉寧騎馬，自己則拉著蕭安說話。

「安叔，你之前提到的治傷名醫，還在不在京城？」

蕭安一臉老懷甚慰的樣子，果然只有喜歡的姑娘，才能激起蕭長恭對臉的關心。「在，我這就派人去請。少爺放心，就算薛神醫出門雲遊了，老奴也會把人追回來。」

蕭長恭點點頭。「那就盡快請吧。」說完，發現蕭安仍看著他，似乎有些遲疑，遂道：「安叔有什麼想說的就說，不必顧慮。」

「齊家姑娘的事，我聽說了。把這樣的人請到府裡來，確實壞事，但也不能就讓穆姑娘單獨待在府裡。雖然少爺安排了雲一伺候，但傳出去，還是對穆姑娘不妥。」

蕭長恭點點頭，他邀齊家姊妹過來，就是替穆婉寧的聲譽著想。

「我曉得了，今天有她二哥陪著，應該沒問題。待會兒我問問穆姑娘有沒有好的手帕交，以她的名義去請，應該就不會再發生今天的事情。」

蕭安點點頭，便退下了。

蕭長恭走回馬場時，看見穆婉寧正騎著馬，跑得高興。

穆鴻漸也在，但沒有騎馬，只跟在穆婉寧身後跑，防著穆婉寧摔下來。

這哥哥當得夠稱職了。原因無他，蕭長恭早已告訴穆鴻漸，想去那間收藏兵器的屋子，隨時可以去。

穆家兄弟都挺有哥哥的樣子，並未因為穆婉寧是庶出就慢待，看來穆府家教不錯。

穆婉寧又跑了幾圈，等更熟悉了些，蕭長恭才走上前。

「今天就到這裡吧。雲一準備一下，等會兒讓穆姑娘刷馬。」轉頭對穆婉寧說：「刷馬也是……」

穆婉寧答道：「也是與馬的熟悉過程，我在書裡看過。」

蕭長恭點點頭，雖然穆婉寧還是個小姑娘，但他時常會忽略她的年紀，反而覺得她與他差不多大。

尤其，她的眼神裡，總有一種看透世事滄桑的味道。

蕭長恭非常希望能一直與穆婉寧獨處下去，根本不想再加進別人，但為了穆婉寧的聲譽著想，還是得忍下來。

「妳有沒有好的手帕交，可以和妳一起騎馬，這樣就不會有人說閒話了。對了，我記得妳有個三姊姊，她能來嗎？」

穆婉寧撇撇嘴，扭頭去看穆鴻漸，發現他正在旁邊看一匹紅色的馬，沒注意到這邊，才壓低聲音告狀。

「我才不想讓她來呢，打馬球這件事，就是她和吳采薇一起挖給我的坑。

「還有啊，上次你送我的刀，我還沒賞玩夠，她就在祖母面前說，那是你給我大哥的見面禮，我不該據為己有。大哥說了與他無關後，她又說，既然二哥喜歡，便該送給二哥，不然就是小氣、自私。」

穆婉寧可不覺得此時告狀有什麼不對，雖說家醜不可外揚，但讓蕭長恭明白她與穆安寧的關係，很有必要。

上次赴宴被連連稱讚姊妹情深，她都快噁心死了。

蕭長恭有些詫異。「她怎麼這樣？」

「不只呢。前陣子我嫡母給了一副南珠頭面，上午剛給，下午她就要借。哼，她的借，向來是拿走就不還。要是不借，她就到祖母面前告狀，說我自私又小氣。之前借了我娘留給我的紅寶石頭面，一借就是大半年，還是我使計才收回來的，還壞了好幾處。」

蕭長恭聽了，大為驚訝，原本還以為穆府家教不錯呢。

雖然父母在邊關替他生了個弟弟，可他從未見過，是以不理解手足相爭這種事。

「所以啊……」穆婉寧咬咬牙。「你千萬不要認為三姊姊和我感情好，我會噁心得睡不著覺的。」

「好，以後我見到她，也不給她好臉色，幫妳出氣。」

穆婉寧抬起頭，嘻嘻一笑。「還是將……長恭哥哥好。」

蕭長恭心情大好，穆婉寧這種小媳婦受委屈找他告狀的模樣，實在是太可愛了。這也表示，穆婉寧把他當成親近的人。

蕭長恭頓了一下，道：「但妳還是得請個人來，實在沒有人選，我再找別人。」

穆婉寧想到了鐵英蘭。「不知九城兵馬司的鐵家，你認不認識？前些日子的宴會上，我與鐵家姑娘挺聊得來，據說她馬球打得很好，分隊時還特意選擇與我一隊，應該可以。」

「好，那妳和我一起給她下帖子，我會和兵馬司的統領鐵詩文說清楚，齊家的事不會再發生第二次。」

想到齊家姊妹竟無意間做了他們的「媒人」，穆婉寧一時間哭笑不得，心裡也有些難過。

到底是什麼樣的傷，才讓蕭長恭那麼不願摘下面具呢？

第十九章 傷疤

穆婉寧回府後，便寫了帖子給鐵英蘭，邀她第二天去鎮西侯府騎馬。

隨後，她帶著雲一，拉上穆鴻漸，去靜安堂見周氏，言明今日騎馬有雲一陪著，穆鴻漸也在旁邊幫腔，有他跟著，可以放心。

周氏還有什麼不明白的，顯然是蕭長恭怕她多心，生怕穆婉寧解釋不夠，還把人派來，這樣的安排，確實稱得上周到。

「祖母，我已經給英蘭姊姊下了帖子，她是九城兵馬司鐵統領的女兒。英蘭姊姊愛騎馬，會打馬球，有她陪著，祖母盡可放心。」

周氏點點頭，又溫言對雲一道：「今日晚了，就別回去，先在婉寧的清兮院住著。有什麼需要的東西，直接跟她說就是。」

雲一躬身行禮。「多謝老夫人。」

回到清兮院後，穆婉寧吃了晚飯，興奮勁過去，便覺得全身痠痛起來。尤其大腿內側，更是火辣辣的痛。

檀香見穆婉寧臉上有疲色，道：「姑娘累了吧，奴婢這就去打水讓您洗澡。」

穆婉寧臉色一變。「不要洗澡，擦擦就行了。」大腿已經火燒火燎的疼，要是泡澡，豈不要了她的命。

雲一上前道：「穆姑娘想是雙腿磨得疼了。我家將軍早已讓我準備藥膏，待會兒擦完澡，上了藥就會好很多。還有藥酒，可以幫姑娘按摩，這樣明天便不會全身痠痛了。」

這些本是雲一自己準備的，但見蕭長恭對穆婉寧的看重後，便不遺餘力地替自家將軍說好話。

穆婉寧聽完，臉上的笑怎麼都藏不住，檀香也感嘆道：「蕭將軍真好。」

雲一微微一笑，她要的就是這樣。

饒是檀香已經有了準備，要幫穆婉寧上藥時，瞧見通紅、起了血點的大腿內側，還是驚呼出聲。

「怎麼這麼嚴重？」

「第一次騎馬都會這樣，等皮磨得厚實些，就不會了。」

「那怎麼行，姑娘還沒嫁人呢。」檀香心直口快。

雲一倒是沒多想。「不會磨得很粗糙，摸起來還是滑的。」說完後，和檀香對視一眼，這才反應過來自己說了什麼，不約而同臉紅起來。

穆婉寧聽見這話，心裡第一個想法是，蕭長恭的大腿內側會不會很粗糙？隨後發現自己想的實在不是女兒家該想的事情，一時間也羞紅了臉。

幸好雲一和檀香也害羞著，沒人注意到她的不對勁。

墨香打水進來，發現屋內氣氛詭異。「妳們的臉怎麼那樣紅？」

「啊，墨香姊姊來得正好。雲一姊姊，我們趕緊幫姑娘擦洗。」檀香突地跳起來，大聲嚷嚷。

雲一也熱絡地接過水盆。「對對，這就洗。」

這下，墨香更是丈二金剛摸不著頭腦，倒是穆婉寧躺在床上，憋笑憋得很辛苦。

但很快她就笑不出來了。

藥膏抹上，先是清清涼涼，很是舒服，隨後卻是更加嚴重的火燒火燎。雲一手上也沾了藥酒，開始幫她按摩大腿，疼痛是一波接著一波。

「啊啊啊，疼疼疼，輕輕輕，別別別……」

穆鴻漸走到清兮院門口，聽到聲音，止住了腳步。

他是習武之人，知道第一天騎馬，回來定會遭罪，還擔心穆婉寧今天沒好好按摩，明天會起不來。

聽到這個叫聲後，他便放心了，笑意滿滿地回去。

想當初，他叫得比她還慘呢。

鐵英蘭接到穆婉寧的帖子，並不意外。

赴宴那天，穆婉寧說自己不會騎馬，又和她聊得來，找她學騎馬是意料之中的事。

但她沒想到，居然是邀她去鎮西侯府騎馬，穆婉寧和蕭長恭的交情有這麼好？

與此同時，九城兵馬司統領鐵詩文也看著手裡的帖子。

九城兵馬司說大不大，說小不小，若跟簡在帝心的新晉侯爺相比，他鐵詩文可不夠看。

這會兒接到鎮西侯府的帖子，他實在驚訝，打開一看，竟是邀他的女兒去侯府騎馬，還點明是陪伴穆家姑娘。若鐵英蘭已經有了議親對象，還請鐵詩文代為解釋。

好傢伙，這是瞄上宰相家了啊，而且還寫得這麼明白，生怕他有什麼誤會。

還是已經有過誤會了？今天他得到消息，聽說齊家姊妹去了鎮西侯府。

不得不說，鐵詩文的九城兵馬司統領做得真是稱職，對盛京中的大小事瞭若指掌，隨便一猜，就猜到了真相。

「去請姑娘過來。」

不一會兒，鐵英蘭進屋，雖然穿的是家居常服，但眉目中的英氣是掩蓋不住的。

鐵詩文看到女兒，便覺得心裡滿意。他雖沒有兒子，不過這個女兒卻不比兒子差。

「穆家四姑娘，妳可認識？」

鐵英蘭點點頭。「上次在和靜縣主的宴會上見過。女兒對她的印象不錯，比她的姊姊要好。投壺贏了三皇子玉珮的人，就是她。」

鐵詩文挑眉，這姑娘不簡單啊。

「對了，她還給女兒下了帖子，邀請我去鎮西侯府騎馬。」

「嗯，我也收到帖子了，還讓我和世傑解釋，說妳是陪穆姑娘去的，省得他多心。」

岑世傑是鐵詩文手下的百夫長，沒什麼家世背景，但勝在老實上進，很得鐵詩文看重。能做到九城兵馬司的位置，鐵詩文早已知足，也不求更進一步。因此挑選女兒的議親對象時，以人品為主，並不看重家世。

鐵英蘭對岑世傑的印象也很好，哪怕天天聽吳采薇說鎮西侯如何，也沒有動心思。畢竟鎮西侯再好，也未必比岑世傑更適合她。

不過，要是有機會與鎮西侯府未來的女主人交好，她是極樂意的。

「父親放心，女兒是穆四姑娘的朋友，不會多想。」

鐵詩文滿意地點點頭。

第二天，鐵詩文特意找了岑世傑說清楚。岑世傑也沒什麼不願意的，不過是去騎馬，又不是搶他媳婦。而且他與鐵英蘭想的一樣，能與未來侯府女主人交好，求之不得。

當天下值後，齊明遠才知道兩個妹妹到侯府沒多久後就回家了，說是吃壞了肚子。不由有些納悶，出門的時候明明還好好的。

他去問，兩個妹妹什麼都不肯說，看樣子又像是哭過，只好自己打馬去鎮西侯府，找蕭長恭興師問罪。

知道詳情後，齊明遠當場僵住。「她們真是這麼說的？」

蕭長恭沒好氣地瞥他一眼。「我還騙你不成？」

「這事……唉，真是誤會，怪我沒說清楚，你千萬別往心裡去。穆姑娘那邊沒事吧？」

「沒事，解釋兩句就過去了。你不用那麼緊張，我沒那麼小心眼。」

齊明遠這才鬆了口氣，心裡生起自己妹妹的氣。這件事別說是誤會，就算沒誤會，這麼說出來，也會讓蕭長恭淡了心思啊。

他回到家後，和父親齊宣志說一聲，齊宣志也直咬牙。「罷了，鎮西侯那邊，你維持好交情就行了。」

齊明遠不敢問自家老爹是不是真想和鎮西侯聯姻，不過轉念一想，就算真有這個心思，也不至於讓兩個妹妹那麼說，看來她們是被他和父親慣壞了啊。

被慣壞的不只是齊家姊妹，還有和靜縣主吳采薇。

吳采薇幾乎把屋裡能砸的東西都砸了一遍，才停下來。

她本來想藉由打馬球讓穆婉寧出醜，甚至設計她摔下馬。

可萬萬沒想到的是，穆婉寧竟然那麼厚臉皮地上鎮西王府騎馬，而且蕭長恭還派了懂騎術的婢女指點她。

這一來二去的，兩人沒感情都處出感情了，還有她吳采薇什麼事？

先前還笑穆安寧為人做嫁衣裳，現在她也沒好到哪裡去。

穆安寧站在一旁，小心躲避著吳采薇砸出來的碎片。「縣主不必擔心，前一日有齊家姊妹在，我二哥也在，他們倆並沒有獨處。」

吳采薇心想，就算沒有單獨相處，這樣的來往也夠頻繁了。不過，此時她也只能把這個消息當好消息聽。

「此話當真？」

「我二哥在祖母面前保證的，聽說還給鐵英蘭下了帖子，約她一起去鎮西侯府騎馬，想來也是為了避嫌。」

「哼，鐵英蘭也是糊塗，不過見了一面，便跟穆婉寧聊得投契。」吳采薇眼珠一轉。「妳不是她三姊姊嗎，怎麼沒邀請妳去？」

穆安寧心裡暗罵，她和穆婉寧關係如何，吳采薇不知道？分明是明知故問，讓她難堪。想到吳采薇與三皇子的關係，穆安寧咬牙忍下來，裝出委屈的樣子。「我那個妹妹，向來不把我這個長姊放在眼裡。這下攀上鎮西侯的高枝了，更不拿我當一回事。」

「再怎麼說，妳也是她的三姊姊，打著練習的旗號，她還真能拉下臉來不帶妳去？」

「可是我去了，又能做什麼？」

「去了自然是練習嘛。妳別忘了，比賽時我要請我表哥來的，妳也不希望丟臉吧？」

穆安寧恨恨地一跺腳。「我知道了。」

看著穆安寧離去，吳采薇的臉上現出恨意。

哼，來挑撥離間，想利用我，我豈會讓妳好受？就算妳是宰相家的女兒，也得乖乖給我充當馬前卒。

想當三皇子妃，作夢吧！

第二天，穆婉寧又是一早就到鎮西侯府。她本不想到得這麼早，但架不住穆鴻漸不斷催促她。

而且，距離比賽的日子不到七天，她不過剛剛能夠坐在馬上，也有些心急。

打馬球輸了沒什麼，但她真的怕吳采薇在球場上使壞，到時不出事還好，萬一出事，搞不好連小命都保不住。

一到侯府，穆鴻漸便拉著蕭長恭聊起來，講的都是刀劍樣式。穆婉寧聽不懂，就在一旁作陪。

蕭長恭本是有些心不在焉，可是穆鴻漸說得投入，漸漸引起他的興趣。刀劍收藏本就是蕭長恭的心頭好，不然也不會在十年間搜集這麼多，這會兒遇到知己，不由越說越興奮。

聊到最後，兩個人一同去了小庫房，臨走前讓穆婉寧自去練習。雖然鐵英蘭還沒來，但有雲一陪著，也不算怠慢了她。

但穆婉寧想到昨天的事，心裡一動，沒有隨雲一離開，而是繼續坐在正堂裡，開了口。

「昨天與將軍騎馬時，聽將軍說了些邊關的趣事。不知道府裡有沒有跟著將軍上過戰場的人，我想再聽他們講講。」

蕭安困惑，不明白穆婉寧這是唱哪齣，但她既然問了，也沒什麼不能回答的。府裡的親兵，個個都是上過戰場的。

蕭安雖是盛京蕭府的老人，卻未曾出過盛京，便叫來小七，讓他挑兩個經驗足的親衛過來，幫穆婉寧解疑。

聽了蕭安吩咐，小七去了演武場，心裡卻起了別樣的心思。

「劉大，柴洪，你們跟我來，堂上有貴客要見你們。」

聽說要去前廳見客，劉大還好，柴洪卻有些扭捏。「小七，你看看我這張臉，萬一嚇到貴人……」

小七頓住腳步。「找你自然有找你的道理。你覺得，你比咱們將軍如何？」

柴洪頓時恍然大悟。「明白了，我去。」

小七去而復返，帶來兩位鐵塔般的壯漢，看著就很有力氣。

但仔細一瞧他們的臉，硬是讓穆婉寧生生倒抽了一口冷氣。

柴洪的臉上，有一道長長的疤，從額頭斜著向下劃過整個臉龐，雖沒傷到眼睛，但這道疤把一張好好的臉，分成了兩半。

檀香嚇得臉都白了，穆婉寧也連連深呼吸幾次，才壓下心中的驚駭。

光看疤痕就如此可怖，那受傷時又該如何？

雲一眼睛一瞪。「小七，你這是幹什麼？」

「穆姑娘要問戰場事，又有什麼能比身上的傷更能直接回答的？」

穆婉寧嚥了口口水。「小七說得沒錯，我既想問，就想聽最真實的情況。請這位軍士講講臉上的傷吧。」

柴洪並不在意穆婉寧的眼神，自從受傷之後，這樣的反應，他見得多了，看到他嚇得哇哇大叫的也不是沒有，穆婉寧這樣的表現已經算不錯。更何況，他心中已有計較。

蕭安眼皮一跳，剛想阻止，但想了想，又閉起嘴巴，垂下眼。小七的心思，他多少能猜到一些。

柴洪見沒人反對，開口道：「也沒有多複雜，就是跟著將軍上戰場時，被敵軍劃了一刀。要不是當時將軍手快，拉我一把，整個人都要被北狄人劈開了。」說著，拿刀沿著臉上的傷疤，比劃一下。

穆婉寧光想像刀在她面前劃過的場景，就覺得手腳冰涼，更別說還差點被劈成兩半。

「這麼重的傷……」

柴洪憨厚一笑，扯動傷疤，更顯恐怖，瞧見穆婉寧明顯又白了幾分的臉，這才反應過來，他還是不笑的好。

「我算是命大，軍營裡，傷勢比我輕的，也不是沒有死人的。可能老天爺覺得，我是將軍救下來的，不能讓我這樣死了吧。將軍為了救我，可是自己挨了一刀呢。」

穆婉寧看看站在柴洪身邊的另一個人，又扭頭看一旁的小七。忽然覺得，這兩人臉上能夠完好，真是非常幸運的事。

小七觀察穆婉寧若有所思的樣子，也看到她面對柴洪的態度，心裡滿意。

不過，這還不夠。有些刺激，一次感受完最好。

於是，他衝著劉大喊道：「劉大，你把上衣脫了，讓穆姑娘瞧瞧。」

劉大應下，一把扯下上衣，緊接著便傳來檀香驚叫的聲音，連雲一也忍不住別開臉。

劉大的肩膀靠近胸口處，有一個碗公大的傷疤，附近遍布肆意生長的新肉與疤痕，看著就像是醜陋猙獰的怪物，難怪檀香會驚呼出聲。
「檀香，不得無禮。」
「對……對不起，奴婢不是有意的。」
劉大倒是很坦然，他和柴洪一樣，受傷太重，早已習慣那些異樣眼光。
「無妨，我這傷確實挺嚇人。別說妳們小姑娘家害怕，我自己沒事也不願意看。」
穆婉寧穩了穩心神，站起身，對面前的柴洪與劉大行禮，嚇得兩人趕緊側身避過。
「姑娘，這是何意？」
「兩位是守土衛國的英雄，婉寧心中敬佩，唐突冒昧之處，還請見諒。」
這下他們不好意思了，黑黑的臉上甚至有了紅暈。
緊接著，比較爽朗的劉大開始講起自己受傷的經過，先是箭傷，又是怎麼潰爛、怎麼挖掉腐肉，然後奇蹟般活下來的。
穆婉寧聽完後，沈默良久，忽然開口問：「你們將軍臉上，是不是也有這樣的傷疤？」
這句話一出，霎時間，全屋寂靜。
沒人敢回答，生怕說錯一句話，嚇走了將軍看中的將軍夫人。
蕭安的眼皮狠狠一跳，終於明白穆婉寧今天問這些話的用意。
這時，蕭長恭走了進來，目光中寒意凜然，連面具也比平時看起來更恐怖些。
所有人慌忙行禮，卻被蕭長恭充滿威懾力的氣勢嚇得不敢出聲。
蕭長恭直直走到穆婉寧面前，想把她攆出去的話幾乎到了嘴邊，但看見穆婉寧關切、詢問的目光，又把話嚥回去。

罷了，她既然想看，讓她看就是了，長痛不如短痛；再者，扭扭捏捏也不是他蕭長恭的風格。

「妳跟我來。」蕭長恭吐出這一句，轉身走出正廳。

穆婉寧趕忙跟上，檀香也想跟著，卻被雲一拉住了。

第二十章 面對

兩人走到一處廂房，關上門後，蕭長恭很是乾脆地摘下了面具。

穆婉寧見到那條巨大、像紅色蜈蚣一樣爬在臉上的傷疤，頓時感覺心被緊緊揪了起來。

聽過柴洪與劉大的描述，她已經明白了，傷口越深，癒合後的疤痕就越重。

看著突出皮膚的紅色新肉，穆婉寧難以想像，當時這傷口究竟有多深？北狄人豈不是要砍到骨頭才甘休？

「我能摸摸嗎？」

自從摘下面具，蕭長恭就不敢看穆婉寧的表情，怕從她臉上看到厭惡、害怕的神色，目光只能停留在她的髮簪上。

直到穆婉寧出聲，蕭長恭才鬆了口氣，發現穆婉寧並沒有像他擔心的一樣，看了一眼就尖叫著跑出去。

蕭長恭僵硬地點點頭。

穆婉寧小心翼翼地抬起手，用兩根手指輕輕地、一點一點撫摸著那一處突起的新肉，以及那些縫傷的痕跡。

「疼嗎？」重生以來，穆婉寧第一次在其他人面前紅了眼眶，明亮眼睛泛起一層霧氣。

蕭長恭搖搖頭，他心裡的希望正在生根發芽，卻不敢直視她，怕他會錯了意，怕下一刻，穆婉寧就會轉身逃走。

穆婉寧稍稍用力，不再用食指和中指，而是改用拇指摩挲著傷疤，整隻手掌貼在蕭長恭的臉上，彷彿這樣就可以抹平那道疤。

「那當時呢，痛不痛？」

「當時我只記得自己不停地揮刀、砍人，只要看見不是和我穿同樣衣服的，就去砍。四處都是刀和血，根本不知道自己臉上有沒有傷。

「打完仗後，我累得昏過去，再醒來時就這樣了。」如果他醒著，大概不會答應軍醫在他臉上縫針。

穆婉寧又是慶幸蕭長恭當時昏過去，少吃些苦；又是覺得戰場凶險，光聽就讓她害怕。

蕭長恭伸手握住穆婉寧的手。「我的臉傷成這樣，妳會不會害怕？」

穆婉寧搖搖頭。「我被綁走時第一眼看到你，就覺得你會救我，哪怕你戴著面具，也想跑到你身邊去。後來，我趴在你背上，親眼看到你殺人，雖然害怕，但怕的不是你，而是害怕自己會拖累你。

「從那之後，無論什麼時候看到你，我都不覺得怕。現在也是如此，就算你的傷和柴洪一樣，我也不怕。」

蕭長恭一把抓住穆婉寧的手，覺得不夠，猛地攬她入懷，才覺得那顆在半空中懸了許久的心，有了依靠。

「痛，痛，痛……你放開我。」

穆婉寧一連喊了三聲痛，蕭長恭才發現自己把人摟得太緊，手也握得太重了。

果然，鬆開手後，穆婉寧白皙的手背上，出現了四個鮮明的手指印。

「看看你幹的好事。」穆婉寧舉起手，含嗔帶怒地瞪蕭長恭一眼，但後者只看到了她的可愛。

「咳，少爺，不要衝動，薛神醫到了。」

蕭安是唯一膽敢跟過來的人，聽到穆婉寧喊痛，又喊放開她，心裡一下子想偏了，以為自家少爺按捺不住，對人用強。

房門立刻打開，蕭長恭一馬當先地走出來。「來得正好。人呢？」

蕭安打量蕭長恭一眼，見他把面具捏在手裡，臉上一片喜意。又偷瞄穆婉寧，發現她只有些害羞，並沒有惱怒或衣衫凌亂，難道剛剛是自己聽錯了？

「我問你，薛神醫人呢？」

「啊，在正廳。」

蕭長恭大步走向正廳，蕭安故意落後兩步，等穆婉寧走過來。

看到蕭安詢問的眼神，穆婉寧輕聲說了一句。「沒事了。」

蕭安忍住想落淚的衝動，抬頭看天。今兒天氣真好，天空藍得讓人高興。

自打回京後，蕭長恭第一次沒戴面具，出現在鎮西王府的正廳。

一進正廳，所有人的目光都集中在他的臉上，連行禮都忘了。

檀香又要張嘴驚呼，被雲一一把捂住了。

坐在下首的四十多歲的男子站起來，打量蕭長恭的傷疤，冷哼一聲。「胡鬧，庸醫。」

蕭長恭不以為意，拱手為禮。「這位想必就是神醫薛青河先生。請問您可有辦法醫治我的臉？」

薛青河看看周圍的人。「將軍是想在這裡診脈嗎？」

蕭長恭想想，道：「請先生隨我至後堂，小七、安叔也過來。」

穆婉寧聽了，不由上前一步，渴望地看著蕭長恭。

「婉……穆姑娘也來吧。」

穆婉寧立刻笑起來，抬腳跟上。

見穆婉寧亦想跟著蕭長恭過去，蕭安本能想反對，但又想想，最壞的情況，她都已經見過了。如今請來神醫，往後的事情，她知道得越詳細，才越有利於自家少爺。

入了後堂，薛青河先讓蕭長恭好好洗臉，自己也認真地淨了手，才讓蕭長恭在較明亮的窗前坐定，然後貼近傷疤仔細觀察，又用手指或輕或重地按了幾下。

隨後，他打開藥箱，取出一卷布展開，上面插滿了長短、粗細不同的銀針。

穆婉寧看得心又揪起來，這些針肯定不是擺著好看的，勢必要扎進肉裡。

薛青河手指一伸，一根銀針便捏在手上。

這時穆婉寧才注意到，薛青河的手指修長且有力，骨節分明，又特別白皙，顯然保養得很好。

薛青河微一用力，將長長的銀針插進蕭長恭的傷口下端，輕輕撚動幾下，又拔了出來。緊接著，他拿出一塊乾淨的白布擦拭銀針，仔細觀察白布上的印記，再取不同的銀針在臉頰各處扎針。一一拔出，觀察過後，才把手搭在蕭長恭的手腕上，仔細診脈。

最後，薛青河拿起方才打濕的棉布，把手擦乾淨。「將軍，您這臉，不治也得治了。」

穆婉寧心裡一突。「神醫先生，此話怎講？」

薛青河不滿地看向穆婉寧，見是個清秀可愛的小姑娘，心裡的不悅稍減。

「如果不治，不但可能導致失明，甚至還會有性命之憂。」

這話一出，屋裡的人，除了蕭長恭，全都急了起來。

蕭長恭輕咳一聲，穩住眾人。「還請薛先生直言。」

薛青河很滿意蕭長恭的反應，泰山崩於前而色不變，這才是甘州人交口稱讚的大將軍。

「最近你是不是覺得傷疤下隱隱作痛，而且左半邊臉也紅腫起來？」

「的確如此。」

「將軍之前的事蹟，薛某多少聽過一些。戰場凶險，實難有好的郎中和傷藥，軍醫替將軍縫傷時，可能沒來得及仔細清理傷口，裡面還有髒東西。

「既有髒東西，時日久了，化膿腐爛，便導致傷疤腫痛。現在將軍臉下已經有了膿水，如果放任不管，膿水只會越積越多，不僅將軍還要再次破相，而且會影響到眼睛，以致失明。等到眼睛也爛掉時，怕是神仙也難救了。」

穆婉寧一聽，比剛剛聽到性命之憂還急。「神醫先生，請您務必救救我家將軍。」

我家將軍？蕭長恭心頭一喜。

薛青河看穆婉寧焦急的神色一眼，忽然開口道：「小姑娘會做飯嗎？」

穆婉寧一愣，馬上回答。「會，我會做好多菜，先生想吃什麼？」

「妳做幾樣拿手的小菜給我，我好好替妳家將軍治傷，如何？」

穆婉寧這時才反應過來，臉上燒得像是點了小火苗，不知道該說什麼，低頭應了句「我這就去」，便跑出了門。

有薛青河跟穆婉寧這麼一打岔，屋裡的氣氛輕鬆不少，不似之前那麼緊張。

薛青河對蕭安和小七道：「叫小姑娘出去，實是她沈不住氣。你們要是也多嘴，就一起去廚房吧。」

蕭安和小七縮縮頭，不敢答話。蕭長恭的命，捏在薛青河手上呢。

薛青河見狀，滿意地點點頭。「你們不必緊張，這樣的情況，就算放著不管，他也還能活好幾個月。這幾日，我會開些調理的方子，每天用銀針幫將軍排膿，預計十日後，就可以動刀挖去腐肉了。」

蕭長恭算了下，十日後，穆婉寧也與吳采薇打完馬球了，可以放心醫治。

「好，一切依先生所言。」

「既然聽我的，我再提幾個要求。第一，每日的飲食要清淡，可以吃點葷腥，每天一頓就好。」

蕭安聽了，有點赧然。自從蕭長恭回京後，他總覺得自家少爺在外受苦了，只要蕭長恭在府裡吃飯，便是大魚大肉供著，一副要把過去十年受的苦全補回來的陣仗。

小七聽完，剛想出聲，就被薛青河看到了。「那小姑娘是姓穆吧？我觀她眼神清澈靈動，是個聰明的姑娘。你不用提醒她，相信她也想得到。」

小七摸摸鼻子，不說話了。這薛青河會讀心嗎，他的想法，居然一下就被說中。

「第二，我要一間收拾乾淨且無人打擾的院子，要大一些。從今天開始，我要準備動刀用的東西，到時將軍也要住到這個院子裡來。沒有我的允許，任何人不得出入。」

薛青河看向蕭長恭。「將軍可願信我？」

蕭長恭灑脫一笑。「用人不疑，疑人不用。有勞薛先生了。」

薛青河是誰，一般人可能不知道，但要是提到薛神醫，便無人不知，無人不曉。更不要說蕭長恭讓人去請薛青河時，已把他的背景底細調查清楚。

蕭安立刻應下。「老奴這就去幫薛先生準備院子。」帶著小七去了。

廚房裡，穆婉寧帶著檀香忙得熱火朝天。雲一不擅長做飯，因此特意叫雲十過來幫忙。

前一世，穆婉寧嫁進方家後，被逼著做一日三餐，稍不合胃口，就要被方母好一頓數落，有時還會被罰站在院子裡。

因此，穆婉寧被逼著練了一手不錯的廚藝，這一次有心討好薛青河，更是打起了十二分的精神。

薛青河施完針不久，把用具清洗乾淨後，穆婉寧就派檀香去傳話，可以開飯了。

鎮西王府裡主子少，只有蕭長恭一個，要宴請的也僅薛青河一人而已。穆婉寧做了六菜一湯，想來足夠兩人吃了。

待穆婉寧布好菜，蕭長恭攔住她。「妳也來坐。別說妳是客，就是……我母親在世時，一向是與父親同桌而食的。」

穆婉寧有些害羞，但也沒有扭捏，大大方方地坐下。

前世，她最痛恨方家用女人不上桌這種規矩折磨她。每天讓她做一大桌子菜，卻要她站在旁邊看著，等方母和方堯吃飽喝足，她才能吃些殘羹冷炙。那日子過得比大戶人家的婢女還差些。

薛青河走南闖北，見過的人多了，也不認同女人不上桌的規矩。

開動後，薛青河的眼睛亮起來。「小姑娘，手藝不錯啊。」

穆婉寧甜甜地笑了一下。「神醫先生若是喜歡，以後婉寧得空，就做給先生吃。」

蕭長恭聽見，立時不爽，憑什麼誰都能得穆婉寧一句「若喜歡就多做」，偏偏他一句也沒得到。

不過，這會兒再說穆婉寧手藝好，似乎也沒什麼效果，因此蕭長恭一言不發，用行動表明自己的態度。

穆婉寧本來也期待蕭長恭能誇她一句，結果等了半天，也沒等來一句。

幸好蕭長恭添飯和下筷的動作表明，他很愛吃她做的菜。

看著薛青河和蕭長恭已經吃得差不多，穆婉寧開口道：「我曾聽人說，藥補不如食補，做菜時如果能放上一些藥材，就變成藥膳，每日都吃，能強身健體。」

薛青河點點頭。「的確如此。」

「婉寧冒昧，能否求神醫先生開些藥膳方子？」

薛青河道：「不妥，既然藥膳帶上了藥字，就得對症下藥。不同的人，吃不同的方子，不可一概而論。不知穆姑娘是想給誰求方子？」

「自今年以來，祖母一直身體不好；父親每日操勞，鬢間也多了不少白髮。再來，聽說蕭將軍是回京養傷的，所以……」

薛青河瞥蕭長恭一眼，微笑道：「穆姑娘一片孝心，倒是讓薛某感動。不過宰相府自有太醫定期去請平安脈，蕭將軍這邊，我也會盡心竭力。」

穆婉寧點點頭，薛青河說得沒錯，可是她聽了，卻微微失望。

有些事情，她很想親自去做。

「不過嘛……」薛青河再次開口。「薛某倒是可以給姑娘開個方子，若我觀察得不錯，最近姑娘可是大病過一場，又用了不少補藥吧？」

這話一出，蕭長恭立時看向薛青河。

穆婉寧回答。「神醫先生果然厲害。前些日子是病了一場，為了快些好起來，吃了不少人參。」

薛青河示意穆婉寧把手放在桌上，然後從懷裡掏出一塊手帕，蓋在穆婉寧的手腕上，診起脈來。

「本就身體虛弱，卻強行用虎狼之藥，雖然病好了，卻留下了隱患。」

蕭長恭想到穆婉寧的大病與他不無關係，緊張道：「還請薛先生多辛苦些，所需診金與藥材，由將軍府一力承擔。」

薛青河看兩人互相關心的樣子，心裡暗暗點頭。越是見識過生老病死，他越覺得人與人之間這種純然的關心難能可貴。

「我是醫者，既診了脈，自然不會袖手旁觀。」

片刻後，薛青河讓人取來紙筆，替穆婉寧開了藥方和食療的方子。同時開出來的，還有蕭長恭的那份。

藥方給蕭安，食療的方子則給檀香。

檀香聽聞這是神醫給自己姑娘調理身體的方子，當即感激地行了一禮，跑到一旁去研究做法。

跟了穆婉寧不短的時日，檀香也是認字的。

蕭安則樂顛顛地打發人出門買藥材。「記住，這兩張單子上的藥材，無論是什麼，都要最好的。」

「是。」

不一會兒，小七過來說，院子已經收拾妥當，薛青河可以過去歇個午覺，有什麼不滿意的地方，隨時改。

薛青河也不客氣，他來就是為了幫蕭長恭治病，便隨小七去看院子。

去院子的路上，小七覺得穆婉寧真是自家將軍的福星，不過只來兩天，就讓蕭長恭動了求醫的心思。

而且一查，還查出了大問題，若是再拖幾個月，後果不堪設想。

今天穆婉寧在那些駭人的傷疤面前，表現得也算淡定。後來將軍不戴面具出來，她也沒有任何異樣。

將軍遲早要有將軍夫人，如果是這樣的女子，倒也般配。

第二十一章 登門

吃過午飯，蕭長恭準備陪穆婉寧騎馬，正說話時，鐵英蘭到了。

穆婉寧和蕭長恭連忙出府迎接。

鐵英蘭看到穆婉寧和蕭長恭站在一起時，一瞬間有些恍惚，覺得這兩人真是相配。

「冒昧給英蘭姊姊下了帖子，還請英蘭姊姊勿怪。」

鐵英蘭爽朗一笑。「久聞蕭將軍回京時帶了一批戰馬，不但擴充了京郊馬場，連府裡的馬場，也是其他府第比不了的。往日無緣得見，今天是托穆家妹妹的福呢。」

穆婉寧驚訝地看向蕭長恭，原來他的馬場這麼厲害？

感覺到穆婉寧崇拜的目光，蕭長恭心裡舒坦，人也比平時格外好說話。「二位姑娘若有興趣，改日蕭某帶妳們去京郊的馬場轉轉。」

鐵英蘭眼睛一亮。「那就多謝將軍了。」

簡單休息一下之後，幾人直奔馬場。

鐵英蘭自小在軍伍中長大，因此對馬有很深的感情，進了馬場後，很是興奮。

穆婉寧沒有她那麼熟悉馬匹，沒有四處去看，而是一心與昨天騎過的紅楓培養感情。

蕭長恭說過，馬通人性，人與馬感情越好，騎的時候就越順。

自由騎了一會兒馬後，蕭長恭和穆婉寧一隊，鐵英蘭與雲一一隊，開始教穆婉寧如何在馬上擊球。

穆婉寧剛上馬時，還是覺得身上很痛，可一旦玩起來，心思轉移到馭馬、擊球上，就不覺得多痛了。別說還有蕭長恭陪著，時時提點她該如何控馬、如何擊球。

鐵英蘭暗自觀察，蕭長恭對穆婉寧稱得上是關懷備至，連說話聲音都不同。穆婉寧看向蕭長恭的目光中，更是有些明顯的信任與依戀。

看來，吳采薇想成為侯府夫人，只有作夢時才能實現了。

而且，比起吳采薇的趾高氣揚，鐵英蘭更喜歡穆婉寧的真誠有禮。

鐵英蘭對穆婉寧的印象很好，時時刻刻注意她的需要。即便當了一下午的陪襯，鐵英蘭也沒有覺得不高興，反而玩得很開心。

如同前一日一樣，穆婉寧是在晚飯前告辭。雖然蕭長恭很想把穆婉寧留下來吃飯，但這樣一來，時辰就有些晚了。穆婉寧和鐵英蘭都是女子，還是天還亮時就歸家比較好。

約好第二天下午見面後，穆婉寧和鐵英蘭告辭離去。

穆婉寧到家後，稍作休息，便先去向周氏稟告今天的事。

當然，與蕭長恭互訴心意之舉，穆婉寧是不會說的。不過，周氏多少能猜到一些，既然明面上做到不違禮法，她對這件事也是樂見其成。

穆婉寧著重說了侯府裡那些親衛的傷痕，蕭長恭臉上同樣有傷，甚至還會危及生命。

周氏聽完，有些感慨。「旁人只看到鎮西侯未及而立之年便勒馬封侯，卻沒看到蕭家世代忠良，每一代幾乎都死在戰場上。連鎮西侯本人也是捨生忘死，才拚得這份榮譽。」

穆婉寧點點頭。「看到那些軍士身上的傷，孫女的心都揪起來了。正是有他們守土衛國，才有我們這樣好的生活。」

「婉兒這話，說得倒是深得我心。」簾子一挑，走進來的是穿了便服的穆鼎。

「見過父親。」穆婉寧趕緊起身行禮。

穆鼎一身半舊不新的常服，看上去少了些嚴肅，多了些溫和。「我聽妳二哥說，最近妳都去鎮西侯府？」

穆婉寧點點頭。「是。和靜縣主非要女兒和她一起打馬球，還要比賽。女兒不會騎馬，所以在苦練。」

穆鼎覺得有些古怪，雖然打馬球也算是一項流行於盛京女子的遊戲，但並非所有人都願意參加。

明知穆婉寧不會騎馬，卻非要一起打馬球，當中的意味可就深了。

「這是什麼時候的事？」

「三天前。女兒和三姊姊應和靜縣主之邀，去承平長公主府做客，在那時訂下的。」

「安寧也在？她沒有幫妳拒絕？」

「三姊姊說馬球並不難，不會可以學。」

穆鼎心裡冷哼一聲，馬球不像別的遊戲，短短時日之內就可以學會。騎在馬上的遊戲，還是多人一起擊球，一不小心，是要出事的。

穆安寧幫著外人坑害自己妹妹，為的怕不只是和靜縣主，而是和靜縣主背後的人。比如，三皇子。

「我知道了。不過妳天天去鎮西侯府，不太好。」

穆婉寧生怕穆鼎不讓她去，連忙開口道：「我邀了九城兵馬司鐵統領家的女兒鐵英蘭，今日就是她陪我騎馬的。前一日上午有齊家姊妹，下午則是二哥陪著。」

穆鼎看看穆婉寧急切的模樣，想到蕭長恭上次曖昧的態度，道：「罷了，既如此，妳就多多注意吧。不過人言可畏，妳要有準備。」

穆婉寧鬆了口氣。「謝爹爹允准，女兒定會小心行事。」

周氏沒有出聲，憑任穆鼎做決定。

蕭長恭畢竟是武將，目前風頭正盛，自家則是文官之首。兩家結親，要考慮的不只是兩人的心意，還有許多朝堂上的思量。

穆鼎向來對幾個皇子敬而遠之，就算是太子，也不過是維持表面上的恭敬，私下從不交往，以免皇帝忌諱。

現在相府與侯府一文一武，卻來往密切，穆鼎並不加以阻攔，想來也是看好蕭長恭的。

穆婉寧卻沒想那麼多，開開心心地辭了祖母與父親，帶人回清兮院。

從鎮西侯府歸來時，蕭安把一包藥材交給穆婉寧，說是做藥膳的材料。檀香一路上都很寶貝著，此時事了，立即鑽進廚房做藥膳粥。

雲一也跟著穆婉寧回來。穆婉寧有些不好意思，但也是高興的，畢竟雲一的按摩手法是真的好。

此時，雲一和墨香正在一起幫穆婉寧按摩。

忽然，外面有人道：「三姑娘來了。」

穆婉寧眉頭一皺，雖然不歡迎，卻一點也不意外。她連續兩天往鎮西侯府跑，穆安寧肯定不會高興。這次來，要麼是要求一起去鎮西侯府，要麼是諷刺兩句，讓她不敢再去。

「三姊姊有什麼事？」

穆安寧臉上堆起假笑。「怎麼，沒事就不能來看看四妹妹了？」

穆婉寧心裡嗤笑。「既無事，那不留三姊姊了。這幾次騎馬騎得很累，按摩過後，我便要睡了。」

穆安寧氣得咬牙，當她願意來？

吳采薇要她去侯府搗亂，母親讓她藉機去親近蕭長恭，想要達成這兩個目的，都得以穆婉寧為跳板才行。

既然穆婉寧非要投壺搶了趙晉桓的玉珮，就別怪她不念姊妹情分了。

想到這裡，穆安寧開口道：「也不能說是完全無事。再過幾日，咱們與和靜縣主的馬球比賽就要開始了。雖然妳這兩天都在練習，但馬球與投壺不同，一個人練不出效果。

「再者，妳日日去鎮西侯府，有些不妥。如果有人陪著，不但能飛快熟悉馬球，還能避免人家說閒話。」

穆婉寧暗笑，果然被她料中。「多謝姊姊關心，我已經邀了鐵家姊姊一起練習，她的馬球打得很好，而且已經訂了親，鐵統領也是知道的。」

穆安寧話語一頓，這是在說她沒有訂親，有別的心思？

「咳，那畢竟是外人。我認識鐵英蘭的時日比妳長，她可不是有耐心的人，哪裡會認真陪著妳練。再說培養默契，得要一隊人才行，光是妳們兩個，又有什麼用。」

穆婉寧微笑，硬是不理會穆安寧想要她開口邀請的意思。「無所謂。不過就是個遊戲，輸贏不重要，玩得開心才是。」

穆安寧覺得自己真是有力無處使，打從三月分穆婉寧忽然開竅之後，這種無力感就越來越明顯。

穆安寧沈下臉色，直接把話挑明。「這麼說，妹妹是不願邀我一起去侯府了？」

穆婉寧笑道：「三姊姊這話怎麼說的？鎮西侯府不是清兮院，我想邀誰上門就邀誰。」

我就是不願意，妳咬我啊。

穆婉寧心裡壞壞地想，除非穆安寧能厚著臉皮直接上門，不然想讓她引見，作夢去吧。再說了，她在侯府裡騎得高興，非要把她帶去，不是替自己找不痛快嗎？

「三姊姊想找個地方練習馬球，妹妹不是不能理解。我聽說三皇子奉命管理皇家馬場，姊姊與和靜縣主交好，和靜縣主又與三皇子親近，去騎馬不是一舉兩得的事？

「這幾天，和靜縣主亦是要練習馬球。三姊姊跟著和靜縣主，無論在哪兒，遇到三皇子的機會也大一些不是？」

穆安寧心裡不高興，但穆婉寧的話，她聽進去了。

如果能讓吳采薇帶她去趙晉桓管的馬場騎馬，這是多好的機會啊。

而且，去了鎮西侯府，還有穆婉寧、鐵英蘭礙事；若是去皇家馬場，吳采薇總不能和她搶人。

不過，雖然意動，穆安寧也不想露出被穆婉寧說服的樣子。「哼，妹妹不願意就算了。」說完，轉身就走。

穆婉寧沒有挽留，她和穆安寧本來就沒有什麼姊妹之情，從小到大都被穆安寧欺負，加上趙晉桓的玉珮被她贏過來，穆安寧不恨得牙根癢癢，就不錯了。

穆安寧再怎麼對她示好，也是沒有用的。

穆婉寧索性不再委屈自己，多氣氣穆安寧，還能讓自己開心一些。

穆安寧回到自己的清黎院，覺得一陣氣悶。鎮西侯府的事沒讓穆婉寧鬆口，又勾起她對趙晉桓的念想來。

但吳采薇要她去鎮西侯府搗亂，又怎麼會答應帶她去馬場騎馬，更別說安排她與趙晉桓偶遇了。

她得想個辦法，讓吳采薇帶她去皇家馬場，至少練習時要帶上她才行。

第二天一早，一家人照例向周氏請安。

穆婉寧訝異地發現，穆安寧竟然沒鬧事，按照往常，以為穆安寧肯定要鬧上一場呢，結果居然分外安靜。

穆婉寧失笑，她這是怎麼了，非得有人成天給她添堵，才覺得正常？

請過安後，穆婉寧回清兮院看書。最近穆鴻嶺知道她愛看雜書、遊記等等，特意讓范軒宇搜羅了一批送給她，樂得她跟什麼似的，一有空就把書拿在手裡看。

穆安寧倒是一早就出了門，直奔承平長公主府。

見到吳采薇，穆安寧沒有隱瞞自己昨天在穆婉寧那裡碰釘子的事，但沒說出穆婉寧給她出的主意。

「我那個四妹妹，真是鐵了心攀高枝，巴著鎮西侯府不放，連帶我去也不願意。」

吳采薇恨得牙根癢癢。「妳沒說是陪她去練習馬球嗎？」

「怎麼沒說，嘴皮子都快說破了，她卻說有鐵英蘭便足夠。對了，侯爺也會教她。妳聽聽這話，哪像個未出閣女子該說的。」

吳采薇聽了，恨得又想摔了手裡的茶碗，到底忍住了。上次砸了一屋子東西，損失不少錢呢。

看到吳采薇臉色鐵青，穆安寧知道自己已經鋪墊得差不多了，繼續挑撥離間。

「當然不能讓她囂張下去。其實，那天本來是侯府給我家二哥下帖子，是她自作主張，磨著我二哥帶她一起去。想來侯府看在我二哥的面子上，也不好意思直接攆人。

「要我說，穆婉寧能去，縣主也一樣能去，不必等什麼帖子，直接上門，侯爺肯定不能不見客。說不定他正盼著縣主去呢，只不過沒有機會開口罷了。我可是記得，縣主不是說，那日在護國寺與鎮西侯相談甚歡嗎？」

相談甚歡什麼的，不過是吳采薇虛榮心作祟，自己加的話。但憶起那天的事情，吳采薇忽然找到了一個合適的理由登門。

對，就以家僕衝撞，前去賠罪的理由好了。

吳采薇的心裡頓時熱切起來。

穆安寧見吳采薇頗為意動，趕緊又添了把火。「縣主的氣度過人，我那四妹妹是個有爹生、沒娘養的小丫頭，怎能與縣主相比。您所缺的，不過是露臉的機會罷了。」

這下，吳采薇真的動心了，穆安寧說得對，她就是缺少露臉的機會，應該直接上門。只要她主動些，多在蕭長恭面前露臉，他就會知道，她這個縣主可比那個庶女強多了。

「安寧姊姊，多虧妳這番分析，真是讓人茅塞頓開。可是我自己去，難免有些不妥，妳可要陪我一起啊。」

穆安寧點頭，這正是她心裡所想，好不容易有能看穆婉寧吃癟的機會，她才不會錯過。

「一切都聽縣主安排。」

穆安寧也想在蕭長恭那裡露露臉。趙晉桓那邊的結果還是未知數，得做兩手準備才行。至於吳采薇會怎麼想，反正嫁人以後便各過各的，她才不在乎。

另一邊，蕭長恭聽從薛青河的吩咐，已經躺在床上，接受薛青河的行針。

行針排膿的工夫不長，但每次行針之後，蕭長恭都在要屋中禁足兩個時辰。不能出門，也不能見人。

薛青河甚至提前讓蕭長恭方便，就是為了完全隔離，防止傷口被感染。

蕭長恭在邊關見過許多類似的事，心知厲害，不敢大意。

就在他百無聊賴地在屋裡跟自己下棋時，窗外響起小七的聲音。「將軍，和靜縣主和穆家三姑娘來訪，人已經在正廳了。」

原來，吳采薇決定後，就一刻也等不了，立刻換了衣服，命管家準備一份禮，帶著穆安寧來了鎮西侯府。

只是，這時離蕭長恭禁足結束，還有一個時辰。

想到吳采薇那日在護國寺的所作所為，就算沒有薛青河禁足，蕭長恭也不想見她。更別說穆安寧了，前兩天穆婉寧可是剛剛告過狀。

「就說我舊傷復發，不宜見客。讓安叔招呼，打發了就是，注意不要失了禮數。」

長公主府的面子，還是要顧及一下。

小七隔著窗戶點點頭，想起蕭長恭看不見，立刻答道：「是。」

正廳裡，蕭安陪著吳采薇喝茶，聽吳采薇大談特談蕭長恭的戰績，心裡不以為然——不請自來，又大肆吹捧，怎麼聽都覺得像是不安好心。

慶明的事，他也是知道的。

待小七傳話過來後，蕭安對蕭長恭的反應，一點都不覺得意外。

「和靜縣主來得真是不巧，我家將軍舊傷復發，這會兒不宜見客。縣主的情意，我代將軍謝過，定會轉答。」

吳采薇說了個口乾舌燥，沒想到蕭安竟不鹹不淡來了這麼一句。

哼，一句話就想把本縣主打發了？

吳采薇把茶盞往桌上重重一放，聲音冷下來。「你算什麼東西，竟然敢攔你家將軍見客？你當我不知道，穆婉寧那個不檢點之人，可是連續來了兩天。難道你家將軍的舊傷，是昨天晚上復發的不成？」

蕭安聽了，臉色猛地一沈，小七更是氣不打一處來。

關於穆婉寧的流言，到底源於那日小七不管不顧地行事。若是那天小七多考量些，沒把人直接撂在府門口，後面興許就不會有那麼多風波。

因為這個，這幾天小七都很自責。

結果，吳采薇居然一而再、再而三拿這件事說嘴，他真是恨不得直接把人打出去。

蕭安對小七使眼色，讓他少安勿躁，壓下脾氣，看端坐在吳采薇身邊、並沒有任何不悅的穆安寧一眼。

自家妹妹被人當面這樣說，居然跟沒事人一樣。

前兩日少爺吩咐的果然沒錯，這個穆安寧和穆婉寧完全不同，不能一視同仁。

於是，蕭安的聲音裡不覺帶了一絲嘲諷。「我家將軍的確是舊傷復發，宮裡的太醫也來診治過。若縣主不相信，自可去太醫院求證。

「穆家四姑娘，還有鐵統領家的女兒，只是來府裡的馬場玩玩。既不需要我家將軍親自招待，馬場又離得遠，打擾不到將軍休養。」

聽聞穆婉寧根本見不到蕭長恭，吳采薇心裡舒服了些，轉頭道：「既然侯爺舊傷復發，和靜自當前去探望才對。我只想和侯爺說上幾句話，不會太久的，侯爺總不至於連這點工夫也沒有。」

蕭安正要開口，小七卻上前一步。「既如此，請和靜縣主在此等候，我再去問問將軍的意思。」

和靜縣主臉上浮起得意的笑容。「快去快回。」

小七退下，在吳采薇看不見的地方，沖蕭安露出一抹壞笑，才消失在通往後院的方向。

蕭安不明白那抹壞笑的意思，但小七是蕭長恭從戰場撿回來的，跟了蕭長恭七、八年。

蕭安不懂小七，但會尊重他。

第二十二章　驚嚇

不一會兒，小七回來了。

「回縣主，住在府裡的郎中已經開始幫將軍行針，一個時辰內不能動，也不能見客。縣主若是等不及，還是請回吧。」

吳采薇又是一陣氣結，但話已經說到這份上，還真不好硬往裡面闖，畢竟打著的是拜訪探病的旗號。

可是就此回去，下午穆婉寧來了，誰知道他們會不會見面？她的運氣怎麼如此不好呢？

「那……我就在這裡等吧。一個時辰而已，本縣主等得起。」

小七一副無所謂的樣子。「那請縣主稍坐。」

隨後，他向蕭安招手，一老一小退下，只留下吳采薇和穆安寧。

走出正廳，確定吳采薇和穆安寧聽不見之後，蕭安問道：「這是什麼招數？」

小七瞥瞥正廳的方向，露出笑意。「將軍說了，先晾著。等她要茶水時，讓您老帶著柴洪給她上茶。」

蕭安了然，臉上浮起古怪的笑意，心知這肯定不是蕭長恭的意思，便道：「你小子真是一肚子壞水。」

小七一臉憨厚。「哪有，不過是咱們府裡沒有婢女，只好讓軍士上茶了。再說，誰叫她口無遮攔，連您都敢罵，真是沒挨過打。」

「就你小子嘴甜。」

兩人商量好，去演武場叫柴洪，又找了個面相凶狠的軍士，讓他戴了黑眼罩湊一對。

「等會兒讓安叔帶你們上茶，態度務必恭敬，但氣勢要狠。柴洪，你記得，一定要對穿湖藍色長裙的人笑一下。」

兩人有些發愣，要他們去上茶，不是把人嚇跑的意思嗎？

「正廳那兩個人，一個罵我們安叔，一個欺負過穆姑娘。」

昨天穆婉寧的事，早在鎮西侯府傳開了，她不只不怕蕭長恭臉上的傷，還因為她，蕭長恭同意求醫，甚至查出隱患。

全府上下，都對穆婉寧心懷感激。

柴洪聽了，嘿嘿一笑。「包在我身上。」

戴眼罩的軍士問：「其中一個好像是穆姑娘的姊姊啊，這麼做好嗎？」

小七擺擺手。「那個姊姊壞著呢，總欺負我們穆姑娘。將軍說了，不用給她好臉色。」

軍士一聽，便道：「好，你們等著瞧，不把她們嚇得叫娘，咱們就白在戰場上刀山火海滾過來了。」

正廳裡，吳采薇和穆安寧很快便坐不住了。

「鎮西侯府就是這麼待客的？茶水沒了沒人給，點心也不上，讓我們乾坐著啊？」

早等在外面的蕭安一聽，立刻咳了兩聲。「二位姑娘恕罪，咱們鎮西侯府都是糙漢子，招待不周。請稍等，茶水點心這就來。」

不久後，柴洪和軍士各端了個托盤走進屋。

軍士先給吳采薇上茶水。「縣主請用茶。」說罷，討好似地笑了一下。

這軍士是畫在年畫上都能辟邪當門神的面相，這麼一笑，立時把吳采薇嚇得膽顫。

「你……你離本縣主遠一點。」吳采薇聲音哆嗦著。

「怎麼，是茶泡得不好嗎？」柴洪立刻走過來。「他是剛從戰場退下來的，還不太懂事，您別介懷。」說罷，同樣討好地笑了一下。

如果不笑，那位軍士的殺傷力要大於柴洪；若一笑，沒人比得過柴洪的威力。

吳采薇嚇得三魂丟了兩魄，手上的茶盞忽地扔出去，放聲尖叫。「鬼啊！」

柴洪和軍士後退一步，臉色沉了下來。「縣主這是什麼意思？這裡可是鎮西侯府，光天化日之下，哪裡有鬼？」

兩人齊齊扭頭看向一旁已經嚇得腿軟的穆安寧，這一看，穆安寧的臉又白了幾分。

兩個姑娘落荒而逃。

這時，蕭安和小七走出來，眾人對望一眼，心裡除了對吳采薇和穆安寧的鄙視外，也意識到，穆婉寧究竟有多麼優秀和難得。

果然沒有對比，就沒有傷害。

吳采薇回長公主府後，先是向承平長公主告了一狀，隨後病了一場，嚇病的。

承平長公主就這麼一個女兒，自然寶貝得不得了，安排下人照顧後，便進宮告御狀。

「皇帝哥哥。」承平長公主聲淚俱下。「本宮就這麼一個女兒，卻被鎮西侯如此欺負，你可要為我做主啊。」

皇帝皺了下眉。「妳先別激動，好好說說怎麼回事？」

「今日上午，和靜去了鎮西侯府，想探望舊傷復發的鎮西侯。結果那些侯府下人們攔著她，說鎮西侯正在行針，不能見人。

「後來，他們還讓兩個醜八怪給和靜上茶。聽和靜說，那兩人活像是從陰曹地府裡爬出來的惡鬼。和靜本就膽小，回到家就病了。」

「和靜自己去鎮西侯府的？」皇帝的聲音聽不出喜怒。

若是下了帖子，蕭長恭必然不會稱病不見，看來吳采薇是自己主動上門的。一個皇家的縣主，竟然不請自去，其中的意味可就耐人尋味了。

身為皇帝，他是最懂人心的那個。

承平長公主張了張口，一時沒有說話。吳采薇跟她哭訴時，只是不斷說蕭長恭有多傲慢，下人們有多恐怖，並沒有說是對方下帖子，還是她不請自去的。

「罷了，朕派人召蕭長恭進宮，當面問問好了。」

蕭安看到宮裡來人，嚇了一跳，心裡隱約想到，是上午發生的事。塞了一個紅包之後，傳話的小太監果然說，是承平長公主告狀。

小七也很吃驚，更加看不起和靜縣主。多大點事啊，哪裡值當到宮裡告御狀。

此時，治完臉的蕭長恭剛送走穆婉寧和鐵英蘭，正準備吃晚飯，聽到小七的稟告，臉色不由沉了下來。

白天的事，他是知道的。吳采薇仗著自己是縣主，居然辱罵蕭安，蕭長恭便同意讓小七去整治她一番。

沒想到，小七出手太狠，人家直接把狀告到皇帝那裡去了。

於理，蕭安是鎮西侯府的管家，主人不在，管家代行主人之職，開口罵了管家，相當於打主人家的臉。比如皇帝身邊的德勝，人人都知道他是太監，是個奴才，但不會有哪個腦子進水的當面辱罵他，不看僧面也要看佛面。

於私，當年撫遠將軍蕭忠國夫婦守城被破，夫妻雙雙殉城，皇帝震怒，剝奪了蕭家所有榮譽，連當時的將軍府也一併收回。

年僅十二歲的蕭長恭，一夜之間沒了家。

是蕭安收拾府裡的東西，打發僕役，帶著蕭長恭搬到一處小院子裡，給了他一個家。

從那時起，頑劣的蕭長恭改了心性，叫起了安叔。

後來，蕭長恭立定要從軍的志向後，也是蕭安聯繫軍中還對蕭家念舊情的將領，把蕭長恭送過去。

不誇張地說，蕭安相當於蕭長恭的半個長輩。罵了主人家的長輩，還好意思去告御狀？

蕭長恭一邊想著這些往事、一邊跟著太監乘坐馬車進宮。

原本以蕭長恭的性格，本是要騎馬的。但臨走之前，薛青河提醒他「身體虛弱，不可顛簸」，便從善如流改乘馬車。

一路行至皇帝的御書房，承平長公主坐在一旁，眼睛紅腫。看到蕭長恭戴著面具進來，她頂著心裡的恐懼，狠狠瞪了蕭長恭一眼。

蕭長恭躬身行禮。「見過陛下，見過長公主。」

皇帝的規矩，御書房不是朝堂，不必下跪。

皇帝瞥蕭長恭一眼，便繼續看奏摺。「叫你來，是因為今天上午的事。聽說你府裡的下人故意驚嚇和靜，到底是怎麼回事？」

蕭長恭沈聲回答。「今日的事情，的確是臣考慮不周，但絕非故意驚嚇。

「末將府裡的下人，都是軍士，不少曾經是我的親衛。他們在戰場上受了傷，因為形容醜陋，即使有朝廷的撫恤，回到家鄉，也被親人厭棄。」

說到戰場袍澤之事，蕭長恭不覺換上了末將的自稱。

「他們的傷，是為朝廷受的，也是為了末將受的。若是沒有他們，且不說末將能不能活著回來，就算回來，傷也要落在末將身上。末將不願他們在家鄉受苦，便召回府裡。他們幾乎個個都有傷殘，並非有意衝撞縣主。」

「哼，強詞奪理。這幾天穆家和鐵家的姑娘日日去你府裡騎馬，難道她們也見到了？」承平長公主出聲斥責，她可不能讓女兒在皇帝面前留下不敬前線將士的印象。

提到穆婉寧，蕭長微微一笑。「回陛下，回長公主，此事還真是從穆家四姑娘開始的。

「因我與穆家二公子都喜愛收集刀劍，那日二公子前來拜訪，帶了四姑娘來。閒談時，穆姑娘說要了解戰場事，我的親衛有些跳脫，便故意選了幾個傷得重又面相醜陋的過去說。

「當時，穆姑娘也被嚇了一跳，隨後得知如何受傷之後，還向他們行禮，說他們守土衛國，值得敬佩。

「這下，軍士們都很高興，後來穆姑娘帶鐵統領家的女兒來時，他們也搞了這一齣。鐵姑娘自幼習武，對此司空見慣，這些軍士們便放鬆了警惕，覺得京城中的姑娘就是比小地方的人大氣，才發生今日衝撞的事情。」

承平長公主氣得牙癢癢，沒想到蕭長恭打仗厲害，嘴皮子功夫也不差。

不過，蕭長恭不能動，還動不了那個小小的庶女？

知女莫若母，自己女兒看上蕭長恭了，那個叫穆婉寧的卻天天去鎮西侯府騎馬，怪不得她要直接上門，招呼都不打一聲。

「哼，穆大人還真是教女有方，一個未出閣的姑娘家，竟然天天去侯府騎馬。據我所知，鎮西侯府裡可沒有女眷，這份心思昭然若揭啊。」

蕭長恭聽著，不爽了。老子府裡，願意讓誰來就讓誰來，妳管得著嗎？還是妳們看上的人，就不許別家喜歡了？

「穆姑娘是隨兄長來的，是我下的帖子，也算師出有名。倒是和靜縣主不請自來，剛好趕上郎中替我行針，先是辱罵我家忠僕代行主事，知我行針後不宜見客，還非要坐在正廳裡等候，這又是何種心思？」

承平長公主一頓，這些事，吳采薇可是一個字都沒說。

皇帝聽著，突然開了口。「之前承平說你是舊傷復發，所以不見客。剛剛你又說行針。那穆姑娘又是怎麼回事？」

蕭長恭道：「的確是舊傷復發，之前太醫也來看過，說是需要將養。」

皇帝點點頭，蕭長恭剛回京時，他曾派太醫去診治。太醫看診的結果，的確是舊傷累累，需要靜養。

「不過，昨天臣有幸請到聞名天下的神醫薛青河，他建議早上以針灸刺激穴位，晚上配合藥浴，這樣不但能更快康復，還能培本固元，強健體魄。臣覺得這不錯，就允了。

「今天是行針的第一天，行針時確實不能見客。不過，只是上午，下午還是無礙的。如果和靜縣主來之前能打聲招呼，或是下午再來，自然就不會發生今日的衝撞了。」

臉上要動刀的事，現在暫時不好說出來。

皇帝瞥向不怎麼自在的承平長公主，心裡了然，想來是吳采薇沒有全說實話，只說了蕭長恭的壞話。承平長公主護女心切，就來告狀了。

「承平，朕會派太醫去長公主府好好替和靜診治，妳早點回去。」又吩咐蕭長恭。「到底是你府裡的人衝撞了和靜，你賠份禮吧。」

蕭長恭欣然應下。「臣遵旨。」

兩人退下，皇帝卻不由多想了。

蕭長恭臉上的情形，別人不知道，他卻是清楚的。找個臉上有疤的人上茶，未必不是存了試探的心思。

可惜，和靜那孩子，在第一關便失敗了。

另一邊，穆安寧從鎮西侯府回來後，也嚇病了，夜裡幾次驚醒，隔天早上請安時，差點起晚了。

這幾日，鄭氏要求她每天早上早起半個時辰，和穆婉寧一樣，早早去請安。本就睡得不好，又要早起，穆安寧走路時，腳都是飄的。

她走進靜安堂，看見穆婉寧言笑晏晏地站著幫周氏捏肩，氣不打一處來。

「妹妹倒是好精神。」

穆婉寧正在說著和鐵英蘭間的趣事。最近來往多了，穆婉寧越來越喜歡鐵英蘭這樣率真又不扭捏的女孩子。

「三姊姊早。」

「妹妹倒是會逗祖母開心。」

「不過是跟祖母講些我和鐵姊姊之間的趣事罷了。」

穆安寧聽了，心裡冷哼一聲，她一向看不上那個鐵英蘭。九城兵馬司聽起來很厲害，其實不過就是守城門的，哪裡比得過自家的宰相府。

倒是吳采薇看鐵英蘭馬球打得好，每次宴會都請她，為的就是打馬球時與她一隊，可以贏得輕鬆點。

「最近妹妹天天去鎮西侯府，也不怕人說閒話。」

「總比姊姊與和靜縣主不請自去要好。」

「妳……」穆安寧恨恨地瞪著穆婉寧。「妳不願帶我去騎馬，也就算了，為何教唆那些軍士來嚇我們？」

「三姊姊慎言。」穆婉寧沈下聲音。「前幾日便與妳說過，鎮西侯府不是清兮院，並非我想帶誰去就帶誰去。還有那些軍士，都是鎮西侯的手下，從戰場上退下來的，紀律最是嚴明，怎麼會聽我一個外人差遣，又豈是我能教唆的？」

穆婉寧已經知道了昨天上午發生的事，對於吳采薇與穆安寧的行事，她一點也不認同。在人家的府裡趾高氣揚，回來還要說自己受委屈，到底是什麼樣的腦子才做得出這種事？

「那些軍士是在戰場上受傷的，是守土衛國的英雄。妳們倒好，張口閉口惡意嚇人，真是大言不慚。」

「妳……」

「夠了，一見面就吵，妳們是來給我請安的，還是來氣我的？」周氏一拍桌子，止住了姊妹倆的爭吵。

穆婉寧趕緊請罪。「是婉兒失言了。」

「哼，請罪請得倒挺快，妳要是心裡有我，就不該跟妳三姊姊吵起來。去院子裡跪著，什麼時候想明白了，什麼時候起來。」

穆婉寧一愣，自她重生以來，一直很得周氏喜歡，還未見過周氏生這麼大的氣。

「怎麼，連我的話也不聽了是不是？」

「孫女不敢，孫女這就去。」

穆婉寧說完，走出屋子，到院子裡跪下。不過倒沒有什麼委屈的感覺，只是覺得奇怪。之前她與穆安寧不是沒吵過架，怎麼這回祖母就這麼生氣呢？還說讓她想明白再起來。最近，她有什麼想不明白的嗎？

另一邊，穆安寧看到穆婉寧被罰跪，心裡高興，恨不得立刻走到院子裡，瞧瞧穆婉寧的慘樣。

尤其這口惡氣還是一向不喜歡她的祖母替她出的，想起來更是痛快。

「祖母。」穆安寧走上前。「還是您心疼我。」

周氏心裡冷哼一聲，昨天的事，穆婉寧回家後便講給她聽了。以周氏的精明，甚至覺得，吳采薇是被穆安寧攛掇去的，畢竟鄭氏一直把心思放在鎮西侯身上。

「妳也沒好到哪裡去，一見面就與妳四妹妹吵架。妳是姊姊，還大她兩歲，可我平日看妳，一點姊姊的樣子也沒有，不但時時盯著她那點東西，還動不動陰陽怪氣，出言諷刺。人家姊妹都是相讓，妳倒好，處處與妹妹爭搶。」

穆安寧臉上立時浮現不忿的神情。哼，憑什麼要讓？趙晉桓的玉珮被穆婉寧得了，她還能日日去鎮西侯府騎馬，怎麼好事都是她的？

周氏打量穆安寧的神情，心裡無奈地嘆息了一聲。雖然都是相府家的女兒，可穆安寧卻處處透著一股小家子氣，讓人不喜。

「妳也去吧，不用在我跟前站著。」打發穆安寧走了。

第二十三章　鐵鞋

不久，其他人來了，發現穆婉寧跪在院子裡，都很驚訝。

穆鴻嶺還好，老成持重，問穆婉寧發生了什麼事；穆鴻漸卻是心急，嚷嚷著要為穆婉寧求情。

穆婉寧趕緊搖頭。「是婉寧今天惹祖母生氣了，該罰，兩位哥哥不必替我求情。」

果然，兩人一進門，周氏面沈似水，告訴眾人，誰也不要幫穆婉寧求情，請完安，該幹什麼就幹什麼去。

穆鴻漸看看周氏威嚴的面容，還想開口，被穆鴻嶺拉了一下，只好作罷。

穆婉寧跪了半天，等到眾人離開許久，才揉了揉膝蓋，由檀香扶著，一瘸一拐進了周氏的房間。

周氏正在看話本，看見穆婉寧進來，道：「想明白了？」

穆婉寧點點頭。「想出一點。要不，祖母先聽聽，不行的話，我再回去繼續跪。」

周氏扯了扯嘴角，很想笑，但又忍住。「說吧。」

「祖母是不是覺得，孫女最近風頭太盛，且不知收斂了？」

周氏心裡滿意，但面上不顯。「繼續說。」

「先前孫女太軟弱，因此需要對抗三姊姊來立威。可是最近孫女已經不軟弱了，連和靜縣主都把我當敵人，就該收斂些，該藏拙時要藏拙，不能處處與三姊姊爭吵。」

「就是這個道理，妳能想通，我很高興。人要長大，日子也要向前看，已經拋在身後的對手，再死盯著，就是自降身分。」

「婉兒明白了。」穆婉寧忽地上前摟住周氏，發自內心地說：「祖母真好。」

「行了行了，這會兒把嬌撒完，我看妳等會兒拿什麼謝我。」

穆婉寧眨眨眼睛。「祖母的意思是，還有驚喜給我？」

周氏用手指頭刮了刮穆婉寧的鼻尖。「前陣子不是跟妳說了，準備盤個鋪子給妳練手？這會兒已經有了眉目。一個糕點鋪子，一個成衣鋪子，妳想要哪個？」

穆婉寧想了想，自己做糕點的手藝不錯，對衣服卻不很精通。雖然她是東家，不需要親自去做，但選一個熟悉的行業，比兩眼一抹黑要強得多。

「孫女想選糕點鋪子。」

「我猜也是這個。回頭讓張姑姑帶妳去一趟，順便把店契簽了。」

「多謝祖母。」這次穆婉寧不只是撒嬌，而是抱著周氏的臉，突地親了一下。

周氏先是一愣，隨後開懷大笑起來，覺得這個鋪子送得真是太值了。

周氏給穆婉寧盤了個鋪子，以及鎮西侯府送了一車的禮去承平長公主府，兩件事很快就傳開來。

不過，前一件是在宰相府裡傳的，後一件事卻引起盛京城裡高門大院的關注。許多人猜測，這是鎮西侯府向長公主府提親的暗示。

不過，跟著禮去的，只有管家，並無媒人上門。但鎮西侯府與承平長公主府有關聯，這是一定的。

此時，吳采薇剛剛喝完藥，正躺在床上養神，聽聞鎮西侯府送禮過來，心裡高興，以為是蕭長恭知道手下人衝撞她，主動來賠禮道歉。

可是左等右等，也沒等到蕭長恭的消息，更別說見到人。她派身邊的婢女去前廳探聽，說是蕭長恭根本沒來，只來了個管家。蕭長恭舊傷復發，每日上午仍須行針、靜臥，不能見客。

吳采薇心裡暗恨，鬧了這麼一齣，她沒臉再去鎮西侯府。要是昨天沒有心急，等到下午再去就好了。

這時，吳采薇忽然想到，既然穆婉寧是下午才去騎馬，想來知道上午蕭長恭不能見客。那麼，穆安寧會不會也知道呢？明知上午蕭長恭不能見客，她還讓自己上午去？

哼，好個穆安寧，既想上三皇子的船，又望著鎮西侯府的門。以為搞臭了她，在鎮西侯那裡就有機會了？

想都別想！

事實上，穆安寧還真是冤枉。昨天她一早就出門直奔長公主府，根本沒在意穆婉寧是不是出去了。

即使她知道穆婉寧是下午去，也不會多想，畢竟前一天穆婉寧可是待了一整天。

但吳采薇還是把穆安寧恨上了，是以，穆安寧第一次在長公主府吃了閉門羹。

「縣主生病了，不見客，您請回吧。」

穆安寧氣結，她明明也病著，可是聽說吳采薇被嚇病，仍是來探望，結果竟然不見她。

她回到府裡，又聽說周氏只讓穆婉寧跪不到半個時辰，還給她盤了鋪子。這會兒，人去簽店契了。

穆安寧又氣又妒，病情又加重了些。

另一邊，穆婉寧帶著檀香、雲一，跟著張姑姑去了鋪子。

自從穆婉寧與蕭長恭互訴心意後，蕭長恭命雲一在這段日子寸步不離地跟著穆婉寧，尤其上街時更要注意。

他要防的不是擄人的人販子，而是北狄的細作。

北狄人想殺的雖是蕭長恭，但說不定哪天，就會把心思放到與他有關係的人身上。

蕭長恭可不想再讓穆婉寧遇上一次刺殺，更不想穆婉寧對別人說：「我肉厚，可以幫你擋刀。」

那樣的話，只對他說過一次就夠了，這輩子不要再說第二次。

周氏幫穆婉寧盤下的鋪子在吉祥街，鋪子不大，前後兩間，前面是店面，後面是廚房。共有一名掌櫃、一名夥計，兩名糕點師傅。

櫃檯上的糕點樣式不算多，穆婉寧每種都嚐了一塊，覺得味道只能算中規中矩，遠不如她做的好吃。這可能是想省些本錢，捨不得放料的緣故。

四個人在穆婉寧面前站成一排，除了掌櫃還算鎮定，其他三人都有點緊張。雖然新東家年紀小，但開除他們，也是一句話的事。

「你們不用緊張。沈掌櫃，你且將帳本交上，這幾日我要好好看看。」

穆婉寧頓了下，眼睛一一掃過眾人。「至於人還用不用，就要看你們這段時日的表現。這幾日，還按以前的規矩來，但你們都要打起精神，幹得好，我不只會留人，還會加工錢；若是覺得我年紀小，可以敷衍塞責，那就麻溜走人吧。」

四人連忙答應。「東家放心，我等一定盡力。」

穆婉寧點點頭，起身帶著人回去了。

一坐進馬車，張姑姑便讚道：「想不到四姑娘年紀不大，說起話來倒是挺有威嚴。」

穆婉寧板著的小臉立刻垮下來。「張姑姑別取笑我了，剛剛我都緊張死了。還有這帳本，我不知道怎麼看呢。」

張姑姑笑道：「也沒什麼難的。回去之後，您先仔細看，有什麼不懂的地方，來問我，或是問老夫人都行。」

穆婉寧點點頭。「那就有勞張姑姑啦。」

其實大家族的女子，尤其是嫡女，七、八歲就要開始看帳本。日後要嫁進別人府裡當主母，不會看帳本，日子過不好不說，連帶娘家都要遭人嘲笑。

但穆婉寧的親娘早逝，前世她也不受家人喜歡，是以無人教她。成親之後，方母把家產把持得牢牢的，防她還來不及，又怎麼會教她看帳本。

所以，穆婉寧只好先虛晃一招，用一通言語唬住人，然後把帳本拿回家看。這樣有不懂的地方，立刻就能找人問。

前世，她手裡那點可憐的嫁妝，就是因為不會經營，也不懂看帳本，最後都被方堯的母親以各種理由奪走。

這次，她絕對不會再讓這樣的事情發生。

下午照例是去鎮西侯府騎馬。

雖然有了吳采薇鬧出的風波，但穆婉寧不打算中斷自己的計劃。唯有練得越熟，馬球比賽時，她出事的可能才會越小。

而且，她越來越享受騎馬的樂趣，由另一個活的生命帶著她馳騁，是一種特別的感覺，怪不得有那麼多人喜歡騎馬、打馬球。

鐵英蘭也是每日必到，覺得穆婉寧比穆安寧可愛太多了。之前她在以吳采薇為首的圈子裡，並沒交到什麼真心實意的朋友，吳采薇不過把她當成打馬球的幫手而已。

但與穆婉寧在一起時不同，鐵英蘭真正有了手帕交的感覺，既能開心騎馬，又能日日到鎮西侯府，間接替自己的父親露露臉，這樣的好事為什麼不做？

鐵詩文也很支持她。他雖然名叫詩文，但一點也沒有文人的酸氣。巴結權貴的事，盛京城裡誰不做？既然都要做了，就大大方方地做。

岑世傑是鐵詩文一手調教出來的，也是如此想法。反正未婚妻還是他的，鐵英蘭也喜歡，那更要大做特做啊。

甚至他也會去侯府露個臉，打的當然是鐵詩文的旗號，父親放心不下女兒，派手下來接，天經地義。

不過，今日他卻是來晚了，沒能接到。因為蕭長恭跟著穆婉寧去了宰相府，鐵英蘭只好提前回家。

這件事的起因是，穆婉寧騎的紅楓受傷了。馬場中有塊石頭沒清理乾淨，紅楓踏上去時，馬蹄裂開了。

穆婉寧知道，這樣的傷和人的指甲裂開差不多，算不得大傷。可她還是心疼，經過這幾天的相處，她對紅楓已經產生感情，捨不得牠難受。

蕭長恭對這種事見怪不怪，戰馬耗損的原因，很大一部分就是這種非戰之傷。

「沒事的，養幾天，等新的馬蹄長出來就好了。」

「為什麼不讓馬也穿上鞋子呢？」

蕭長恭看著穆婉寧天真的面容，嘴角上揚。「馬可比人重得多了，什麼樣的鞋子才能禁得起牠穿呢？」

「鐵鞋子啊，而且也不用弄很大一塊，只要半圈鐵就夠了。」穆婉寧說完，用兩手的拇指和食指圍成一個半圈。

蕭長恭有些疑惑，穆婉寧說的東西，他從未聽說，但她竟然比劃出來了。「妳見過這種鐵鞋子？」

穆婉寧點點頭。「算是見過吧，之前我爹給了我幾本雜記，書上有提到，還畫了圖，說這樣就能讓馬蹄不受傷。」

蕭長恭的眼睛瞬間亮了起來。「那本雜記現在在哪裡？」

「在家啊，我沒事時翻翻，很好玩的。」

「妳明天帶給我，不，現在派人去取。」蕭長恭語氣急迫，他有種感覺，或許穆婉寧說的鐵鞋子，可以改變西北的戰局。

「啊？現在？」

「對，我現在跟妳去宰相府，妳把書拿給我。走。」

別說穆婉寧，就算是在一旁聽的鐵英蘭，也不明白蕭長恭為什麼這麼激動。

不過，既然蕭長恭提出來，穆婉寧沒有不答應的道理。鐵英蘭便告辭了。

今日穆鼎較早回家，正坐在書房裡看書，管家派人通報，說鎮西侯來了。

穆鼎一愣，趕緊換了件衣服去前廳。

「鎮西侯大駕光臨，可是小女在府上闖禍了？」

蕭長恭拱手行禮。「冒昧前來，請相爺見諒。穆姑娘溫婉知禮，又天真可愛，怎麼會闖禍，立功倒是有可能。」

穆鼎困惑了。「立功？」

「這件事暫時還說不清楚，就看婉寧拿來的書了。」

穆鼎眉頭一挑。婉寧？叫得挺親熱啊。

不一會兒，穆婉寧從後院趕過來，因為走得太急，鼻尖沁出了點點汗意。

「也沒那麼急的，瞧妳，還跑出一身汗。」蕭長恭趕緊站起來接過書，卻不急著翻開，反而關切地看著穆婉寧。

穆鼎忽然覺得有點牙酸，眼看蕭長恭要抬手幫穆婉寧擦汗，立刻清了清嗓子。「咳咳，鎮西侯匆忙前來，就是為了這本雜書？」

蕭長恭也反應過來，趕緊放下抬到一半的手。「是，聽婉……穆姑娘說，這上面記載了一種給馬穿的鐵鞋子，或許會有大用，便急著上府來借。」

「就是第二十頁，我做了記號，還有張圖。」穆婉寧也發現兩人在父親面前太過親密，趕緊退後一步，把話頭轉到書上。

蕭長恭翻開書，就不動了，穆鼎也生出好奇心，走到蕭長恭背後去看。這書還是他給穆婉寧的，只粗略翻過，不記得上面有什麼能讓堂堂鎮西侯這麼激動的內容。

穆婉寧標記的那頁，記載的是一種叫馬蹄鐵的東西，是個半圈型、釘在馬蹄下面的鐵。

蕭長恭仔細看了好幾遍，忽地一拍桌子。「好！真是太好了！」緊接著看到穆家父女驚訝的眼神，立時道：「抱歉，一時太過高興，有些忘形了。」

穆鼎擺擺手。「無妨。鎮西侯要看的，就是這馬蹄鐵？」

「對，如果能大量生產，我們戰馬的損耗會降低許多，而且西北大營的騎兵戰力能上一層……不，好幾層樓。只要運用得當，就算奇襲北狄王庭，也不是難事。」

蕭長恭眼神狂熱，又看向穆婉寧，一躬到底。「多謝穆姑娘，多謝相爺，在下告辭。」

他說完，轉身風風火火跑了出去，留下穆鼎父女面面相覷。

「爹，您明白他說的是什麼意思嗎？」

穆鼎若有所思，隱約覺得有些懂了，隱約又覺得沒懂。

蕭長恭一路急吼吼地趕回府，心裡激動得不得了。

有了這塊鐵，馬蹄就能不受損傷，無論長途奔襲，還是趕路，都能把耗損降到最低。

北狄之所以那麼囂張，就是因為他們的馬多，不怕損耗，可以年年擾邊。大齊的軍隊想反擊卻無力追擊，只能防守。

讓蕭長恭一戰成名的戰役，是北狄人大舉來犯的結果。如果是小打小鬧，再熬十年，蕭長恭也別想拿回蕭家的榮譽，更不要說封侯了。

但是，若有了馬蹄鐵……

蕭長恭覺得整個人都沸騰了。

一進府，蕭長恭就嚷嚷起來。「劉大呢，你的打鐵功夫還在不在？在不在都得給老子撿起來。還有，叫馬場的人來，本將軍要玩個大的。」

前院的軍士好久沒看到蕭長恭這麼興奮的神情，一時間除了當值的走不開，其他人全都跟著蕭長恭。

「你們跟著我幹什麼？都回去，這件事現在得保密，早晚有你們知道的時候。」

將軍發話，不敢不聽，但這種明明有秘密，就是不告訴他們的樣子，實在太勾人了。

第二十四章　立功

有了從穆婉寧那裡借來的書，當天晚上，鎮西侯府的一角，一座簡易的鐵匠爐子就全力燒開了。

胸前有疤的劉大，此時打著赤膊，掄起胳膊，把一塊燒得通紅的鐵先打成長條，再彎成半圈，然後又反覆修型。

蕭長恭全程盯著，看到第一個馬蹄鐵做出來時，心情激動，直到薛青河出現，把他拉去泡藥浴才算完。

劉大一直忙到半夜，才按書裡的模樣，打出了四副馬蹄鐵。

第二天一早，馬場的馬架早已搭好，馬場裡資歷最老的人親自上陣，按著書裡的方法，先用刀修平馬掌，然後再把馬蹄鐵釘進馬掌裡。

最先釘的，是性情比較溫順的紅珠，萬一不習慣，也不至於發狂傷人。

馬蹄鐵很快就釘好了，紅珠一被放開，便不斷地用蹄子刨著馬場的地，似乎想把腳上的東西甩掉，過了好一會兒才平靜下來。

接著，蕭長恭迫不及待地飛身上馬，騎著紅珠繞馬場跑了兩圈。馬蹄很能抓地，跑起來也比之前穩當不少。

紅珠似乎也發現新鞋子的好處，漸漸不那麼煩躁了。

薛青河又來拉人，蕭長恭強壓下心裡的激動，吩咐劉大繼續打造馬蹄鐵。除了在養傷的紅楓，務必要讓馬場裡的十餘匹馬全釘上馬蹄鐵。

然後，他讓人下帖子給宰相府，邀請穆鴻嶺、穆鴻漸、穆婉寧隔天一早來騎馬。同時還請了鐵詩文、鐵英蘭，以及齊明遠父子和蔣幕白。

眾人接到帖子，丈二金剛摸不著頭腦。大家都知道最近穆婉寧去鎮西侯府騎馬的事，但突然邀請這麼多人騎馬，又是什麼道理？

他們不是穆婉寧那樣的閨閣女子，平時天天騎馬，有什麼必要去鎮西侯府騎？

不過，既然蕭長恭下了帖子，怎麼也要賣個面子。隔天是休沐，權當出門散心了。

第二天一早，眾人陸續到齊。

不過，來的人沒能進府，因為蕭長恭就站在門口，身邊是十餘匹不怎麼安分的馬。

這些馬打著響鼻，刨著蹄子，蹄子踩在門口的石板上，聲音清清脆脆，像是金屬敲擊的聲響。

一時間，眾人都被這聲音吸引，與平時聽到的可不一樣。

連穆婉寧也聽出了不同，心想難道這便是昨天書裡寫的馬蹄鐵？

蕭長恭看人來得差不多了，沒有多解釋，道：「諸位，一人挑一匹馬吧。婉寧，妳的那匹紅楓還得休養兩天，妳先騎這匹，雖然是老馬，但脾氣很溫和。」

婉寧點點頭，雖然面對沒接觸過的馬，有些害怕，不過既然是蕭長恭安排的，那就一定是穩妥的。

鐵英蘭選了平時在侯府騎得最多的紅珠，其他人也按自己的眼緣挑了馬。

一上馬，大家立時感覺不同，馬蹄下好像有東西？

穆鴻漸騎著馬，噠噠走到穆婉寧身邊，低聲問道：「四妹妹，鎮西侯葫蘆裡賣的到底是什麼藥？」

穆婉寧搖搖頭。「我也不懂。」

「出發，我們去城外轉一圈。」蕭長恭瞧見眾人的疑惑，沒多解釋，騎著自己的馬，開開心心在前面領路。

一行人十餘匹馬，在盛京城的石板上，發出噠噠噠的清脆聲，連經過的人也好奇地抬起頭看。

出了城門，蕭長恭立刻加快，眾人紛紛跟上。

這一跑，感覺頓時不同，馬蹄抓地的感覺也太好了些，而且路上的碎石，似乎也對馬蹄毫無影響。

鐵詩文和齊明遠都上過戰場，對視一眼，皆明白對方心中所想，不約而同喊了一聲，策馬揚鞭，還專往那些布滿碎石的地方跑。

雲一和小七騎到穆婉寧和鐵英蘭身邊。「將軍讓二位姑娘不必跟著，按自己的心意跑就好，我等保護姑娘。」

穆婉寧點點頭，和鐵英蘭去了另一處平緩的地方。穆鴻嶺也跟過來，他雖然會騎馬，但馬術不精，便隨她們去。

鐵英蘭撥轉馬頭前，望了自己的父親一眼，明明和岑世傑差了快二十歲，現在騎在馬上，竟然和岑世傑一樣興奮。

為了能在鎮西侯面前露臉，今天鐵詩文也把準女婿帶來了。

好在興奮的不只鐵詩文一個，連齊明遠父子也是滿臉激動。

眾人跑了一圈，明白馬蹄鐵用處的，心中自是激蕩不已。

蕭長恭把人聚到一起。「怎麼樣，說說感覺吧？」

此時，眾人反倒沈吟不語。如果真是他們所想，那意義可就大了，大到有點不敢輕易說出來，怕希望越大，失望也越大。

穆鴻漸初生之犢不畏虎，搶先道：「長途奔襲。」

蕭長恭有些意外地看穆鴻漸，沒想到竟是這個毛頭小子一針見血地說出來。

齊明遠道：「沒錯。我剛剛看了馬蹄，馬蹄下有一圈鐵。有了這圈鐵，馬就不再害怕跑碎石路傷了蹄子，不但可以連續奔跑，還能大大降低損耗。」

「北狄人敢再打過來，我們就能放手追擊！」接話的是鐵詩文，早年他也上戰場殺敵，待過西北大營。

「不只，有了這個，驛站軍報也能傳得更快。」出聲的是蔣幕白。

眾人紛紛點頭，都是武將，自然明白傳遞軍報的意義。

唯有兵部尚書齊宣志微微皺眉。「蕭將軍，這馬蹄鐵所費幾何，怎麼打造？可需要經常更換？」

「齊尚書說的都是要解決的事。我昨天算了一下，雖然馬蹄鐵耗鐵，亦耗人工，但這些加起來，比起一匹馬的損耗，還是小太多了。就算為此增加軍費開支，也是值得。」

蕭長恭說罷，從懷中掏出一張紙，上面列了需要的鐵礦、技藝和所費銀兩。

齊宣志接過，仔細看了，臉上露出如釋重負的笑容。「鎮西侯辦事果然老成持重，這樣一來，下官就放心了。不如我們現在進宮面聖？」

眾人嚇一跳，蕭長恭已經夠心急了，直接拉他們出來試馬。沒想到齊宣志更心急，直接就要面聖。

蕭長恭點點頭。「正有此意。」

穆鴻嶺聽了，立即回府稟報穆鼎，讓他也準備入宮。

從兩個兒子接到蕭長恭相約騎馬的帖子時，穆鼎便隱約覺得，這件事可能與那天說的馬蹄鐵有關。

待穆鴻嶺講了試馬的始末後，他心裡更加確定，乾脆直接更衣進宮，也不等人叫了。

果然，穆鼎剛走到宮門口，就遇到前來傳話的太監，隨他去了御書房。

御書房裡，皇帝正在聽蕭長恭的稟報，看到穆鼎進來，抬起手示意蕭長恭稍等。

「穆愛卿倒是來得快。」

「臣聽小兒說起騎馬經過，又聞鎮西侯進宮面聖，覺得陛下可能召見，便提前出來。」
皇帝點點頭。「長恭把馬牽來了，咱們先去騎，再來聽他說。」
大齊長年對北狄用兵，即使是皇帝，也在宮城內設了馬場，以求不忘邊境之患。
鎮西侯府那十餘匹釘了馬蹄鐵的馬，早已被馬場裡的人團團圍住。其中一匹馬被拘在馬架內，被迫抬起一隻蹄子，讓大家看下面的馬蹄鐵。
「皇上駕到──」
一群人紛紛向皇帝行禮，待皇帝宣布平身後，才站起來。
「陛下，您看，這就是馬蹄鐵，可以保護馬蹄不受損傷。」
皇帝點點頭。「騎一圈再說。」
有了皇帝帶頭，穆鼎平常不怎麼騎馬的，也翻身上去。馬場的人都知道這些大人不是騎馬高手，小跑著跟在旁邊保護。
穆鼎說不出個所以然，只覺得馬蹄抓地更穩了些。
皇帝倒是很興奮，騎了兩圈之後，才戀戀不捨地下馬。
「長恭，你再把剛剛在御書房講的話從頭說一遍，讓穆大人聽聽。」
蕭長恭將馬韁交給身邊的親衛，拱拱手道：「以往大齊對於北狄，僅能防守，不敢追擊，是因我們的馬匹少，損耗太大。北狄人最多可以一人三乘，我們卻只能一人一乘，一旦馬蹄受傷，無法再跑，這個騎兵就算廢了。
「若能把所有的馬釘上馬蹄鐵，除非戰鬥損耗，日常行軍幾無損傷。釘了馬蹄鐵的馬匹跑得更快、更穩，還不挑路面。

「而且，這方法北狄人想學也學不了。他們缺少鐵器，拿來造刀劍還嫌不夠，不可能用來打馬蹄鐵。這馬蹄鐵，將會是大齊制伏北狄最大的優勢。」

穆鼎恍然大悟，昨晚他反覆琢磨馬蹄鐵，但他不是武將，也未上過戰場，並沒有琢磨得透澈。

如今蕭長恭一說，他立刻明白了。

「陛下，此乃天佑我大齊啊。」北狄一直是大齊的心腹之患，若有了應對之法，邊關可以少打許多仗。

兵部尚書齊宣志也上前道：「打造馬蹄鐵雖然需要額外花費，但並非不可承受。」

「所耗幾何？」

「鎮西侯已經給了臣方法和用料，以臣觀之，比起損傷一匹馬，所耗可以忽略不計。臣建議，先讓工部試製一批，然後讓九城兵馬司試用。他們每日在城裡跑來跑去，剛好觀察效果。今日鐵統領也是體驗過的，想必不會反對。」

皇帝點點頭。「齊大人所言有理，准了。」

正事說完，皇帝心裡高興，看向穆鼎。「長恭說這法子還是令千金告訴他的，就是那個給你做護膝的小丫頭吧？」

蕭長恭不失時機地插了一句。「正是這幾日來府裡騎馬的穆四姑娘。」能讓肉厚的小姑娘在皇帝面前露臉，可是大大的好事。

穆鼎趕緊謙虛。「小女不過是平時愛看些雜書，馬蹄鐵也是她隨口一說。說者無心，是鎮西侯聽者有意，立時想到對於大齊的好處，當居首功，與小女實在沒什麼關係。」

皇帝有點好奇。「什麼雜書會寫這些？」

蕭長恭立刻從懷裡掏出那本雜記，呈給皇帝。「陛下，就是這本書的第二十頁。」

德勝接過，翻了幾下，沒看出什麼問題，這才交給皇帝。

皇帝接過，翻到二十頁，看見一個半圈型的圖案，底下的文字寫了馬蹄鐵。另外還有一行小字，筆力稍顯稚嫩，寫著：馬兒的鐵鞋子。

「這字是？」

穆鼎伸頭看了一眼。「是小女所書，想來是看得高興，隨手寫了批注。」

皇帝覺得大為有趣。「這本書暫時放朕這裡，朕沒事也翻翻看。穆鼎教女有方，不愧我大齊的宰相。穆……」

穆鼎趕緊答道：「小女穆婉寧。」

「嗯，穆婉寧聰慧靈秀，當賞。鎮西侯養傷還不忘國事，朕心甚慰。若日後西北大營再建奇功，朕還有封賞。」

「謝陛下恩典。」

「時辰不早了，你們也別出宮，陪朕用過晚膳再走。」

「遵旨。」

齊宣志留在宮中吃飯，守在宮門口的齊明遠忽然覺得，那本雜記可能要紅。回家後，立刻讓自家經營的書坊連夜印製。

果然，第二天風聲一出來，大家都好奇什麼雜書能讓皇帝賞識，還寫了利國利民的好事，一時間紛紛搶著買。

齊明遠賣了幾千本，大賺了一筆。

隔天一早，穆婉寧向周氏請完安，正在清兮院裡看遊記，便瞧見檀香興高采烈地跑進來。

「姑娘，安叔來給您送禮了。」

「送禮？」穆婉寧心裡一跳，難道是蕭長恭的聘禮？兩人只不過互訴心意，這麼快就要談婚論嫁？她還沒及笄呢。

「是啊，安叔說是鎮西侯的謝禮。昨天因為馬蹄鐵，鎮西侯得了皇帝獎賞，所以來給您送謝禮了。」

穆婉寧的臉騰的一紅，為想岔的心思害羞。

檀香倒是沒在意。「姑娘，快換衣服，安叔還等著您呢。」

雲一和墨香倒是看出了端倪，對視一眼，微微一笑，看破不說破嘛。

穆婉寧更衣完，到了前廳，接過蕭安遞過來的禮單時，嚇了一跳。

「安叔，這、這也太多了。」

「不多，不多，我們少爺……將軍說了，這些東西都是以前皇帝賞賜的，府裡沒有女眷，他也用不上，送給姑娘剛好。」

沒有女眷，正好給她？穆婉寧又覺得臉上發熱，趕緊低頭收下。

不久，宮裡來人，帶來皇帝的口頭嘉獎，讚她聰慧靈秀。隨著嘉獎而來的，還有一些首飾、玉器，其中最引人注目的，是一串寶石鑲成的瓔珞。

瓔珞是一種項圈，可掛在衣裳外側，彰顯華貴。

這串瓔珞以黃金為底，上面鑲滿各色寶石、珍珠，雖然不大，但工藝精湛，實屬精品。

別說檀香看得眼睛發直，連周氏也讚嘆是好東西，連連囑咐穆鼎，好好替穆婉寧向皇帝謝恩。

回到清兮院後，檀香仍掩飾不住興奮。「以後姑娘出嫁，穿上嫁衣，戴上這串瓔珞，絕對沒有人敢欺負您。」

穆婉寧想起前世時嫁入方家的情景，感慨萬千。這一世，她或許不用嫁進方家了吧？就算嫁，也絕不會重蹈前一世的覆轍。

既得了賞賜，按理要分兄弟姊妹一些，算是同喜。

送給父親、嫡母，大哥、二哥、么弟和么妹，穆婉寧沒什麼捨不得。尤其兩個哥哥，最近對她真的是沒話說。

可是，要不要給穆安寧和鄭氏呢？

穆婉寧有點犯難。若是以她之前的想法，肯定不給，反正她們怎樣都看不上她，再加上她得了被穆安寧視為囊中之物的玉珮，這個仇肯定不是送點東西就能化解。搞不好送了禮物，還要被罵成小氣。

她可不是家底豐厚之人，給一份，可就是少一份的。

但周氏又告誡她，人要成長，得意之時須收斂鋒芒，不要死盯著過去的對手。

穆婉寧想來想去，還是拿不定主意，便去靜安堂問周氏了。

「祖母，您說，我要不要給鄭姨娘和三姊姊那裡也送一份禮？」

周氏看看穆婉寧。「妳想送嗎？」

穆婉寧搖搖頭。「當然不想。現在三姊姊恨死我了，我送的東西又不是貴重之物，無非是個人情、心意，收買不了她的。」

「那妳還來問我？」

「之前受了祖母的教訓，要我收斂鋒芒，不能太囂張。現在得了陛下的賞賜，正是祖母說的風頭正盛……我懂了，我送就是。」

周氏笑道：「好孩子，果然長大了。送東西是妳的人情，她收不收、領不領情，就是她的事。妳只管做好分內事，其他的，邊走邊瞧就好。」

穆婉寧甜甜一笑。「祖母，您真是我的福星。婉兒只要有想不通的，跟祖母說說話，就能解開了。」

周氏也笑，伸手刮了下穆婉寧的鼻尖。「馬屁精。」

第二十五章　反擊

穆婉寧一個閨閣女子受了皇帝的誇獎和賞賜，這可是奇聞，一時間，整個盛京城都在議論這位宰相家的四姑娘。

有了皇帝開頭，穆鼎自然不會吝嗇自己的誇獎。他辦了小小的家宴，眾人一起吃飯，算是替穆婉寧慶祝。

穆安寧氣得牙都要咬碎了。出於好奇，她也買了一本雜記，馬蹄鐵三個字明明白白地寫在書裡，怎麼就不是她看到，然後說出來呢？那樣的話，得到賞賜的就是她了。

「四妹妹確實好運氣，聽說鎮西侯因為這個，得了皇帝好大的嘉獎呢。」

穆婉寧看向穆安寧，雖然她的話聽著沒什麼，但語氣中的酸意，實在掩藏不住。

吃晚飯之前，她已經把兄弟姊妹的禮物送過去。穆安寧和穆若寧的一樣，是一疋不錯的料子。穆鴻嶺得了一幅畫，穆鴻漸收到一把不錯的劍，穆鴻林還小，便送一套精緻的文房四寶。這些東西都是蕭安放在禮單中的，顯然早已為穆婉寧計劃好送給手足的禮物。

「三姊姊說得是，的確是我運氣好，偶然看到了。」

「既然妳看到了，為什麼不直接告訴父親，非要說給鎮西侯聽？現在鎮西侯得了皇帝的嘉獎，卻沒父親的分。子女的一粥一飯都是父親給的，妳怎能如此吃裡扒外！」

啪！穆安寧把手裡的筷子拍到桌上，表示她的氣憤。

聽到穆安寧斥責她吃裡扒外，穆婉寧的第一個反應，就是白費了自己那疋好料子。

「三妹妹不可胡言亂語，好好吃飯。」穆鴻嶺臉上沒什麼表情，但言語中的斥責之意很明顯。

「我說的有什麼錯，這麼大的功勞不給父親，居然給一個外人。不過是讓她騎了幾天馬，給了把刀，便讓她把這麼大的功勞拱手送出去，一點都不體諒父親在朝中做官的辛苦。」

穆婉寧看著一桌人的神色，除了穆鴻嶺滿臉嚴肅，其他人似有認同之色，連一向向著她的二哥穆鴻漸，也不解地看向她。

穆婉寧暗嘆，今天本不想與穆安寧爭口舌，但現在全家人都起了別樣心思，可不是她藏拙的時候。

「剛剛三姊姊說我運氣好，這話說得一點都沒錯。」穆婉寧站起身，環視全場。「可是，難道那本雜記是孤本？在我之前，就沒有人看過？

「當然不是。那書雖是雜書，看的人不多，但也是刻印出版的，否則這幾天盛京城裡就不會賣出那麼多本了。

「那為什麼在我之前，明明有人看到，卻沒有向皇帝進言，說此物有利於大齊？」

穆婉寧有意停頓一下，給眾人思考的工夫。「因為他們和我一樣，並不知道。既不知馬蹄鐵的意義，也看不出它對大齊的好處，更不知道此物還能得到皇帝的嘉獎。倘若知道了，寫書的人早拿去向皇帝邀功，哪裡輪得到我？

「但是，鎮西侯知道。我只是順口說了一句，他當即便想到此物的重要。所謂千里馬常有，而伯樂不常有，並非是我有寶不獻給父親，而是我實在不知道那是寶，要怎麼獻？鎮西侯雖然送了謝禮，但不過是感謝我把這件事告訴他，而非感謝我把功勞送給他。

「這件事，陛下是看得最清楚的，不然為什麼只誇我聰慧靈秀，而不直接把功勞算在我身上？正是因為我也沒什麼功勞。」

一番話說完，之前還有些困惑的眾人都不吭聲了。

穆鼎清了清嗓子。「婉兒能看得如此清楚，沒有居功自傲，很好。為父甚是欣慰。」

「都是爹爹教得好。」穆婉寧甜甜一笑。最近她越來越覺得，沒事多奉承長輩，多說幾句好話，實在是太划算了。

親人高興，家族和睦，她重生以來的心願，不就是這個嗎？

穆鼎笑罵。「馬屁精。」

「馬屁精敬父親一杯。您可要多多買書給我，以後看到了寶，全都獻給父親。」

穆若寧也立刻道：「若寧也要，到時也獻給父親。」

穆鼎老懷甚慰，看著兩個巧笑嫣然的女兒，覺得心情很好。女兒就是可愛，看著就讓人開心。

嗯，那個不長眼的除外。

這個小風波後，席間很快又熱鬧起來。

穆婉寧聽著耳邊的歡聲笑語，看著家人的笑臉，不由心裡感嘆，這樣的日子才是日子。

前一世，她活得真是太憋屈了。

承平長公主府裡，吳采薇正拉著承平長公主的衣袖，不停撒嬌。

「娘，我就喜歡蕭長恭，非他不嫁。」

以往這種撒嬌的辦法都挺好用，但這一次，承平長公主卻不為所動。

「傻孩子，強扭的瓜不甜，我看蕭長恭不像是對妳有意的樣子。」

「那又如何，只要時日久了，自然就有感情。穆婉寧不就是因為和他來往多了，才入了他的眼。」

想到穆婉寧，吳采薇便覺得自己的心有什麼東西在咬，恨不得親手撕了她。

承平長公主還是搖頭。「就算如此，蕭長恭也不是憑著長公主頭銜便能壓住的人。」

「那讓皇帝舅舅賜婚，我就不信他還敢不聽。」

「哪裡有妳想得那麼簡單。鎮西侯畢竟是國之重臣，就算陛下要賜婚，也要問過他的意思才行。」

為了一個外甥女，讓自己的大將一輩子心裡不痛快？皇帝可沒那麼蠢。

「再說了，妳見過他面具下那張臉長什麼樣子嗎？以後過日子，可不會天天戴著面具。」

「這個我打聽過了，蕭長恭十二歲才從軍，之前有不少人見過他，都說他很有美男子的樣子，現在肯定不會差。」

承平長公主還是覺得不踏實，鎮西侯的確是自己女兒的良配，但也得人家願意才行。就算用皇家的威勢強押著他娶了吳采薇，但之後過日子，哪裡是皇家威嚴管得著的？

過日子不是逞強，往後幾十年，有的是看不見的苦。

看著吳采薇撒嬌不成，氣鼓鼓地離去，承平長公主生平第一次為女兒發起愁來。

這孩子被她保護得太好，沒受過挫折，可別出什麼事才好。

離開承平長公主的房裡，吳采薇氣得睡不著。

到了後半夜，吳采薇咬了咬嘴唇，盤算起來。

既然穆婉寧非要擋她的路，就別怪她心狠手辣。

沒了穆婉寧，蕭長恭自然就會娶她了。

第二天一早，吳采薇邀了穆安寧上門。

昨晚穆安寧又一次吃癟，心裡正煩躁著。本不想去見吳采薇，只要去了，就得強壓著惡劣的心情去安慰她。

但想到第二天就是約定的馬球比賽，三皇子趙晉桓可能會去，穆安寧不得不去了承平長公主府。

吳采薇見到穆安寧，出乎尋常的熱情，似乎她根本沒有拒絕過穆安寧的探望一樣。

「安寧姊姊快來，明日就是馬球比賽了，我表哥說，他肯定會來觀戰。」

穆安寧聽了，心裡稍稍好受些，打量著滿面紅光的吳采薇，不由心裡詫異。「縣主今天氣色不錯，難道鎮西侯也要來？」

吳采薇臉一紅。「安寧姊姊又打趣我。我只是下了帖子，沒想到鎮西侯真的賞光。」

穆安寧撇撇嘴，誰知道蕭長恭是為了她來的，還是為了穆婉寧來的。

「那縣主可得精心打扮，再在球場上好好發揮，相信侯爺看到了，眼睛裡就再也看不見他人了。」

這話簡直說到吳采薇心坎裡去。「所以，安寧姊姊可得好好配合我，多傳球給我。」

穆安寧面露難色。「可是我不跟妳一隊啊，要怎麼傳球給妳？」

吳采薇這才想起來，當初分隊時，穆安寧、穆婉寧和鐵英蘭是一隊的，而她和簡月婧、程雪遙一隊。

壞了，這些天她光顧著生氣，都沒同她們練習。好在她們住得不遠，馬上派人去請，也來得及。

吳采薇看穆安寧一眼。「要不，妳就裝作失誤，傳幾個球給我好了。只要能讓我在鎮西侯面前好好表現，以後我定多多製造妳和表哥見面的機會。」

穆安寧心裡嘔得要死。裝失誤？妳是露臉了，那我不就是大大的丟臉了？

「要不，換隊伍嘛，讓簡月婧換到婉寧她們隊去。這樣我們倆也好配合，還可以讓她偷偷傳球給我們，反正她又不用求表現。」

吳采薇皺眉。「那會讓人說閒話的。妳和穆婉寧是姊妹，我和簡月婧是表姊妹，哪有把姊妹拆開，分別放在兩隊的道理。」

見穆安寧的臉色不太好，吳采薇又道：「其實呢，我們表現是一件事，讓穆婉寧出醜，又是另一件事。妳該不會忘了她搶了妳玉珮的仇吧，我表哥那塊玉珮，本來應該是妳的，卻讓她奪走了。」

想到趙晉桓的玉珮就那樣輕巧地落到穆婉寧手裡，穆安寧頓時覺得，有什麼東西在扎著她的心。

「要是明天能讓她出醜，以後自然沒臉出現在我表哥面前，妳的機會不就來了？」這麼一說，穆安寧又覺得和穆婉寧一隊挺好的。穆婉寧出醜，自然便能顯出她的好來。

「也罷，那就這麼說定了。」

片刻後，簡月婧和程雪遙到了，但長公主府裡沒有馬場，吳采薇便帶她們去皇家馬場。一到場，她們便各自選馬，上場練習。

馬球的要求很高，要馭馬，要擊球，力量太小或角度不對，都無法把球打進洞口。吳采薇平時就很喜歡打馬球，不然也不會和不肯奉承她的鐵英蘭交好。

練習一段時間，吳采薇累積了一些自信。

「哼，我就不信，短短十天，那個穆婉寧能從不會騎馬的笨蛋，變成打馬球的高手。」

簡月婧的父親並不是大官，還待在從六品上，在京城裡實在不夠瞧。她能進到這種圈子裡，完全是靠著吳采薇這個縣主表姊。

因此，無論什麼時候，簡月婧都是順著吳采薇說話的。

「表姊說得是，馬球想打得好可不容易，不僅要經常練習，還得有天賦。盛京城裡，除了表姊，也就鐵家姊姊的技藝還能看一看，其他人都不值一提。相信明天在球場上，表姊定會大放異彩。」

「縣主的球技，確實比很多人都好些。」程雪遙也出聲幫腔。

吳采薇已經習慣簡月婧的奉承，不會把她的話當真。但聽得多了，也覺得理應如此。

程雪遙看不上簡月婧，認為和她交往是辱了自己的身價。至於穆安寧，庶女一個，也不值得深交。

鐵英蘭是嫡女，但太野了，哪有大家閨秀的樣子。唯有結交吳采薇，才符合她的身分。

穆安寧心裡想著怎麼才能在趙晉桓面前露臉，這會兒不耐煩再去奉承吳采薇，可是其他人都說話了，她也不好不開口。

「兩位說得是，明天縣主說不定就能一戰成名。」

吳采薇心裡高興，嘴上卻謙虛著。「哪有那麼好，妳們不要再打趣我了。」

虛偽！其他三人聽了，心裡不約而同翻了個白眼。

與此同時，穆婉寧和鐵英蘭也在做最後的練習。

經過多天相處，穆婉寧的球技雖還有些生疏，但騎馬及與鐵英蘭配合時，已經很熟練。

「到了明天，我就負責傳球，鐵姊姊負責一擊命中。」

鐵英蘭打趣她。「這可是大好的露臉機會，妳捨得讓給我？」平時跟吳采薇一隊時，吳采薇可是要求好球都要傳給她，讓她擊球。

穆婉寧倒不覺得有什麼可惜。「再好的機會，也得我能把握住才行。我這點水準，真不夠看的，能好好傳球就行。」

此時，蕭安準備好了水果，遠遠招呼著。「二位姑娘來歇一歇，吃點水果吧。」

穆婉寧和鐵英蘭對視一眼，同時調轉馬頭，打馬過去。

「多謝安叔。我們日日來府上打擾，還要勞您招待，真是過意不去。」

蕭安擺擺手。「穆姑娘別這麼說，我們家少爺可是非常盼望妳們來。現在工部已經打造出不少馬蹄鐵，快馬加鞭送往西北大營。說不定過段時日，西北大營都要感念您的好了。」

「那是鎮西侯的功勞，我不過是提了一句。萬一全西北大營都說是我發明馬蹄鐵的，我就真沒臉見人了。」

蕭安聽了穆婉寧這麼說，臉上的笑容越發慈祥，越來越覺得小七說得對，穆婉寧就是自家少爺的福星跟良配。

另一邊，蕭長恭躺在床上，任由薛青河往臉上扎針，心裡想著穆婉寧在馬場上練習的樣子，嘴角不覺上揚。

「排膿的效果很好，不用扎滿十日，明日再行一次針，就可以動刀了。」薛青河對自己這段時日的治療很是滿意。

這時，蕭長恭才突然想起一個問題。「薛神醫，不知道動刀之後，我的臉……」

薛青河看蕭長恭一眼。「我還以為你一直不問，是不在意呢，原來還是會緊張的嘛。」

蕭長恭有些尷尬。「因為一直有事在忙嘛。」

「動完刀，肯定會留疤，但別緊張，定比你現在的樣子好。到時如果真的在意，找穆姑娘要點女兒家用的粉遮一下，就看不出來了。」

蕭長恭瞪大眼睛。「能恢復到這樣？」

薛青河不樂意了，質疑他的人品可以，質疑醫術絕對不行。「將軍覺得我在說大話？」

「沒有，薛神醫果然高明，高明，哈哈哈哈。」

蕭長恭高興極了。眼下的模樣，穆婉寧都不在意了，真要是用粉一遮就看不出來，她豈不得愛死他。

比賽之日一到，雙方早早起身，開始準備。

十天前約定時，雙方未把這次比賽看得很重，穆婉寧更是第一次現身在這樣的聚會。然而，現在穆婉寧已經是得了皇帝誇獎的人物，吳采薇視她為最大的敵人，雙方的心思早已發生了變化。

三皇子趙晉桓和鎮西侯蕭長恭也會觀戰，所以這場比賽吸引了大批的京城貴女前來。京郊的皇家馬場並非可以隨意進入的地方，唯有皇親國戚和上了品級的官員能用，其他人無緣得進。

這次，吳采薇為了壯大聲勢，邀請許多客人。因此平時沒機會來的人，全都應了，過來湊熱鬧。
穆婉寧早早就來了，因到了馬場就要用馬場的馬，怕騎不慣，特意提早一個時辰到，以便熟悉馬性。
馬場門口有管事接待，正在驗穆婉寧的帖子時，鐵英蘭也到了。
「鐵姊姊，這是我家二哥穆鴻漸；二哥，這就是一直我跟你說的，教我打馬球的鐵統領家的女兒。」
怕吳采薇耍什麼詭計，穆婉寧特意把二哥穆鴻漸帶來。有他看著，她多少放心些。
穆鴻漸行了個武人的禮。「鐵姑娘。」
鐵英蘭也不扭捏，回了同樣的禮。「穆二公子。」
穆婉寧一旁插話。「鐵姊姊這禮行得真是英姿颯爽，以後我也學學。」
幾人相視一笑，氣氛融洽得很。倒是穆安寧站在那裡，顯得格格不入。
這時，管事驗完了帖子，一行人往裡面走。
吳采薇身為主人，此時自然要來迎客。
於是，穆婉寧再次介紹了穆鴻漸，幾人不鹹不淡地寒暄幾句，便向馬場走去。

第二十六章　開賽

眾人走到馬場邊，才發現今天的人特別多。除了觀賽的人，還有眾多婢女、僕役，加起來有五、六十人，在場上圍了一圈。

穆婉寧頭一次見到這麼大的陣仗。「這也太熱鬧了吧？」

鐵英蘭倒是習以為常。「和靜縣主最喜歡熱鬧，說不定今天有什麼奇招能贏我們，因此把聲勢搞得大了些。」

穆婉寧和鐵英蘭站在馬場邊觀望，瞧見雲一牽著兩匹馬向她們走來。

「見過兩位姑娘。將軍說了，姑娘們已經熟悉這兩匹馬，騎牠們便行。紅楓的傷養好了，兩匹馬都釘了馬蹄鐵，纏好馬尾，跑起來更加穩當。我帶牠們在馬場上遛過，等會兒可以直接騎著上場。」

馬球比賽中，馬尾要提前編好綁緊，以免馬匹奔馳間，馬尾纏在一起，或是捲住球桿。

穆婉寧滿是驚喜，她本是想借馬的，但最近來往多了，反而有點不好意思。此時看到雲一帶著馬過來，有著說不出的高興。

「有勞雲一姑娘，也多謝將軍費心。」

鐵英蘭上前接過紅珠的韁繩，這匹馬她騎了幾天，很是喜歡。

一邊的穆安寧氣得直咬牙，冷哼一聲，也不打招呼，逕自往馬廄走去。

她可沒有人送馬，得去選一匹性情溫馴的，趁著比賽還沒開始，騎著遛兩圈，讓馬熟身，也讓人與馬互相熟悉。

這時，有個小太監向他們跑來。「三皇子殿下請諸位過去敘話。」

幾人一聽，趕緊往看臺走，穆鴻漸吩咐身邊小廝。「把三姑娘喊來，禮都沒見就去選馬，實在太失禮了。」

好在穆安寧走得不是太遠，小廝快跑幾步，就追上了。只是等到穆安寧趕回來時，便瞧見穆婉寧一行人在向趙晉桓行禮了。

穆安寧恨恨跺腳，只要有穆婉寧在場，她就諸事不順。

穆安寧走到看臺前，也不管穆婉寧正在說話，上前道：「安寧見過三皇子殿下。」

三皇子趙晉桓淡淡掃了穆安寧一眼，點點頭，目光又轉回穆婉寧身上。「聽說穆姑娘剛學騎馬？」

「回殿下的話，的確如此。之前沒有機會騎馬，也不會打馬球，最近一直在練習。」

「那本王可就拭目以待了，看看穆姑娘這幾日來的成果。」

「多謝殿下。」

穆安寧上前一步。「臣女聽聞殿下的馬球也打得不錯，不如指點我們姊妹一二，說不定能因此多進幾球呢。」

趙晉桓打量穆安寧，臉上看不出喜怒，只擺了擺手。「男子與女子不同，本王的經驗用不到妳們身上。時辰不早，妳們自去準備，不必待在這裡了。」

穆安寧臉上的笑容一滯，這一招用在吳采薇那裡，向來百發百中，只要一開口，吳采薇必定興高采烈地講些心得。怎麼用在趙晉桓這裡，就不好使了呢？

不過，趙晉桓發了話，沒人敢繼續逗留。穆婉寧和鐵英蘭一起行禮，離開看臺。

馬場邊，雲一正在檢查鞍具，穆婉寧過去，輕輕拉了拉她的衣袖。「那個……將軍今天會來嗎？」

「會，不過得晚點。」

穆婉寧點點頭，臉上有了笑容。雖然蕭長恭不來，她也不會失落，畢竟他都看她騎馬那麼多次了。

但今天她可是捨了自己新做的騎裝，特意穿了蕭長恭之前準備的那套，還是希望他能看到她的這番心意。

一會兒後，穆婉寧和鐵英蘭準備好了，騎著馬，在場上遛著。

程雪遙、簡月婧陸續上場，穆安寧也選了一匹馬，慢慢跑著。

吳采薇也來了，向場邊的裁判示意。

噹！一聲鑼響，裁判高喊。「兩邊列隊準備。」

穆婉寧等人撥轉馬頭，走到場地中間，三對三，相對列好。

鐵英蘭居中，穆婉寧、穆安寧分列兩側。三人對面則是吳采薇居中，程雪遙在左、簡月婧在右。

按規則，穆婉寧要盯防的是對面的簡月婧，穆安寧則是負責程雪遙，鐵英蘭自然要盯住吳采薇。

一顆白色馬球已經放在場地中間，眾人舉起球桿，等著鑼聲再次響起。

噹！鑼響了，鐵英蘭率先把球擊飛。

穆婉寧立刻策馬去趕，紅楓極有靈性，根本不用她特意操控，而且反應奇快，幾乎是在球動的一剎那，就向球跑去。

眼看穆婉寧已經跑到球前，簡月婧才將將讓馬跑起來。

穆婉寧抓住機會，大力揮桿，將球直直向斜前方打。

鐵英蘭見狀，一揮馬鞭，胯下的紅珠立刻快跑，瞬間超過了盯防她的吳采薇，幾個呼吸之間，已經跑到球邊，大力一揮，馬球直奔洞口而去。

噹！又是鑼響。「進球，英寧隊勝。」

這隊名起得挺好，穆婉寧和穆安寧的名字都有個寧字，加上鐵英蘭的英，誰也不吃虧。

這球進得乾淨俐落，場邊的人立刻歡呼起來，穆婉寧也大聲喝采。「鐵姊姊好棒！」

吳采薇一瞪簡月婧。「妳幹什麼呢？懂不懂盯人啊？」

簡月婧不敢回嘴，心中卻腹誹，吳采薇不也沒盯住鐵英蘭。

鐵英蘭進球後，輪到吳采薇的縣主隊發球。

程雪遙一桿大力發球，傳給簡月婧，吳采薇立刻打馬往球門跑去。

穆婉寧跟上，緊靠簡月婧，試圖阻止她傳球。不過穆婉寧擊球還行，用球桿去奪球，就差了點。

簡月婧傳出了一記好球。

穆婉寧也不糾纏，打馬直奔球洞。這是之前鐵英蘭和她商量好的戰術，能攔傳球就攔，攔不住也沒關係，去守門就行了。

以她們的推斷，縣主隊最後擊球的人一定是吳采薇，鐵英蘭負責盯防她，就算讓她擊球，穆婉寧也能攔一攔。

果然，在鐵英蘭的干擾下，吳采薇沒能大力擊球，雖然還是擊出來了，但球滾得不快，被剛好趕到的穆婉寧一桿擊飛，飛出了場外，須再次開球。

除了開球的人，其餘五個人五匹馬擠在一處，球桿高高舉起，盯著地上的馬球。

這一次，是吳采薇搶到球，但球卻落在穆安寧的球桿下。這也是正常的，畢竟開球時很亂，誰也不能保證一定會打到自家隊員桿下。

穆婉寧和鐵英蘭見狀，立刻向兩邊散開，這樣無論穆安寧傳給誰都有機會。

孰料，穆安寧像是沒反應過來一樣，任由程雪遙把球搶走，一桿傳給了吳采薇。

這時，穆婉寧和鐵英蘭再調轉馬頭已經來不及，眼睜睜看著吳采薇一記大力擊球，把球打進了洞口。

穆安寧一臉尷尬。「不好意思，走神兒了。」

事實上，她真是走神兒，因為剛剛穆婉寧那記漂亮的防守，讓看臺上的趙晉桓喝了聲采。

穆安寧有一半心思放在趙晉桓身上，自然是立刻注意到這些。腦子裡想的全是怎樣才能讓趙晉桓注意她，打球可不就走神兒了嗎。

穆婉寧沒說什麼，倒是鐵英蘭很大度，道：「沒事，集中精神就好了。」

見鐵英蘭並未因穆安寧的失誤而介懷，穆婉寧鬆了一口氣。

這一次，輪到穆婉寧開球，一桿揮出，白色馬球直奔鐵英蘭而去。不過，球開得太過明顯，吳采薇早已洞悉穆婉寧的想法，直接半路攔下。

幸好，鐵英蘭知道穆婉寧功力不高，開球不會彎彎繞繞，早已催馬趕來，一陣球桿交鋒後，球被鐵英蘭傳給了穆安寧。

這回穆安寧接到球，可沒走神兒，一揮球桿把球打向球門，然後猛地催馬向前。只要她能趕上，再一擊，便足以進球。

程雪遙當然不會讓她這麼輕易地趕上，同樣加快衝向球門。她的位置比穆安寧的好，正好擋住穆安寧擊球的路線。

穆安寧已經失去了擊球的機會，這時應該傳球給鐵英蘭，才有勝算。

但穆婉寧剛剛已經露了臉，穆安寧怎麼也捨不得自己進球的機會，因此一直用球桿護球，任憑鐵英蘭喊了幾聲傳球也不理。

最後，穆安寧勉強一擊，球被擊出場外。

穆婉寧瞧見，不知該說什麼好，以她的程度都看出穆安寧該傳球，但穆安寧就是不傳。

「鐵姊姊……」穆婉寧有點為難了，穆安寧是她三姊，自家姊姊不配合，難保鐵英蘭不多心。

「沒事，咱倆好好配合就是。不過是場遊戲罷了，玩得開心最重要。」鐵英蘭灑脫一笑，因為這種事和穆婉寧生氣，實在不值得。

再說，鐵英蘭也不是第一天認識穆安寧，穆安寧的做派，開賽之前，她便多少猜到了。眼下不過是印證心裡的想法，連失望都沒有。

吳采薇倒是很高興，大聲喊道：「雪遙，防守得好啊！」

穆鴻漸坐在場邊，臉皮直發熱。穆安寧這球打得實在太丟人了，場上哪是三對三，明明是二對四。

但他又不能直接說自己妹妹打得差，只好對著場上大聲喊：「安寧好好打，多傳球。」

穆安寧聽到了，沒看穆鴻嶺，而是看向趙晉桓，見他似有失望之色，心裡不由一緊。

如果她這隊輸了，就算穆婉寧丟臉，她面上也無光，還是先好好比賽吧。

有了這個想法，穆安寧和鐵英蘭的配合好了很多，但偶爾還是會搶著擊球。

穆婉寧知道自己的本事不行，就專心傳球，又仗著馬快，不斷跑向球門攔球，還真被她破壞好幾次吳采薇志在必得的進球，氣得吳采薇的牙齒都要咬碎了。

「婉寧，傳得漂亮！」鐵英蘭直接接了穆婉寧從球門前傳回來的球，一桿將球變向，又快馬加鞭補了一桿，直接把球打進洞裡。

「是鐵姊姊擊得準。」

這下，英寧隊已經領先不少。以鐵英蘭高超的球技，再加上紅楓、紅珠兩匹快馬，穆安寧又沒有故意搗亂，真是想不領先都難。

這會兒，吳采薇沈不住氣了，經過穆安寧身邊時，低聲喝問道：「妳想幹什麼，幫她們贏球嗎?!」

那瞬間，穆安寧真的不想耍心機破壞比賽，她還是第一次跟人這麼平等地打馬球。鐵英蘭不是吳采薇，不該她擊球時，絕對會把球傳給穆安寧，甚至有時明知穆婉寧球技不佳，只要位置合適，她也一樣會傳。

穆婉寧更是一門心思傳球，完全沒有爭搶的意思。

吳采薇則不然，她甚少傳球，而是要求不管如何都要把球傳給她，由她來擊球。

穆安寧真的好久沒有打球打得這麼暢快過了。

再說，此時倒戈讓吳采薇贏了比賽，於她又有什麼好處？趙晉桓可是看著呢，萬一讓他看出她故意放水，甚至幫助對方，那她還有什麼臉在他面前表現？

可是……如果不配合吳采薇，以後想透過她與趙晉桓見面，自是難上加難。

思來想去，穆安寧決定稍稍消極些，兩不相幫，這樣至少都不得罪。

很快地，場邊的穆鴻漸發現穆安寧的變化，但也沒多想，以為她累了。

這下，僅剩鐵英蘭和穆婉寧苦苦支撐，不過她們已然領先，只須努力防守，就算不再進球，也是能贏。

眼見時辰快到了，縣主隊仍然落後。

穆婉寧再次把吳采薇必進的球擊飛，場邊歡聲雷動。

蕭長恭看到的，正是這一幕。

藍天白雲之下，穆婉寧穿著他準備的緋紅色騎裝，舉起球桿歡呼，那明亮的笑容、開朗的笑聲，讓蕭長恭瞬間花了眼。

在他眼裡，即便天上的仙女，也不過如此。

吳采薇也看到了蕭長恭，也看出他的眼睛裡只有穆婉寧。

既然如此，就別怪她不客氣了。

吳采薇咬了咬牙根，看向簡月婧，輕輕點頭。

簡月婧立刻會意，也點了下頭。

接著，程雪遙發球，其餘五人五馬聚在一起，高高舉起球桿。

方才鐵英蘭瞥見吳采薇和簡月婧的眼神，這會兒看著高高舉起的球桿，眼皮忽然一跳。

程雪遙這一球揮得很大力，穆婉寧立刻催馬去搶，緊跟她身後的是吳采薇。

穆婉寧盯著程雪遙擊出的球，俯下身子，揮桿去搶，忽然間聽到鐵英蘭高喊一聲——

「婉寧，小心！」

穆婉寧心裡一顫，向後一瞥，一柄球桿朝她的面門砸來。

此時想立起身子已經來不及了，穆婉寧衝著俯身的角度猛一低頭，才堪堪躲過。

然而，頭閃過了，身子卻沒閃過，球桿打在她的肩膀上。

穆婉寧吃痛，摔落馬下。

眾人見到穆婉寧落馬，皆勒住轠繩，暫停動作。

這時，簡月婧偷偷繞到了穆安寧身後，對著穆安寧的馬狠抽一下。

馬匹吃痛，立時狂奔。

穆安寧大驚失色，猛地一勒馬頭，馬兒後腿直立，前腿騰空，馬蹄高高揚起。

馬蹄下，正是落馬的穆婉寧。

第二十七章 提親

穆婉寧狠狠地摔在地上，只覺半個身子都在疼，又聽到眾人的驚呼聲，一抬頭，便看見高抬的馬蹄。

要是被踩中了，她的小命休矣。

場邊的蕭長恭頓覺腦子嗡的一響，翻身進了馬場，運起輕功衝過去。

可是，馬場很大，就算蕭長恭輕功了得，到底是兩條腿的人。

千鈞一髮之際，鐵英蘭一聲斷喝，狠狠抽紅珠一鞭，雙腿猛夾馬腹，經過穆婉寧身邊時，將身子俯到最低，一把抓住穆婉寧身前的衣服，藉著馬匹帶來的衝勁，硬是把穆婉寧提起來，拉到自己的馬背上。

穆婉寧本以為自己必死無疑，身子卻忽然騰空而起，再一定神，發現眼前的人竟然是鐵英蘭。

「鐵姊姊……」穆婉寧語帶哭腔，猛地抱住鐵英蘭，懼意讓她說什麼都不想鬆手。

鐵英蘭也是滿身冷汗，剛剛如果差一點，別說救人，連她也會栽在馬蹄下，亦不由害怕地抱緊穆婉寧。

此時，蕭長恭終於趕到兩個姑娘身邊。

「婉寧，妳沒事吧?!」

穆婉寧見到蕭長恭，頓時覺得萬般委屈全湧上來，像那日知道她終於從匪徒手裡逃脫一樣，眼圈一紅，立時沒了力氣。

鐵英蘭也知道危機解除了，手上一鬆，穆婉寧就從馬上向下滑去。

蕭長恭趕緊扶住她。「有沒有受傷？」

穆婉寧剛想搖頭，卻忽然吃痛，大喊一聲，歪倒在蕭長恭懷裡。

蕭長恭低頭一看，見穆婉寧的右腳以一種奇怪的樣子扭著，定是摔下馬時，腳卡在馬蹬裡，傷到了。

「叫郎中，快叫郎中。」

鐵英蘭跳下馬，扶著穆婉寧，讓她趕緊坐下。

蕭長恭把穆婉寧交給鐵英蘭，自己伸手一摸，哪怕隔著靴子也知道扭到了。這時最好的辦法，就是立刻把扭到的腳向外拉，然後扳正。

若是在戰場，若是面對自己的手下，蕭長恭二話不說便動手，不會給對方猶豫的工夫。

可是，眼前這個人，不是軍隊裡的糙漢子，而是嬌嬌小小的穆婉寧，是那個自稱肉厚、要替他擋刀的穆婉寧。

蕭長恭下不了手。

這時，打馬球的人紛紛下馬趕來，包括場邊嚇得眼前發黑的穆鴻漸，和早已深深皺起眉頭的三皇子趙晉桓。

在場的人可能看不清楚，但坐在場邊的人，可是看得清清楚楚。

「和靜縣主，妳想殺人嗎?!」鐵英蘭率先發難，她打了幾十場馬球，這麼凶險的事情，還是第一次遇見。

「鐵英蘭，妳胡說八道什麼？我不過是擊球時手滑了一下，不小心打到她，什麼殺人不殺人的。我警告妳，誣衊皇親國戚，要治大不敬的罪。」

鐵英蘭怒視吳采薇，不敢再開口。縱使她不怕，也不能給父親惹禍。

穆婉寧疼得冷汗都冒出來了，但聽了吳采薇的話，還是氣得不得了，強忍住疼痛，冷哼道：「和靜縣主，我好心勸妳一句，皇家顏面是用來維護的，不是拿來當遮羞布的。」

「妳……」吳采薇暗恨，剛剛穆安寧的馬怎麼就沒直接踩死她。要是穆婉寧死了，事情便好辦多了。

「哼，與其向我興師問罪，不如問問妳的好三姊，為什麼要縱馬傷人！剛剛若是被馬踩中了，嘖嘖，可就是腦漿迸裂的下場。」

眾人聽著吳采薇惡毒的話語，不由心裡一緊，再看向穆安寧，眼神都變了。

「不，我沒有，是那馬突然受驚，跑起來的。」穆安寧趕緊辯解，這罪名太大了，她可揹不起。

簡月婧冷冷一笑。「哼，誰不知道妳們姊妹失和，上次她贏了妳志在必得的玉珮，說不定是妳想混水摸魚，殺人滅口。」

「不，我真的沒有。」穆安寧急急分辯。她真是冤枉，最多不過是想讓穆婉寧出醜，從未想過要穆婉寧的命。

穆婉寧坐在地上，額頭冷汗涔涔，疼得完全不想說話。但是眼下形勢逼人，她不能坐視簡月婧把穆安寧推出來當替罪羊。

「簡姑娘真是會說笑，她是我三姊姊，是我的親姊妹，怎會下手置我於死地？再者，我二哥還在場邊，真是她故意的，回去後豈能洗脫干係。」

穆安寧第一次真心實意地認同穆婉寧的話。「就是，我與四妹妹可是親姊妹，怎麼會害她性命。」

鐵英蘭也不認為穆安寧是故意的，但對她也沒好臉色。剛剛若非她急急勒住馬頭，狀況根本不會這麼凶險。

正確的做法，應該是撥轉馬頭，這樣馬蹄不會揚起，也能避開穆婉寧。

「公道自在人心，心裡怎麼想的，唯有自己清楚。」鐵英蘭冷哼，目光又掃到吳采薇和簡月婧身上。

穆安寧自然聽出了鐵英蘭的諷刺，但這事她問心無愧，何況這也算是替她解釋，便不再吭聲。

這時，馬場的郎中跑了過來，替穆婉寧檢查一番之後，道：「這位姑娘的腳扭傷嚴重，需要立刻正骨，請諸位把人送到旁邊的醫館。」

穆鴻漸一聽，立刻上前，想去抱穆婉寧，孰料蕭長恭搶先一步，抱起穆婉寧。

吳采薇眼睛都紅了。「侯爺，穆姑娘還未出嫁，你這樣不妥吧？」

蕭長恭眼神冰冷，盯著吳采薇，加上面具上的獠牙，一股殺氣散開來。

吳采薇覺得自己像是被凶猛的野獸盯上一樣，後背的寒毛瞬間根根直豎。

「本侯想抱誰，輪不到妳管。」蕭長恭連聲音裡都透著寒意。

剛剛吳采薇那一揮，她自以為做得隱蔽，卻不知蕭長恭全看在眼裡，包括她眼睛裡那一瞬間的凶色。

在戰場上滾過的人都知道，那是起了殺意的目光。

吳采薇一咬牙，上前去攔。「我不許，今天你抱了她，明天她就會賴上你，要你娶她。」又對穆婉寧吼。「穆婉寧，妳要是還有點臉，就自己跳下來。裝作受傷的樣子，賴在陌生男人懷裡，妳也好意思！」

穆婉寧疼得直冒冷汗，聽到這話，硬是氣得笑了。

既然如此，那再氣氣吳采薇好了。

穆婉寧抬頭看向蕭長恭，手抓住他衣服的前襟。「長恭哥哥，腳疼。」還癟了癟嘴，一副要哭出來的樣子。

這話真真假假，穆婉寧本就冷得冒汗，之前一直咬著牙不出聲，這會兒突然撒嬌，眼淚便直接湧了上來。

於是，穆婉寧真哭了。真疼啊，重生以來，這是最疼的一次，好像有千百根針扎在自己的腳踝上。

蕭長恭不知這是穆婉寧在演戲，還是真疼。轉念一想，腳都扭成那樣，肯定是真疼，心裡更加惱火。

「和靜縣主，我再說一遍，本侯想抱誰，要娶誰，輪不到妳管。讓開！」

吳采薇看著穆婉寧在蕭長恭懷裡的樣子，氣得眼睛冒火，伸手向穆婉寧臉上搧去。

只是，這巴掌沒能落下。

吳采薇剛要發作，扭頭一看，卻是一臉嚴肅的三皇子謝晉桓。

「表哥……」吳采薇紅了眼眶。「你怎麼也和他們一樣欺負我？」

趙晉桓真是後悔來這一趟。「夠了，不要再鬧了。」

「他是我選定的駙馬，怎麼可以抱別的女人。」

此話一出，眾人譁然。

趙晉桓眼角一抽，都什麼時候了，吳采薇還敢這麼說，真要雙方撕破臉才好嗎？

蕭長恭本來抱了人要走，聽到吳采薇的話，又站住了，低頭對穆婉寧說道：「把我的面具解下來。」

穆婉寧搖搖頭，她不想讓蕭長恭用這樣的方式斷了吳采薇的念想。

「解吧，我不在乎。」

看到蕭長恭目光中的堅決，穆婉寧不情願地解下了蕭長恭臉上的面具。

周圍立時響起此起彼伏的吸氣聲。

一條像蜈蚣一樣醜陋的傷疤橫在蕭長恭臉上，因為憤怒和心疼，此刻這條傷疤更是紅得發亮。

吳采薇扭頭，正好看到這條傷疤，嚇得尖叫一聲。「鬼啊！離我遠一點！」

蕭長恭冷笑一聲，抱起穆婉寧，直奔馬場旁邊的醫館。

一路上，穆婉寧心裡悶悶的。

雖然她不在意蕭長恭的傷疤，但剛剛吳采薇那聲尖叫，她還是感覺到蕭長恭的難過。孰料，剛擺脫吳采薇，穆鴻漸竟然又跳了出來。「蕭將軍，舍妹還未出閣，由我抱著就好，不煩勞您了。」

對於不怕死的穆鴻漸，蕭長恭不好發作，深吸一口氣，腳步不停。「既如此，我隨後上門提親就是。」

提親?!

這兩個字，把在場所有人都震住了，和靜縣主剛說蕭長恭是她選中的駙馬，蕭長恭轉頭就要向穆府提親？

連被抱在懷裡的穆婉寧，也一臉不敢置信地從他懷裡抬起頭。「你真要娶我？」

蕭長恭咬牙。「我像是在開玩笑？」

「那……我能不能提個要求？」穆婉寧感覺心跳得都快聽不見自己說話了，手上更是不自覺抓緊了蕭長恭的衣服。

「說。」
「能不能……不納妾？」
如果是嫁進方家，穆婉寧根本不會提這樣的要求，方堯想納多少妾，她都不在乎。她嫁過去，本就是想報仇，哪怕把方家攪得雞犬不寧，也是方堯活該，不會有一絲一毫的內疚。
但對蕭長恭不行，她想好好跟他過日子，不想爭寵，更不想和別人分享他。
「這個不算要求，妳再提一個。」
穆婉寧難過了。「不行嗎？」
「不是不行，是不算要求，蕭家人都不納妾的。妳再提一個。」
穆婉寧難以置信地看著蕭長恭，聲音顫抖。「真的？」
蕭長恭灑脫一笑。「只要妳不嫌棄我臉上這條傷疤就好。」
穆婉寧拚命搖頭，眼裡有淚，想到不能就這樣哭出來，便把臉埋在他的身上，呼吸著他的味道。
「那沒有了。能嫁給你，我別無所求。」
片刻後，兩人進了醫館。
郎中下手正骨，穆婉寧慘叫一聲，冷汗幾乎打濕了中衣。
幸好郎中醫術不錯，只一下，就把扭到的腳扳正，接著只要好好休養便行。
蕭長恭聽得心疼，恨不得撕碎了吳采薇。

趙晉桓聽到動靜，也走了過來。

今日這事，他一點都不想管，卻不能不管。吳采薇鬧得實在太大了，光天化日，眾目睽睽之下，她竟敢真的行凶！

這罪名要是坐實，皇家的臉面算是被放在地上踩了。

可是，趙晉桓也不知該如何管。

如果只是宰相府的庶女，他憑藉著皇子名頭，強行壓下這件事，給些補償便行。偏偏扯上鎮西侯，鎮西侯還把人家當成未婚妻，要上門提親，就不是他能壓得下去的了。

但吳采薇好歹是他從小疼到大的表妹，承平長公主對他也不錯，如果有可能，他還是想保下吳采薇。

可如何保，怎麼保，要看蕭長恭的意思。

趙晉桓走到蕭長恭面前。「鎮西侯可否借一步說話？」

蕭長恭點頭，把穆婉寧交給穆鴻漸和鐵英蘭看顧，隨趙晉桓去了旁邊的空地。

「殿下有話，不妨直說。」

「今日之事，鎮西侯想如何處理？」趙晉桓頗為無奈，蕭長恭擺明一副油鹽不進的樣子，實在讓人頭疼。

「前些日子，和靜縣主不請自來，在我府裡辱罵我的管家、親衛，然後又因府裡軍士受傷，容貌難看，驚嚇到她，承平長公主當天晚上便進宮告了御狀。

「如今，只因和靜縣主對我有意，就向我心儀之人痛下殺手，難道殿下是要我當作什麼都沒發生？」

「你打算進宮告狀？」

「為什麼不？」

「長恭，你想得太天真了。這件事並沒有真憑實據，只要和靜咬死了她是失手，你能奈她何？」

「沒有真憑實據？在場這麼多人看著，殿下覺得他們都是瞎的不成？還是覺得，微臣的眼睛也是瞎的？」

「球場上難免有意外，說到底，也只有人證，並無實證。難道陛下會因為一個臣子家的庶女，而處置自己的外甥女？」

「加上有功之臣的未婚妻呢？」

趙晉桓頭疼，看樣子，蕭長恭真是要死磕到底了。

「那你想如何？真要置皇家顏面於不顧？」

蕭長恭冷笑一聲。「我總算知道，和靜縣主膽敢在光天化日下行凶的底氣是從哪裡來了，就是靠著皇家顏面當擋箭牌。微臣還要送穆姑娘回府，告辭。」

趙晉桓上前一步，攔住蕭長恭。

「長恭，你讓我把話說完。解決這事最好的辦法，不是你去告御狀，而是讓它就這麼過去。你想保護心儀之人的心思，我能理解，但貿然告狀，就是以下犯上，逼父皇處置自己的外甥女。說到底，你是臣，他是君。」

見蕭長恭頓住腳步，趙晉桓放緩語氣。「不如聽我一句勸，就此放過。和靜與皇姑姑那邊，我會去說，要她們就此放過你，放過穆姑娘，甚至再賠一份厚禮給穆姑娘，如何？」

蕭長恭看著趙晉桓，不得不說，身為皇子，趙晉桓這番話已經足夠真誠，寧可冒著得罪他的風險，也要勸阻他。

若穆婉寧就此喪命，趙晉桓的做法或許是不錯的應對。皇帝不可能讓自己的外甥女揹負殺人的罪名，更不可能因此殺了吳采薇，反而會說這是場意外，維護皇家尊嚴，畢竟死人不如活人重要。

幸好，事情沒到那種地步，蕭長恭也不可能讓吳采薇輕飄飄地躲過去。

蕭長恭暗恨，他以為那次刺殺，就是穆婉寧唯一一次因他遇險，沒想到竟會有第二次。

自稱肉厚，實際上卻沒二兩肉的小姑娘，終究還是因為他受傷，替他擋了刀。

這件事，他若處理不好，不讓吳采薇長個教訓，他拿什麼臉面去穆府提親？

——未完，待續，請看文創風943《迎妻納福》2

為流浪貓狗加油

和貓寶貝 狗寶貝

廝守終生(一定要終生喔！)的幸福機會

對人來說，貓寶貝狗寶貝只是生活的一部分，但妳（你）對牠們來說，卻是生活的全部，領養前請一定要考慮清楚——

▲ 用笑容等待福運降臨的 波妞

性　　別：女生

品　　種：米克斯

年　　紀：將滿6個月，2020/9/9出生

個　　性：聰明、親人也親狗、很愛撒嬌

健康狀況：基本預防針已全數施打完畢，非常健康！

目前住所：南投縣埔里鎮（暨大動保社犬舍內）

本期資料來源：國立暨南國際大學動物保護社

『波妞』的故事：

波妞的媽媽波尼，在去年暑假時被棄養到學校，帶去檢查的時候發現已經懷孕好幾個月，我們也不忍心拿掉這些小生命，於是一群波寶寶們出生了。

與其他九個兄弟姊妹相比，就數波妞最不起眼，牠沒有可愛的皺臉、沒有乾淨的小四眼，個性好安靜，會乖乖吃著飯也不會去爭吵，睡覺更是牠每天的日常，讓我們都很擔心牠最後會被留下來。果然在FB第一次發領養文後，儘管見過三組有意願的人，但不是覺得牠沒有照片中的胖胖可愛，就是說要回去跟家人討論，之後也沒有下文了。

隨著一個個手足找到新家而離去，或許是感受到我們的擔憂，波妞變了，從安靜的小女孩，變得很愛叫，看到人就會一直叫，彷彿在訴說牠的寂寞。因此為了讓波妞能順利找到好人家，全體社員除了每天的照顧陪伴，還幫忙做教育訓練，結果聰明如牠，指令跟定點尿尿一下子就學會了，而且非常會看人的臉色，親人也親狗，很愛撒嬌，是個什麼都吃又吃不胖的可愛小吃貨。

雖然經過努力後，波妞的成長讓牠有了一個禮拜的試養期，但最後還是因對方還沒有作好準備而放棄。不過沒關係，波妞不是天生憂鬱的孩子，沒多久自己就振作起來，恢復了元氣，每天認真玩、認真吃，好不快樂！若您喜愛這樣樂觀開朗的波妞，就快上國立暨南國際大學動物保護社FB連繫吧，牠正等待下一個願意接納牠的家庭，波妞已經準備好了，就差看得見牠美好的您去尋牠！

認養資格：

1. 認養人須22歲以上，有穩定工作且經濟獨立者。若您是男生，希望是已當完兵再來領養。
2. 不關籠、不放養，且家人都須知道領養人要養狗，對待波妞不離不棄。
3. 認養前領養人會有個資格審查，通過後須同意簽認養寵物切結書。
4. 須同意送養人日後之追蹤探訪，會以電訪與網路聯繫為主，約莫追蹤半年至一年左右。

來信請說明：

a. 個人基本資料：姓名、性別、年齡、家庭狀況、職業與經濟來源等。
b. 想認養波妞的理由。
c. 過去養寵物的經驗，及簡介一下您的飼養環境。
d. 若未來有結婚、懷孕、出國或搬家等計劃，將如何安置波妞？

love.doghouse.com.tw 狗屋誠心企劃

2021年3月出版

福運莽妻

文創風 940～941

她覺得自己還是挺有福氣的，
這不？本來今天只有一小把韭菜能煮，
突然有條傻蛇送上門來加菜了～～

真情至純，不拘繁文縟節／山有木兮

「與其逆來順受，被欺負到死，倒不如同歸於盡！」
舒燕對著苛刻的二叔一家放狠話，儘管她不願走到這步。
原主父母雙亡，只剩個需要保護的弟弟，卻被親人搓磨致死，
這才輪到她面對要被賣進窯子、替堂哥抵債的境地。
幸而村裡的封景安，在最後關頭伸出援手，
那可是他要前去考童生的盤纏呀?!
分明封家前幾年也遭逢巨變，他家就只剩他一人了……
不管怎麼樣，現在他們已經是一家人，
無論是為報恩情、為盡妻子的義務，她都得好好擔起責任。
可、可同床共枕這件事，她還沒做好心理準備呀！
結果人家沒碰她，反倒是她睡覺不老實，一直靠著他，
尷尬下，她提出自己睡地上的提議，結果他居然說：「可。」
這傢伙，到底懂不懂什麼叫憐香惜玉呀？
算了，這書生如玉，她皮糙肉厚的，就睡地上吧！

2021年3月出版

牛轉窮苦

文創風 937～939

她自小就走路一步三喘，吃了很多藥，也看過很多大夫，都治不好，
而且在投奔叔嬸的路上還意外跌下山谷，臉上滿佈樹枝劃傷的滲血傷口，
叔嬸怕她會晦氣地死在自家裡，因此一門心思想盡快把她嫁出去了事，
他們甚至還放出話，說只要幾斤酒肉、一身衣裳就能帶走她！
莫非她的一生將葬送於此？她不甘心，都說天無絕人之路……不是嗎？

世間萬物，唯情不死／一曲花絳

卜卦的人曾說過，如果遇見有緣人，她病弱的身子興許就會好起來，
安寧發現，她的夫婿沈澤秋就是那個人，她確實不藥而癒了！
初次見面時，她臉上的傷口可怖猙獰，就連她自己都覺得醜，
可他卻完全沒看見似的，毫不嫌棄，且待她極好，令她安心不少，
甚至在帶她就醫後，還認真安慰她，說就算臉上留下疤了，仍是好看。
即便要每天走街串巷的賣貨，像牛一般辛苦工作，他都甘之如飴，從不喊累，
不過夫妻本該禍福與共，既然他主要是賣布疋的，那她就在家開裁剪鋪子吧！
說來也巧，畫新穎的花樣、裁剪並設計衣裳是她從前下過苦功學的，很拿手，
酒香不怕巷子深，隨著生意漸好，兩人因一筆大訂單而接洽了錢氏布坊的掌櫃，
雖外頭傳得繪聲繪影，都說錢家人要搬走是因為開了多年的布坊近來鬧鬼，
甚至錢掌櫃本人也跟安寧夫妻證實半夜有敲門聲、腳步聲，並感覺被窺伺，
最可怕的是，就連獨生愛女也常自言自語，說是在跟一個紅衣姊姊說話！
可安寧夫妻不信這個，且兩人進過那店鋪及內宅，並沒有任何不舒服的感覺，
於是，在慎重考慮過後，他們與錢掌櫃達成協議，決定接手布坊，幫忙出清存貨，
倘若這回能順利站穩腳跟，那他們扭轉窮苦、邁向富貴人生的日子便不遠啦！

2021年3月出版

無顏福妻

文創風 935～936

一個是名聲敗壞的醜媳婦，一個是命裡剋妻的粗漢子，
老天爺偏將他們湊成一對，搬演「負負得正」的逆轉人生！

在這人皆愛美的世道，醜妻也能出頭天！／柴可

在現世遇人不淑，穿越到古代農村卻成了聲名狼藉的醜女，
不僅未婚夫嫌棄她而毀婚，連後娘想強嫁她還得倒貼銀子，
活得人緣奇差無比，歸根究柢還不都是長相問題……
只不過，在這愛美惡醜的世道，偏偏就是有人逆著行，
好比眼下這個現成的丈夫，雖然是打獵維生的粗漢子，
但對著她這副「尊容」親得下去，同床共枕也睡得下去，
還百般許諾要對她好，把她當作寶來疼，這肯定是真愛了！
當她貌醜時，他都如此厚待，等她變美時，更是愛妻如命，
他曾為了從山匪手中救下她，孤身一人涉險就端掉整個山寨，
這般膽識放眼鄉野絕沒有第二人，可以説這個丈夫真沒得挑。
夫妻做些買賣低調地在山裡發家致富，小日子過得正愜意，
孰料，病情告急的太子登門認親，懇請丈夫從獵戶改行當儲君？
明明是羨煞旁人的榮華富貴，他們夫妻倆卻是千百個不願意啊……

2021年3月出版

針愛小神醫

文創風 932～934

不是溫阮要自誇，她醫術精湛，一手針灸之技更是使得出神入化，
偏偏她如今只是個孩子啊，這身本領太高強，擺明了是招人懷疑的，
幸好從小跟在鬼手神醫身邊，於是她靈機一動宣稱是老人家收的徒弟，
而且還是天分極高、師父本人都稱讚不已兼之相見恨晚型的那種高徒，
反正老神醫已然死無對證，一切都是她這個小神醫說了算啊！

活死人，肉白骨／迷央

她這是穿書了？而且還穿到了昨天才剛看過的一本小說裡？
欸……她是很慶幸自己沒穿成那個草菅人命、三觀不正的女主啦，
但成為一個因愛上男主導致全家被女主害死的砲灰小女配，是有比較好嗎？
照原書發展，因為她的關係，接下來她大哥會死掉、二哥會斷腿、三哥會毀容，
無論如何她都要力挽狂瀾、扭轉命運，不能邁向書中設定好的喪門星之路啊！
為了小命著想，溫阮打定主意要避開書中的男女主角，不與他們有交集，
無奈人算不如天算，她因同情心氾濫而救了許多人，引來女主注意，
甚至因同病相憐的緣故，救了本該英年早逝的砲灰男配墨逸辰，
她記得這位鎮國公世子驍勇善戰、用兵如神，是女主埋藏於心之人，
但，他啥時成了自己的未婚夫啊？還人盡皆知？這下女主還不恨透她？
她本想趁年輕時好好瞧瞧京都府各家的小公子們，看有無合她眼緣的，
誰知才提了一嘴，這位掛名未婚夫立即罵她胡鬧，說這些事不用考慮，
不是啊，他自己說了不娶她的，怎的還不許她相看人家？這太沒天理了吧？
算了，反正她目前既要醫不良於行的師兄，又要治太后外孫女臉上的疤及心疾，
姑且就先聽他的，不規劃終身大事了，她這是沒空，可不是怕了他喔！

文創風 942

迎妻納福 1

國家圖書館出版品預行編目資料

迎妻納福 / 月舞著. --
初版. -- 臺北市 : 狗屋出版社有限公司, 2021.04
冊 ; 公分. --（文創風）
ISBN 978-986-509-199-6（第1冊：平裝）. --

857.7　　110003811

著作者	月舞
編輯	安愉
校對	沈毓萍
發行所	狗屋出版社有限公司
地址	台北市104中山區龍江路71巷15號1樓
電話	02-2776-5889～0
發行字號	局版台業字845號
法律顧問	蕭雄淋律師
總經銷	知遠文化事業有限公司
電話	02-2664-8800
初版	2021年4月
國際書碼	ISBN-13　978-986-509-199-6

本著作物由北京晉江原創網絡科技有限公司授權出版

定價260元

狗屋劃撥帳號：19001626

網址：love.doghouse.com.tw　E-mail：love@doghouse.com.tw

版權所有．翻印必究　倘有倒裝、缺頁、污損請寄回調換